대위의 딸

대위의 딸

Капитанская дочка

알렉산드르 뿌쉬낀 장편소설 석영중 옮김

KAPITANSKAIA DOCHKA
by ALEKSANDR PUSHKIN (1836)

이 책은 실로 꿰매어 제본하는 정통적인 사철 방식으로 만들어졌습니다.
사철 방식으로 제본된 책은 오랫동안 보관해도 손상되지 않습니다.

제1장 근위 중사	9
제2장 길 안내자	21
제3장 요새	36
제4장 결투	46
제5장 사랑	61
제6장 뿌가쵸프의 반란	74
제7장 습격	90
제8장 불청객	101
제9장 이별	114
제10장 도시의 봉쇄	122
제11장 폭도들의 진영	133
제12장 고아	150
제13장 체포	161
제14장 심판	171
뿌쉬긴의 삶과 작품 세계	189
알렉산드르 뿌쉬긴 연보	227

명예는 젊어서부터 지켜야 한다.
― 속담

제1장
근위 중사

「그자는 내일이라도 당장 근위 대위가 될 수 있다고.」
「그럴 필요가 뭐 있나. 그냥 일반 부대에 있게 하지.」
「말 한번 잘했네! 그자도 좀 당해 봐야 한다고……」
. . . .
그런데 그자의 아버지는 누구지?[1]
— 끄냐쥐닌

나의 아버지 안드레이 뻬뜨로비치 그리뇨프는 젊은 시절 미니흐 백작 밑에서 복무하다가 17**년에 중령으로 퇴역하였다. 그때부터 그는 줄곧 심비르스끄에 있는 자신의 영지에서 살았으며 거기서 그 지방 가난한 지주의 딸 아브도찌야 바실리예브나 Iu.와 결혼도 하였다. 슬하에 아들딸 합쳐 모두 아홉을 두었지만 나의 형제자매는 모두 어릴 때 사망하였다.

아직 어머니 배 속에 있었을 때 나는 가까운 친척인 근위대 소령 B공작의 배려로 세묘노프스끼 연대에 중사로 등록되었다. 만일 어머니가 주위의 기대를 저버리고 딸을 낳았더라면 아버지는 태어나지도 않은 중사의 사망 신고를 제출했을 것이고

---

[1] Iakov Kniazhnin(1742~1791)의 희극 「허풍쟁이 Khvastun」에서 인용한 것임.

사태는 그것으로 마무리되었을 것이다. 나는 학업을 마칠 때까지 휴가 중인 것으로 되어 있었다. 당시의 아이들 교육은 지금과는 사뭇 달랐다. 나는 다섯 살 때부터 마부 사벨리치의 손에 맡겨졌는데, 그는 착실한 행동 덕분에 나를 돌보는 의무를 지게 된 것이었다. 그의 지도하에서 나는 열두 살 때 러시아어를 읽고 쓰는 법을 익혔으며 보르조이 개의 특성을 거뜬하게 가려낼 줄도 알게 되었다. 그때쯤 아버지는 나를 위해 프랑스인 므슈 보프레를 가정교사로 고용하였다. 그는 1년간 마실 포도주 및 프로방스 산(産) 올리브유와 더불어 모스끄바에서 초빙되어 왔다. 사벨리치는 그의 등장에 심사가 뒤틀려 혼잣말로 구시렁거렸다. 〈젠장, 도련님을 깨끗이 씻기고 머리 빗기고 잘 먹여 드린 것 같은데. 무엇 땜에 므슈인지 뭔지를 고용하느라고 돈을 들여야 하는 건지, 이 집안엔 그렇게 사람이 없단 말인가!〉

보프레는 자기 나라에서 이발사였는데 그 뒤 프로이센에서 군인으로 복무하다가 *pour être outchitel*(가정교사가 되기 위해) — 그 낱말의 뜻도 제대로 이해하지 못하면서 — 러시아로 왔다. 마음씨는 착한 사내였지만 변덕스럽고 또한 그지없이 방탕했다. 그의 주된 약점은 아름다운 여성에 대한 열정이었다. 그는 자신의 다정함에 대한 대가로 얻어터지기 일쑤였고 그 때문에 며칠씩 끙끙 앓아야 했다. 게다가 그는 (그 자신의 표현을 빌어) 〈술병의 원수〉가 아니었다. 즉 (러시아식으로 말해서) 거나하게 마시기를 좋아했다. 그러나 우리 집에서 포도주는 점심 식사 때만, 그것도 작은 잔으로 돌려졌으므로 가정교사에게는 차례가 안 가는 것이 보통이었다. 그래서 나의 보프레는 곧 러시아 과일주에 맛을 들여 그것이 위장에 훨씬 좋으니 어쩌니 하며 심지어 자기네 나라 포도주보다 더 밝히게 되었다. 우리는 금방 친해졌고 계약상 그는 나에게 〈프랑스어〉, 〈독일어〉 및 온갖 학문을 가르쳐야 했지만 오히려 나한테서 러시아어로 몇 마디 웅얼대는 것을 배우는 데 더 마음이 쏠렸다. 나중에 우리는 각자 자기가 하고 싶은 일을 했다. 우리는 서로 사이좋게 지냈다. 나도 다른 가정교사는 원치 않았다. 그러나 얼마 안 가서 운명이 우리를 갈라놓았다. 그 사연은 다음과 같다.

어느 날 곰보에다가 뚱뚱보인 세탁부 빨라쉬까와 애꾸눈 외양간지기 처녀 아꿀까가 마치 약속이라도 한 듯 동시에 어머니 발 아래 엎드려 자기들의 못된 짓을 고백하더니 엉엉 울며 어수룩한 자기들을 욕보인 므슈를 원망하였다. 어머니는 이런 일에 어물어물하시는 분이 아니었으므로 아버지한테 모조리 일러바쳤고 아버지는 이 일을 단호하게 처리하셨다. 아버지는 당장에 프랑스 사기꾼을 불러오라고 호령하셨다. 하인들이 므슈와 내가 수업 중이라고 보고하자 아버지는 나의 방으로 우리를 찾아오셨다. 그때 보프레는 침대 위에서 아무것도 모르는 채 꿈길을 헤매고 있었으며 나는 내 일에 몰두해 있었다. 여기서 한 가지 알아 두어야 할 것은 나를 위해 모스끄바에서 주문해 온 지도가 있었다는 사실이다. 지도는 아무짝에도 쓸모없이 오래 전부터 그냥 벽에 걸려 있었고, 그 넓고도 질 좋은 종이는 나를 유혹하고 있었다. 나는 그것으로 연을 만들기로 결심했고 보프레가 잠든 틈을 이용해 작업에 착수했던 것이다. 내가 막 물에 불린 보리수 껍질로 꼬리를 만들어 붙이려는 찰나 아버지가 방에 들어오셨다. 나의 지리 숙제 장면을 목격하신 아버지는 내 귀를 잡아당기고는 보프레에게 달려가 인정사정 없이 그를 깨우며 욕설을 퍼붓기 시작하셨다. 얼이 빠진 보프레는 일어나려 했지만 그럴 수가 없었다. 가엾은 프랑스인은 만취 상태였던 것이다. 그의 모든 죄상에 대한 벌은 단 한 가지였다. 아버지는 그의 멱살을 잡아 침대에서 일으켜 세워 문 밖으로 끌어냈다. 그날로 그는 우리 집에서 쫓겨났고 사벨리치의 기쁨은 이루 다 말로 할 수 없을 정도였다. 그렇게 해서 나의 학업은 끝이 났다.

나는 비둘기를 쫓기도 하고 마을 소년들과 말놀음도 하며 철부지로 세월을 보냈다. 그러는 사이에 열여섯 살이 되었다. 그때 내 운명에 변화가 일어났다.

어느 가을날이었다. 어머니는 응접실에서 꿀 잼을 달이고 있었고, 나는 입맛을 다시면서 부글부글 끓어오르는 거품을 바라보고 있었으며, 아버지는 창가에서 해마다 받아 보시는 『궁중 연감』을 읽고 계셨다. 이 책은 아버지께 언제나 강력한 영향력을 행사했다. 아버지는 언제나 각별한 관심을 기울여 이 책을 읽고 또 읽었으며, 읽을 때마다 있는 대로 짜증을 부리셨다. 아버지의 모든 습성과 습관을 꿰뚫고 있는 어머니는 이 재수 없는 책을 가급적 멀리 숨겨 놓으려 애쓰셨으므로 『궁중 연감』은 간혹 몇 달씩이나 아버지 눈에 띄지 않을 때도 있었다. 그 대신 아버지는 어쩌다 이 책을 발견할 때면 몇 시간이고 손에서 놓으실 줄을 몰랐다. 그날도 아버지는 『궁중 연감』을 읽고 계셨는데 때때로 어깨를 으쓱하며 작은 소리로 중얼중얼 되뇌셨다.

「뭐, 육군 중장이라고……! 그 녀석은 내 중대에서 중사였었는데……! 러시아 훈장을 두 개나 받은 유공자라……! 허, 대체 우리가 언제부터······.」

마침내 아버지는 연감을 소파 위에 던지고, 깊은 생각에 잠겼다. 그것은 절대로 좋은 징조가 아니었다.

「아브도찌야 바실리예브나.」 갑자기 아버지는 어머니에게 물었다. 「뻬뜨루샤가 몇 살이지?」

「이제 열일곱이 되었죠.」 어머니가 대답했다. 「뻬뜨루샤는 나스따시야 게라시모브나 아주머니가 애꾸가 되신 바로 그 해에 태어났으니까요. 그 해에는 또······.」

「됐어.」 아버지가 말을 가로막았다. 「녀석도 군대에 갈 나이가 되었군. 계집애들과 어울려 뛰어다니고 비둘기장에 기어오르는 짓 따위는 그만둘 때라고.」

나와 곧 헤어지게 될 것이라는 생각에 어머니는 너무도 가슴이 아파 냄비에 숟가락을 풍덩 빠뜨리고는 눈물을 줄줄 흘리셨다. 반면에 나의 기쁨은 이루 형언할 수 없었다. 군복무에 대한 생각은 나의 내부에서 뻬쩨르부르그의 만족스런 삶과 자유에 대한 생각과 합류했다. 나는 근위 장교가 된 나의 모습을 상상했다. 내 생각에 그것은 축복받은 삶의 절정이었다.

아버지는 자기의 계획을 변경한다든가 실행을 연기한다든가 하는 것을 좋아하지 않았다. 나의 출발 날짜는 정해졌다. 그 전날 밤 아버지는 나와 함께 미래의 내 상관에게 편지를 쓰겠다고 선언하시고는 펜과 종이를 가져오라고 일렀다.

「잊지 마시고, 안드레이 뻬뜨로비치.」 어머니가 말했다. 「B 공작님께 제 문안 인사도 전해 주세요. 우리 뻬뜨루샤를 잘 보살펴 주십사 하는 말씀도요.」

「무슨 헛소리요!」 아버지는 인상을 찌푸리며 대답하셨다.

「무엇 때문에 내가 B 공작에게 편지를 쓴단 말이오?」

「방금 뻬뜨루샤의 상관에게 편지하신다고 말씀하셨잖아요.」

「글쎄, 그래서?」

「뻬뜨루샤의 상관은 B 공작님이잖아요. 뻬뜨루샤는 세묘노프스끼 연대 소속으로 등록이 되어 있으니까요.」

「등록이라고! 등록이 되어 있는 게 도대체 무슨 상관이오? 뻬뜨루샤는 뻬쩨르부르그에 가는 게 아니오. 뻬쩨르부르그에 있어 보았자 배울 게 뭐 있겠소? 돈이나 뿌리고 난봉질이나 하라고? 안 될 말이지, 저 녀석을 일반 군대에 집어넣어 호된 맛도 보게 하고 화약 냄새도 맡게 해서 건달이 아닌 진짜 군인을 만들 거요. 녀석은 어쨌든 근위대에 등록이 되어 있단 말이오! 녀석의 신분증이 어디 있지? 좀 가져와 봐요.」

어머니는 내가 세례받을 때 입었던 옷과 함께 궤짝 속에 보관해 두었던 신분증을 찾아서 떨리는 손으로 아버지에게 건네주었다. 아버지는 그것을 유심히 읽어 보시더니 당신 앞의 책상에 놓으시곤 편지를 쓰기 시작하셨다.

나는 궁금증이 나서 견딜 수가 없었다. 뻬쩨르부르그가 아니라면 대체 어디로 날 보내려는 것일까? 나는 천천히 움직이고 있는 아버지의 펜으로부터 눈을 뗄 수가 없었다. 마침내 아버지는 다 쓰셨고 편지와 신분증을 같이 봉투에 넣어 봉인한 다음 안경을 벗으셨다. 그리고는 나를 가까이 부르시더니 이렇게 말씀하셨다.

「자, 이건 아비의 옛 동료이자 친구인 안드레이 까를로비치 R에게 보내는 편지다. 너는 오렌부르그로 가서 그분 밑에서 복무하는 거다.」

그리하여 나의 찬란한 희망은 산산이 부서졌던 것이다! 뻬쩨르부르그의 즐거운 생활 대신 머나먼 벽촌의 권태가 나를 기다리고 있었다. 1분 전까지만 해도 그토록 환희에 차서 그려보았던 군복무가 끔찍한 불행처럼 여겨졌다. 그러나 아버지한테 따져 본들 무슨 소용이 있겠는가! 다음날 아침 현관 앞에 여행용 마차 한 대가 준비되고 트렁크와 차 도구 가방, 엄마 사랑의 마지막 징표라 할 수 있는 빵과 만두 꾸러미 등이 실렸다. 부모님은 나를 축복해 주었다. 아버지는 내게 이렇게 말했다.

「잘 가라, 뾰뜨르야. 충성을 맹세한 사람한테 성심껏 봉사해라. 상관에게 복종하되 비위를 맞추려고 안달하지는 마라. 근무에 얽매이지도 말고 요령을 피우지도 마라. 속담에도 있듯이 옷은 처음부터 곱게 입어야 하고 명예는 젊어서부터 지켜야 하느니라.」

어머니는 눈물을 흘리며 내게는 몸조심하라고, 그리고 사벨리치에게는 나를 잘 보살펴 달라고 당부하셨다. 나는 토끼 가죽 외투를 입고 그 위에 여우털 코트를 덧입었다. 나는 사벨리치와 함께 여행 마차 위에 올라앉아 눈물을 펑펑 쏟으며 길을 떠났다.

그날 밤 나는 심비르스끄에 도착했다. 필요한 물건을 사기 위해 거기서 하룻밤을 머물러야 했다. 그 일은 사벨리치의 몫이었다. 우리는 어느 여관에 여장을 풀었다. 다음날 아침 사벨리치는 시장에 갔고 창밖으로 더러운 골목길을 내다보는 일에 싫증이 난 나는 이방 저방 기웃거리기 시작했다. 당구실에 들어가니 서른댓 살쯤 되는, 시커먼 콧수염을 길게 기르고 키가 훤칠한 신사가 실내복 차림으로 파이프를 입에 문 채 큐를 잡고 서 있었다. 그는 점수 계산원을 상대로 게임을 하고 있었다. 계산원은 이길 경우 보드까를 한잔 얻어 마시고, 질 경우 당구대 밑으로 네 발로 기어나녀야 했다. 나는 그들의 게임을 구경하기 시작했다. 게임이 오래 지속될수록 네 발로 기어다니는 일은 더욱 잦아졌고 마침내 계산원은 당구대 밑에 눌러앉고 말았다. 신사는 조문이라도 전하듯 과장된 몇 마디 위로의 말을 던지더니 나에게 한번 붙어 보지 않겠느냐고 물었다. 내가 못 친다고 말하며 거절하자 그는 무척 놀라며 동정이라도 하듯 나를 바라보았다. 우리는 이렇게 해서 대화를 시작했다. 그는 이반 이바노비치 주린이라는 이름의 *** 기병 연대 대위로 보충병을 인계받으러 심비르스끄에 와서 이 여관에 머무르고 있는 중이라고 했다. 주린은 군대식으로, 주머니에 있는 돈을 털어 자기와 함께 식사를 하자며 나를 초대했고, 나는 기꺼이 응했다. 식사 도중 주린은 상당히 많은 양의 술을 마셨으며 군대 생활에 익숙해져야 한다며 내게도 술을 권했다. 주린은 여러 가지 군대 일화를 들려주었고 나는 너무도 우스워 배꼽을 잡고 구를 지경이었다. 식사를 마쳤을 때 우리는 막역한 친구 사이가 되어 있었다. 그는 내게 당구치는 법을 가르쳐 주겠다고 자청했다.

그가 말했다. 「그건 우리 같은 군대 친구들에겐 필수적인 거지. 가령, 행군 도중에 작은 마을에 오게 됐다 치자고. 그럼 대체 무얼 하며 시간을 죽이겠나? 허구한 날 유대인을 두들겨 팰 수는 없는 노릇이지. 할 수 없이 여관에 들러 당구나 치는 수밖에. 그래서 당구치는 법을 알아야 하는 거라고!」

나는 완전히 설복당해 열심히 당구치는 법을 배웠다. 주린은 나의 빠른 학습 속도에 놀라며 큰소리로 나를 고무해 주었고 몇 차례 교습이 끝나자 2꼬뻬이까를 걸고 시합을 해보자고 제안했다. 그것은 뭐 돈을 따기 위해서라기보다는 그저 공짜 시합을 하지 않기 위해서라는 것이었다. 그의 표현을 빌려 말하자면 공짜 시합은 가장 야비한 습관이었다. 나는 그 점에도 동의했다. 그러자 주린은 펀치 술을 주문하며 또다시 군대 생활에 익숙해져야 한다, 펀치 술 없는 군대가 무슨 군대냐 운운하며 마셔 보라고 권했다. 나는 그의 말을 따랐다. 그러는 사이에 우리의 시합은 계속되었다. 술기운이 돌수록 나는 점점 간이 커져 갔다. 나의 공은 쉴 새 없이 당구대 밖으로 날아갔고 나는 열을 받을 대로 받아 점수 계산을 하고 있는 계산원에게 욕설을 퍼부으며 시시각각 판돈을 올려 갔다. 한마디로 나는 고삐 풀린 망아지처럼 행동했던 것이다. 그러는 사이에 시간은 자꾸만 흘러갔다. 주린은 시계를 보더니 큐를 내려놓고 내가 1백 루블을 잃었다고 말했다. 나는 다소 당황스러웠다. 내 돈은 사벨리치가 가지고 있었기 때문이다. 변명을 하기 시작하자 주린은 내 말을 가로막으며 말했다.

「무슨 그런 소릴! 걱정하지 말라고. 기다릴 수 있으니까. 그러나저러나 아리누쉬까한테 잠깐 들러 봄세.」

달리 무슨 도리가 있겠는가? 나는 그날 하루를 경솔하게 시작해서 경솔하게 끝냈다. 우리는 아리누쉬까의 집에서 저녁을 먹었다. 주린은 군대 생활에 익숙해져야 한다고 되뇌며 내게 쉴새없이 술을 따라 주었다. 자리에서 일어났을 때 나는 몸을 가눌 수조차 없었다. 자정쯤 해서 주린은 여관까지 나를 데려다 주었다.

사벨리치가 현관에서 우리를 맞이했다. 그는 군대 생활에 대한 내 열의의 확실한 징후를 보면서 탄식했다.

「아이고 도련님, 대체 이게 어찌된 일입니까요?」 그는 처량한 목소리로 말했다. 「아니 어디서 이렇게 취하도록 마셨을까? 하느님 맙소사! 이런 망측한 일은 여태껏 한 번도 없었는데!」

「닥쳐, 늙은이야!」 나는 헬렐레한 목소리로 응수했다. 「취한 건 자네야, 어서 가서 자……. 그리고 나 좀 눕혀 줘.」

다음날 아침잠에서 깨어났을 때 머리가 깨질 듯이 아팠다. 어제의 사건들이 어렴풋이 되살아났다. 나의 생각은 차를 가지고 들어온 사벨리치 때문에 중단되었다.

「너무 일러요, 뾰뜨르 안드레이치.」 그는 고개를 설레설레 저으며 내게 말했다. 「난봉질을 시작하기엔 너무 이르다고요. 대체 누굴 닮으셨을까요? 아버님도 할아버님도 애주가는 아니셨던 것 같은뎁쇼. 어머님이야 말할 것도 없고요. 젊으실 때부터 끄바스 외에는 입에도 안 대셨지요. 그럼 대체 누구 탓일까요? 그 망할 놈의 므슈 때문이죠. 툭하면 안찌삐예브나한테 달려가서 *Madame, je vous prie vodkou*(마담, 보드까 좀 주세요) 하더니만. 이제는 도련님이 *je vous prie*(좀 주세요) 하실 참이구먼요! 말할 것도 없어요. 그 개자식이 잘난 버릇을 들여 놓은 거라고요. 도련님을 돌보라고 그런 이교도를 끌어들이시다니, 집안에 사람이 그렇게 없었단 말인가!」

나는 부끄러웠다. 그래서 고개를 돌리고 그에게 말했다.

「저리 가게 사벨리치. 차는 그만두겠어.」

그러나 사벨리치가 설교를 시작하면 아무도 못 말렸다.

「이제 아시겠죠, 뾰뜨르 안드레이치, 술에 취하면 어떻게 되는지. 머리는 지끈대고 입맛은 뚝 떨어지고. 술 마시는 인간은 아무짝에도 쓸모가 없는 법이죠. 오이 절인 물에 꿀을 타서 드셔 보세요. 아니면 술 깨는 데 특효인 과일주 반잔만 마셔 보시든가. 어때요, 가져올까요?」

그때 한 소년이 들어와 I. I. 주린이 보낸 쪽지를 건네 주었다. 펴보니 다음과 같은 내용이었다.

친애하는 뾰뜨르 안드레예비치. 어제 내가 딴 1백 루블을 이 아이 편에 보내 주시기 바람. 돈이 몹시 필요한 상황임.
경의를 표하며
이반 주린

별 도리가 없었다. 나는 짐짓 태연한 표정을 지으며 〈내 돈과 잠자리와 기타 모든 일을 보살펴 주는〉 사벨리치에게 1백 루블을 아이에게 주라고 명령했다.

「뭐라고요! 아니 왜요?」 사벨리치는 어안이 벙벙해 물었다.

「빚진 게 있어.」 나는 가급적 냉정한 어조로 대답했다.

「빚을 지다니요!」 점점 더 어안이 벙벙해진 사벨리치가 쏘아붙였다. 「대체 언제, 도련님, 빚을 질 겨를이 있었다고 그러십니까? 뭔가 수상한 냄새가 납니다. 도련님이 빚을 지셨건 아니건 간에 저는 그 돈을 내드릴 수가 없습니다.」

만약에 이 결정적인 순간에 저 고집불통 노인네를 꺾어 놓지 못하면 앞으로 두고두고 그의 잔소리에서 벗어나기 힘들겠구나라는 생각이 들어 나는 도도하게 그를 바라보며 말했다.

「나는 자네 주인이고 자네는 내 하인이야. 돈은 내 거고. 내기에서 돈을 잃었어, 그냥 그러고 싶었다고. 그러니 나하고 가타부타할 생각 말고 내가 시키는 대로 하게.」

사벨리치는 나의 말에 너무도 놀라 두 손을 마주잡은 채 그 자리에 붙박히치림 서 있었다.

「왜 그러고 서 있는 거야!」 나는 화를 내며 소리를 질렀다.

사벨리치는 울음을 터뜨렸다.

「뾰뜨르 안드레이치 도련님.」 그는 떨리는 목소리로 입을 열었다. 「이 늙은이를 너무 슬프게 하지 마십쇼. 도련님은 제 유일한 낙입니다! 이 늙은이의 말을 들어 주십시오. 그 강도놈에게 이렇게 쓰십시오. 그건 농담이었다고, 그런 큰돈은 없다고요. 1백 루블이라니요! 어이구 세상에! 그놈한테 이렇게 말해 주세요, 부모님께서 호두까기 놀이 외에 다른 놀이는 엄중히 금하셨노라고……」

「헛소리 그만해.」 나는 엄하게 말허리를 잘랐다. 「돈을 이리 내, 안 그러면 내쫓아 버릴 거야.」

사벨리치는 너무나도 구슬픈 눈초리로 나를 바라보더니 빚 갚을 돈을 가지러 갔다. 불쌍한 노인네가 안되기는 했지만 나는 이번 기회에 완전히 자유의 몸이 되고, 나도 이젠 아이가 아니란 것을 보여 주고 싶었다. 돈은 주린에게 보내졌다.

사벨리치는 그 저주받은 여관에서 나를 한시 바삐 끌어내리고 동분서주하다가 말이 준비되었다는 이야기를 하러 다시 나타났다. 나는 양심의 가책과 소리 없는 회한에 가득 차 심비르스끄를 떠났다. 내 당구 선생에게는 작별의 인사도 하지 않았으며 언젠가 또 만나게 되리라는 생각도 하지 않았다.

제2장

길 안내자

내가 살던 고향 땅,
낯설기도 하여라!
너를 찾아온 것은 내가 아니야,
내 준마가 날 태워 온 것도 아니야
착하고 젊은 나를 이곳에 데려온 건
청춘의 혈기와 기백,
나른한 술기운이라네.
— 옛 노래[1]

    여행길에 나를 사로잡은 생각은 그다지 유쾌한 것이 아니었다. 내가 잃은 돈은 당시의 화폐 가치로 보아 적은 액수가 아니었다. 나는 심비르스끄 여관에서의 내 행동거지가 어리석기 짝이 없었다는 것을 내심 인정하지 않을 수 없었으며, 사벨리치에 대해서도 죄의식을 느꼈다. 이 모든 생각이 나를 괴롭혔다. 노인은 입을 꼭 다물고 침울한 표정으로 마부석에 앉아 고개를 돌린 채 이따금 한숨만 푹푹 내쉴 따름이었다. 어떻게든 그와 화해를 하고 싶었지만 도대체 어떻게 말을 꺼내야 할지 몰랐다. 마침내 내가 먼저 입을 열었다.

---

[1] 출꼬프Chulkov의 『다양한 노래 모음 *Sobranie raznykh pesen*』에서 인용.

「자, 자, 사벨리치! 이제 그만 화를 풀게. 내가 잘못했네. 내 잘못이란 걸 나도 아네. 어제는 내가 일을 저지르고 공연히 자네한테 화풀이를 했네. 앞으로는 좀 더 똑똑히 처신하고 자네 말을 따르기로 내 약속함세. 자, 화를 풀고 화해하세.」

「에이 참, 뾰뜨르 안드레이치 도련님!」 그는 깊은 한숨을 내쉬며 대꾸했다. 「저는 저 자신한테 화를 내고 있는 거랍니다. 모든 게 다 제 잘못이지요. 어쩌자고 도련님을 여관에 혼자 두고 나갔을까요! 그렇지만 어쩌겠어요? 제가 마귀한테 홀렸었나 봐요. 문득 성당지기 마누라한테 들러 대모님을 뵈어야지 하는 생각이 들더라고요. 그래서 대모님을 뵈느라 잠깐 한눈을 팔고 왔더니 글쎄 그런 끔찍한 일이 일어났지 뭡니까! 무슨 낯짝으로 주인어른 내외를 다시 볼 수 있겠습니까? 아드님이 술이다 노름이다 하는 걸 아시면 그분들이 뭐라고 하시겠습니까.」

나는 불쌍한 사벨리치를 달래기 위해 앞으로는 그의 동의 없이 단 한 푼도 마음대로 쓰지 않겠다는 약속을 했다. 그는 차츰차츰 흥분을 가라앉혔지만, 그래도 여전히 가끔씩 고개를 저으며 〈1백 루블이라! 장난이 아니야!〉라고 혼잣말로 투덜거렸다.

그러는 사이에 임지(任地)가 가까워졌다. 주변에는 드문드문 언덕과 골짜기만 보이는 서글픈 황야가 펼쳐져 있었다. 모든 것이 눈으로 덮여 있었다. 땅거미가 지고 있었다. 마차는 좁다란 길을 따라, 아니 정확하게 말해서 농부들의 썰매가 지나간 자국을 따라 달려갔다. 갑자기 마부가 주위를 살펴보기 시작하더니 마침내 나를 돌아보며 말했다.

「나리, 돌아갈깝쇼?」

「아니, 왜?」

「날씨가 영 안 좋습니다요. 바람이 슬슬 일기 시작합니다요. 보세요, 땅에 떨어졌던 눈가루가 바람에 치솟고 있습니다요.」
「그게 뭐 대수라고 그러나!」
「저기 저게 보이십니까요?」
마부는 채찍으로 동쪽을 가리켰다.
「아무것도 안 보이는데. 하얀 초원과 맑은 하늘밖에는.」
「아니 저기, 저쪽에 있는 구름 말씀입니다요.」

아닌 게 아니라 하늘 끄트머리에 흰 구름 한 조각이 걸려 있는 게 보였다. 처음에는 꼭 먼 곳의 언덕처럼 보였다. 마부는 내게 구름은 눈보라가 칠 징조라고 설명해 주었다.

나는 이 지방의 눈보라에 관해 들은 적이 있었고, 마차도 줄줄이 눈에 휩쓸려 가곤 한다는 것도 알고 있었다. 사벨리치는 마부의 의견에 동의하여 돌아가자고 충고하였다. 그러나 바람은 그다지 심하게 느껴지지 않았고, 게다가 나는 빨리 다음 역관에 도착하고 싶어 안달이 났으므로 좀 더 속도를 내라고 명령했다.

마부는 전속력으로 말을 몰면서 연신 동쪽 하늘을 바라보았다. 말들은 순조롭게 달려갔다. 그러는 사이에 바람은 시시각각 더욱 세차게 불었다. 꾸물꾸물 피어오른 조각구름은 허연 비구름으로 퍼져 나가 차츰 하늘을 뒤덮었고 싸락눈이 내리는가 싶더니 금세 주먹만 한 눈송이가 펑펑 쏟아졌다. 바람이 무섭게 휘몰아치더니 눈보라가 시작되었다. 눈 깜짝할 사이에 어두운 하늘은 눈의 바다와 뒤범벅이 되었다. 모든 것이 사라졌다. 마부가 소리쳤다.

「아, 나리, 큰일났습니다요, 눈보라예요……!」

나는 마차 밖을 내다보았다. 천지에 어둠과 회오리바람뿐이었다. 바람은 마치 살아 있는 짐승처럼 무섭게 포효했다. 눈은 나와 사벨리치를 뒤덮었고 말들은 터벅터벅 걷다가 곧 우뚝 서 버렸다.

「아니 왜 안 가는 거야?」 나는 초조해져서 마부에게 물었다.

「어떻게 갑니까요?」 그는 마부석에서 기어 나오며 대답했다. 「어디로 가야 할지 당최 알 수가 있어야죠. 길도 없고 사방도 캄캄해서요.」

나는 그에게 욕을 해주려고 했다. 그러나 사벨리치가 그의 편을 들고나섰다.

「저 사람 말을 안 듣더니 거 쌤통입니다.」 사벨리치는 화가 나서 말했다. 「여관으로 돌아가서 차라도 마시고 아침까지 푹 자고 일어나면 눈보라는 그쳐 있고 그때부터 가도 한참을 갔을 텐데요. 아니 무엇 때문에 그렇게 서두르십니까? 뭐 혼인 잔치에라도 가시나 보죠!」

사벨리치의 말이 옳았다. 그러나 이제 어찌할 도리가 없었다. 눈은 계속 쏟아졌고 마차는 눈더미에 파묻혔다. 말들은 대가리를 숙인 채 꼼짝 않고 서서 가끔 몸서리를 칠 뿐이었다. 하릴없는 마부는 마구를 손보며 주변을 서성거렸다. 사벨리치는 계속 투덜거렸다. 나는 행여 인가나 도로의 기척이라도 발견할까 해서 사방을 둘러보았지만 소용돌이치는 혼탁한 눈보라 외에는 아무것도 분간할 수가 없었다……. 갑자기 무언가 시커먼 것이 눈에 들어왔다.

「이보게 마부!」 나는 소리쳤다. 「저길 보게, 저기 꺼멓게 보이는 게 뭐지?」

마부는 유심히 살펴보기 시작했다.

「알 게 뭡니까요, 나리.」 마부는 자기 자리에 앉으며 말했다. 「짐수레도 아닌 것이 나무도 아닌 것이, 꼼지락거리는 걸 보니 늑대 아니면 사람이겠죠, 뭐.」

나는 그 알 수 없는 물체 쪽으로 가자고 했다. 그때 그 물체 또한 우리 쪽을 향해 움직이기 시작했다. 약 2분 후에 우리는 어떤 사나이와 마주서게 되었다.

「여보시오, 형씨!」 마부가 그에게 소리쳤다. 「길이 어디 있는지 좀 가르쳐 줄 수 없겠소?」

「길이야 여기 있지요. 내가 서 있는 데가 딱딱한 땅이니까요. 그런데 그게 어쨌다는 거죠?」 길손이 말했다.

「이보시오, 농부 양반.」 나는 그에게 물었다. 「이 근방 지리를 좀 아시오? 그렇다면 어디 묵을 만한 데로 우리를 데려다 줄 수 있겠소?」

「이 동네야 환히 알고 있죠.」 길손이 대답했다. 「다행스럽게도 걸어서든 말을 타고서든 사방팔방 안 다녀 본 데가 없으니까요. 하지만 날씨 좀 보세요. 이럴 때는 길을 잃어버리기 딱 알맞죠. 눈보라가 그치고 하늘이 갤 때까지 그냥 여기서 기다리는 게 상책이죠. 그러면 별빛을 보고 길을 찾을 수 있을 겁니다.」

그의 침착한 태도에 나는 용기를 얻었다. 그래서 하늘의 뜻에 운명을 맡기고 들판 한가운데서 밤을 지새우기로 작정을 했다. 그때 갑자기 길손이 날렵하게 마부석에 올라앉더니 마부에게 말했다.

「마침 근처에 인가가 있는 것 같소. 오른쪽으로 말을 돌려 갑시다.」

「어째서 오른쪽으로 간단 말이요?」 마부가 볼멘소리로 쏘아붙였다. 「여기 길이 어디 있다고 그러슈? 십중팔구 말이고 마구고 남의 것이니끼 되는 대로 만빈 밀러 보자 이서군.」

나는 마부 생각이 옳은 것 같았다. 그래서 이렇게 말했다.

「그래, 어째서 인가가 가까이 있다고 생각하는 거요?」

「저쪽에서 바람 불어오는 소리가 들리고 연기 냄새가 바람에 묻어 왔어요. 그러니 마을이 가깝다는 얘기지요.」 길손이 대답했다.

그의 예지와 날카로운 감각에 나는 감탄했다. 그래서 마부에게 가자고 말했다. 말들은 깊은 눈밭을 헤치며 무겁게 걸음을 옮겼다. 마차는 눈언덕에 오르기도 하고 구덩이에 빠지기도 하고 이쪽 저쪽으로 쏠리기도 하면서 조용히 나아갔다. 그것은 마치 풍랑 속을 헤쳐 나가는 조각배의 형국이었다. 사벨리치는 수시로 내 옆구리에 몸을 부딪쳐 가며 한숨을 내쉬었다. 나는 마차 덮개를 내리고 털코트를 푹 뒤집어썼다. 그리고 조용히 흔들리는 마차의 진동에 몸을 맡기고 눈보라의 노래를 자장가 삼아 꾸벅꾸벅 졸기 시작했다.

그때 나는 꿈을 꾸었는데 그 꿈은 두고두고 잊을 수가 없었다. 내 삶의 몇몇 기이한 상황으로 미루어 볼 때 나는 오늘날까지도 그 꿈이 일종의 예언이라고 생각한다. 인간이란 편견을 멸시하면서도 쉽게 미신에 빠져 버리기 십상이라는 것을 경험상 알고 있는 독자는 이런 나를 용서해 줄 것이다.

나는 현실이 몽상에게 자리를 내주면서 몽롱한 환영 속으로 뒤섞이는 그런 정신과 감각의 상태에 놓여 있었다. 여전히 눈보라가 기승을 부리고 있고 우리는 여전히 눈 덮인 광야를 헤매고 있다고 생각하고 있었는데……. 갑자기 대문이 나타났다. 나는 고향에 있는 우리 집 안으로 들어갔다. 처음 떠오른 생각은 아버지께서 내가 부득이 당신 품으로 되돌아온 것에 화를 내지나 않으실까, 고의로 아버지 뜻을 거역한 것으로 생각하지나 않으실까 하는 두려움이었다. 불안한 마음으로 마차에서 뛰어내리자 어머니께서 깊은 슬픔에 잠긴 표정으로 현관에서 나를 맞아 주시는 게 아닌가.

「쉿.」 어머니께서 나에게 말씀하셨다. 「아버님께서 병이 중하시다. 돌아가실 때가 된 것 같아. 그래서 너한테 작별 인사를 하고 싶어하신다.」

나는 공포에 질려 그녀의 뒤를 따라 침실로 들어갔다. 방안에는 불빛이 희미하고 침대 근처에는 침울한 표정의 사람들이 서 있었다. 나는 가만가만 침대로 다가갔다. 어머니가 침대의 휘장을 제치며 말씀하셨다.

「안드레이 뻬뜨로비치, 뻬뜨루샤가 왔어요. 당신이 편찮으시다는 얘기를 듣고 돌아왔어요. 이 아이를 축복해 주세요.」

나는 무릎을 꿇은 채 환자를 눈여겨보았다. 그런데 이게 웬일인가……? 침대에는 우리 아버지 대신 시커먼 턱수염을 기른 농부가 누워서 싱글거리며 나를 보고 있는 게 아닌가. 나는 어찌할 바를 몰라 어머니를 돌아보며 물었다.

「이게 무슨 일이에요? 이 사람은 아버지가 아니잖아요. 어째서 제가 농부한테 축복을 받아야 하죠?」

「아무려면 어떠냐, 뻬뜨루샤야.」 어머니께서 대답하셨다. 「이분은 네 양아버지란다. 이분의 손에 키스하고 축복을 받도록 해라…….」

나는 그 말에 수긍할 수가 없었다. 그때 농부가 침대에서 벌떡 일어나더니 등에 지고 있던 도끼를 꺼내 사방팔방 마구 휘두르기 시작했다. 나는 도망가려 했지만…… 발이 말을 안 들었다. 방안은 시체로 가득 찼다. 나는 시체에 걸려 넘어지고 흥건히 고인 피에 빠져 미끄러졌다……. 그 무서운 농부는 다정하게 나를 부르며 이렇게 말했다.

「무서워 말고 이리 와 내 축복을 받거라…….」

공포와 의혹이 나를 사로잡았다……. 바로 그 순간 나는 잠에서 깼다. 말들은 멈춰 서 있었다. 사벨리치가 내 손을 잡아끌며 말했다.

「내리세요, 도련님, 다 왔어요.」

「여기가 어딘데?」 나는 눈을 비비며 물었다.

「여인숙이랍니다. 하느님이 도우셔서 담장 바로 앞에 섰답니다. 어서 나와 몸 좀 녹이셔야죠.」

나는 마차에서 내렸다. 한풀 꺾이긴 했지만 눈보라는 여전히 계속되고 있었다. 주위는 한치 앞도 안 보일 정도로 깜깜했다. 주인이 등불을 감싸듯이 들고 대문에서 우리를 맞이하였다. 우리는 좁지만 상당히 깨끗한 방으로 안내되었다. 광솔의 빛이 은은히 방안을 밝혀 주고 있었고 벽에는 소총 한 자루와 높다란 까자끄 모자가 걸려 있었다.

주인은 야이끄[2] 까자끄 출신의 예순 살 정도 되는 농부였는데 아직 젊고 원기 왕성해 보였다. 사벨리치는 차 도구 가방을

[2] 야이끄 강(뿌가쵸프 반란 이후 우랄 강으로 개명되었다) 지역에 살던 까자끄의 이름. 야이끄 까자끄들은 독립적인 군사 조직을 형성할 수 있었다. 그러나 1772년의 반란 이후 그들의 특권은 모두 폐지되었다.

들고 내 뒤를 따라와 찻물 끓일 불을 가져다 달라고 청했다. 그때만큼 차가 필요하다고 느낀 적은 한 번도 없었다. 주인은 준비를 하러 밖으로 나갔다.

「길을 안내하던 양반은 어디 있나?」 나는 사벨리치에게 물었다.

「여기 있습니다, 나리.」 위쪽에서 대답하는 목소리가 들려왔다.

천장 가까이에 만들어진 간이 잠자리를 올려다보니 시커먼 턱수염과 두 개의 번득이는 눈동자가 보였다.

「어떤가, 꽁꽁 얼었지?」

「여부가 있겠습니까, 이런 얇은 외투만 걸치고 있었으니! 털가죽 외투가 있긴 있었는데, 다 털어놓을까요? 사실은 어젯밤 술집에 잡혀 먹었습죠. 추위가 그리 대단하게는 보이지 않았거든요.」

이때 주인이 펄펄 끓는 사모바르를 가지고 들어왔다. 나는 길 안내인에게 차 한잔 같이 하자고 권했다. 농부는 간이 잠자리에서 기어 내려왔다. 그의 외모는 정말로 대단했다. 나이는 마흔 정도였으며 중키에 호리호리한 체격이었지만 어깨는 떡 벌어진 사나이였다. 검은 턱수염에는 새치가 희끗희끗하게 보였고 활기로 가득 찬 커다란 두 눈은 계속 희번덕거렸다. 인상은 제법 붙임성 있게 보였지만 어딘지 교활한 구석도 있었다. 머리는 이마에서부터 뒤통수까지 둥그렇게 깎아 올렸고 다 낡은 외투에 따따르 식 바지를 입고 있었다. 나는 그에게 차를 권했다. 그는 한 모금 마시더니 눈살을 찌푸리며 말했다.

「나리, 한 가지 청이 있습니다. 술을 한잔 주문해 주시면 참

말로 고맙겠습니다. 저희 까자끄들은 차 같은 건 안 마시거든요.」

나는 기꺼이 그의 소원을 들어주었다. 주인은 선반에서 보드까 병과 술잔을 꺼내 그에게 다가가 얼굴을 들여다보더니 이렇게 말했다.

「아하, 자네가 또 왔군 그래! 대체 어디서 오는 길인가?」

길 안내인은 의미심장하게 눈을 찡긋하더니 속담을 인용하며 대답했다.

「채소밭을 날아다니며 대마씨를 쪼았더니 할멈이 돌멩이를 던지더군, 빗나가긴 했지만. 그러는 당신네는 어떻소?」

「우리들 말인가!」 주인도 역시 선문답 같은 대화를 계속하며 대답했다.

「저녁 예배를 알리는 종을 치려고 했지만 신부의 마누라가 허락을 않더군. 신부님이 나들이를 가시면 악마 떼가 묘지에서 극성을 부리지.」

「이제 그만둡시다, 형씨.」 우리의 부랑아가 주인의 말을 가로막았다. 「비가 오면 버섯이 돋아나고, 버섯이 돋아나면 바구니가 등장하는 법. 그러나 지금은(여기서 그는 다시 눈을 찡긋했다) 도끼를 등 뒤에 꽂아 둬야지. 산림관이 돌아다니니까. 나리! 나리의 건강을 위하여!」

이 말과 함께 그는 술잔을 잡더니 성호를 긋고 단숨에 들이켰다. 그런 다음 나한테 넙죽 절을 하고 간이침대로 돌아갔다.

그때만 해도 나는 이 도둑들의 대화를 한 마디도 알아듣지 못했다. 나중에야 그것이 1772년 반란 사건 후에 진압된 야이끄 군대에 관련된 이야기라는 걸 미루어 짐작했다. 사벨리치는 무척 못마땅해 하며 그들의 대화를 들었다. 그는 의심 가득 찬 눈으로 주인과 길 안내인을 번갈아 노려보았다. 그 지방 언어로 〈우묘뜨〉[3]라 불리는 그 여인숙은 인가에서 멀리 떨어진 초원 한구석에 있었으며 어딘지 도둑의 소굴과 비슷했다. 그러나 달리 방도가 없었다. 쉬지 않고 여행을 계속하는 것은 생각할 수도 없는 처지였으니까. 사벨리치가 안절부절못하는 모습은 나를 즐겁게 했다. 그러는 사이에 나는 잘 준비를 하고 긴 나무 의자에 누웠다. 사벨리치는 뻬치까 위에 자리를 잡고 여인숙 주인은 바닥에 누웠다. 곧 이어 오두막 전체가 코를 골기 시작했고 나는 업어 가도 모를 만큼 깊은 잠에 빠져 들었다.

다음날 아침 늦게까지 자고 일어나 보니 눈보라는 그치고 태양이 빛나고 있었다. 끝없이 광활한 초원에 눈을 찌를 듯이 새하얀 눈밭이 펼쳐져 있었다. 마차는 벌써 준비되어 있었다. 나는 주인에게 숙박료를 지불했는데, 주인이 달라는 금액은 매우 합당한 액수인지라 심지어 사벨리치까지도 주인과 왈가왈부하거나 평소의 습관대로 값을 깎으려 들지 않았고 어젯밤의 의심은 그의 머릿속에서 완전히 지워졌다. 나는 길 안내인을 불러 도움을 준 것에 감사한 뒤 사벨리치더러 보드까나 한 잔하게 50꼬뻬이까를 그에게 주라고 말했다. 사벨리치는 오만상을 찌푸리며 말했다.

「보드까나 한잔하게 50꼬뻬이까라뇨? 무엇 때문에요? 도련님이 그 작자를 여인숙까지 데려오신 데 대한 값입니까? 도련님 마음대로 생각하실 일이지만 제 수중에 여분의 50꼬뻬이까

[3] 군사 용어로 엄폐물, 참호 등을 의미한다.

같은 건 없습니다. 아무한테나 술값을 주다가는 얼마 안 가 우리가 굶어 죽게 될 겁니다.」

나는 사벨리치와 입씨름을 할 수가 없었다. 내가 약속한 대로 돈은 그가 전적으로 관리하고 있었기 때문이다. 그러나 비록 엄청난 재난까지는 아니더라도 최소한 매우 불유쾌한 상황으로부터 나를 구해 준 사람에게 사례를 할 수 없다는 생각에 나는 울화가 치밀었다. 그래서 나는 쌀쌀맞게 말했다.

「좋아, 50꼬뻬이까를 주기 싫다면 내 의복 중에서 무언가 주도록 하지. 저 양반은 옷을 너무 얇게 입었더군. 내 토끼 가죽 외투를 저 양반에게 주게.」

「원 세상에, 뾰뜨르 안드레이치 도련님!」 사벨리치가 소리쳤다. 「아니 어째서 저자에게 도련님의 토끼 가죽 외투를 주어야 합니까? 저 망할 놈은 곧장 술집에 가서 잡혀 먹고 말 텐데요.」

「이보게, 영감, 자네가 슬퍼할 일이 아니라고.」 우리의 부랑자가 말했다. 「내가 잡혀 먹든 말든 무슨 상관이야. 나리께서 이 몸에게 외투를 벗어 하사하시겠다는데. 나리님 뜻이 그러하면 자네 같은 종놈은 따지지 말고 그 뜻을 받드는 게 도리지.」

「하늘이 무섭지도 않느냐, 이 강도놈아!」 사벨리치가 분통을 터뜨리며 쏘아붙였다. 「보다시피 우리 도련님은 아직 순진하시다. 네놈은 그걸 이용해 도련님을 우려먹을 작정이구나. 네놈한테 도련님 외투가 무슨 소용이냐? 그 저주받은 어깨에 꿰어 넣지도 못할 거면서.」

「그만 구시렁대고 당장 외투를 이리 가져오게.」 나는 노인에게 말했다.

「하느님 맙소사!」 나의 사벨리치는 신음 소리를 내며 말하였다.「그 토끼 가죽 외투는 새것이나 마찬가진데! 누구 줄 사람이 없어 하필 저런 뻔뻔한 주정뱅이한테 준단 말인가!」

마침내 토끼 가죽 외투가 내어져 왔다. 농부는 그 자리에서 입어 보기 시작했다. 사실 외투는 나한테도 벌써 꼭 맞기 시작하던 것이라 그에게는 다소 작은 편이었다. 그러나 그는 그야말로 갖은 수단을 다 동원해 실밥까지 뜯겨 가며 그것을 입고야 말았다. 사벨리치는 실밥이 뜯어지는 소리가 들리자 거의 울부짖다시피 했다.

부랑자는 나의 선물에 지극히 만족스러워했다. 그는 마차까지 나를 배웅한 뒤 허리 굽혀 절하면서 말했다.「감사합니다, 나리! 나리의 덕행에 주님의 보답이 있으시길 빕니다. 나리의 은혜는 길이길이 잊지 않겠습니다.」

그는 자기 갈 길로 떠나갔고 나는 사벨리치의 울화통 따위는 아랑곳없이 앞으로 나아갔다. 나는 곧 전날의 눈보라도 길 안내인도 토끼 가죽 외투도 다 잊어버렸다.

오렌부르그에 도착하자 나는 곧장 장군을 찾아뵀었다. 내 눈앞에는 키가 훤칠한, 그러나 벌써 노쇠하여 등이 구부정한 남자가 서 있었다. 그의 긴 머리는 완전히 백발이었다. 빛 바랜 낡은 군복은 안나 이오아노브나[4] 시절의 군인을 연상시켰고 그의 말투에는 강한 독일어 악센트가 섞여 있었다. 나는 그에게 아버지의 편지를 내밀었다. 아버지의 이름을 듣더니 그는 재빨리 나를 훑어보며 외쳤다.

「원 세상에! 안드레이 뻬뜨로비치가 자네 나이만 하던 게 엊

---

[4] 뾰뜨르 대제의 질녀로 1730년부터 1740년까지 제위에 있었다.

그제 같은데 벌써 이런 큰 아들이 있다니! 아, 세월도 참 빠르지!」

그는 봉함을 뜯고 사기의 본성을 실들여 가며 중얼중얼 편지를 읽기 시작했다.

「〈경애하는 안드레이 까를로비치, 부디 각하께서……〉 이게 다 무슨 격식이람? 젠장, 이 친구는 민망하지도 않은감! 물론 규율이 가장 중요한 건 사실이지만 옛 전우한테까지 이런 식으로 써……? 〈각하께서 잊지 않으셨으리라 기대하는바……〉 홈…… 〈그리고…… 작고하신 민*** 원수께서…… 행군 중에…… 그리고 까롤린까……〉 허허, *Bruder*(형제)! 그 옛날 장난치던 것까지 기억하는군? 〈이제 본론으로 들어가서…… 제 불초 소생을 각하께 보내오니……〉 홈…… 〈고슴도치 장갑을 끼시고 다루어 주시면……〉 고슴도치 장갑이란 게 뭐지? 뭔가 러시아 속담 같은데…… 〈고슴도치 장갑을 끼고 다룬다〉는 게 대체 무슨 뜻인가?」 그는 나를 넘겨다보며 연거푸 물어 보았다.

나는 최대한 순진한 표정을 지으며 대답했다. 「그건 말씀입니다, 너무 엄격하지 않게, 상냥하게 대해 주고, 많은 자유를 주는 것이 곧 고슴도치 장갑을 끼고 다룬다는 뜻입니다.」

「홈, 이해가 되는군……. 〈그리고 그 녀석한테 자유는 주지 마시고……〉 아니, 고슴도치 장갑이란 그런 뜻이 아닌 게 분명해…… 〈그래서…… 여기 녀석의 신분증을……〉 신분증이 어디 있지? 아, 여기 있군…… 〈세묘노프스끼 연대에 통지하여 주시면……〉 좋아, 좋아. 만사가 제대로 될 거야……. 〈계급을 생각지 않고 각하를 포옹하는 것을 용서해 주시기 바라며…… 옛 전우이자 친구로서〉 아! 마침내 무슨 얘긴지 알 것 같군…….

운운, 운운……. 됐네, 이보게.」

그는 편지를 다 읽은 뒤 내 신분증을 옆으로 밀어 놓고 말했다.

「뭐든 아버님 부탁대로 해주겠네. 자네는 *** 연대에 장교로 배속될걸세. 시간 낭비할 필요 없이 내일 당장 벨로고르스끄 요새로 가게나. 거기서 미로노프 대위의 지휘를 받게 될걸세. 참 강직하고 선량한 사람이지. 거기서 진짜 군복무를 통해 규율을 배우게나. 오렌부르그에는 할 일이 없지. 젊은이에게 할 일이 없다는 건 해로운 일이야. 오늘은 이만 하고 우리 집에서 식사나 함께 하세.」

「갈수록 태산이군!」 나는 속으로 생각했다. 「대체 엄마 뱃속에 있을 때부터 근위 중사로 등록될 필요가 뭐가 있는 거지! 그래서 무슨 덕을 보는 거야? *** 연대에 배속되어 끼르기즈 까이사쯔끼 초원에 접경한 외딴 요새로 가게 되다니……!」

나는 안드레이 까를로비치의 집에서 식사를 했다. 그의 늙은 부관도 우리와 함께 먹었다. 엄격한 독일식 절약 정신은 식탁에서도 그대로 드러났다. 나는, 홀아비의 식탁에 가끔 객식구를 초대해야 할지도 모른다는 불안감이 어쩌면 장군으로 하여금 나를 서둘러 수비대로 보내게 한 것이 아닐까 하는 생각을 했다. 다음날 나는 장군에게 작별 인사를 드리고 임지를 향해 떠났다.

제3장
요새

우리는 요새에 살아
빵과 물만 먹고 마시네
굶주린 적의 무리 몰려와
고기 만두 달라고 아우성치면
배불리 먹여 주리라
대포에 탄알을 가득 채워서.
— 「병사의 노래」

그분들은 구식 양반들이세요, 나리.
— 「미성년」[1]

벨로고르스끄 요새는 오렌부르그에서 40베르스따 정도 떨어진 곳에 있었다. 길은 야이끄 강의 가파른 기슭을 따라 나 있었다. 강물은 아직 얼어붙지 않아서 그 납빛 물결은 흰 눈으로 뒤덮인 단조로운 기슭을 끼고 음울하게 출렁거렸다. 그 너머에는 끼르기즈의 대초원이 펼쳐져 있었다. 나는 상념에 잠겼다. 나의 생각들은 대부분 슬픈 것들이었다. 수비대의 생활은 내게 별로 매력적으로 여겨지지 않았다. 나는 내 상관이 될 미로노프 대위를 그려 보았다. 자신의 직무 외에 아무것도 모르는 엄

---

1 폰비진의 희곡 「미성년」에서 인용.

격하고 성질 고약한 노인네가 사소한 잘못에도 나를 체포하여 빵과 물만 먹일 수도 있을 것이라는 생각이 들었다. 그러는 사이에 날이 저물기 시작했다. 우리는 제법 빠른 속도로 달리고 있었다.

나는 마부에게 물었다. 「요새까지는 아직 멀었나?」

「얼마 안 남았습니다요. 저기 벌써 보이는뎁쇼.」 그가 대답했다.

나는 무시무시한 능보(稜堡)와 탑, 그리고 바리케이드 등을 기대하며 사방을 휘 둘러보았다. 그러나 통나무 울타리에 둘러싸인 작은 촌락 외에는 아무것도 보이지 않았다. 한쪽에는 반쯤 눈으로 덮인 건초 더미 서너 개가 서 있었고 다른 쪽에는 짜부라진 풍차 한 대가 판자 날개를 하릴없이 늘어뜨린 채 서 있었다.

「대체 요새가 어디 있다는 거야?」 나는 의아스러워 물었다.

「저게 바로 요새입니다요.」 마부는 촌락을 가리키며 말했다.

그가 말을 마쳤을 때 우리는 벌써 마을에 들어서고 있었다. 마을 입구에는 무쇠로 만든 낡은 대포 한 대가 놓여 있었다. 길은 좁고 꼬불꼬불했으며 집들은 낮고 지붕은 대체로 짚으로 덮여 있었다. 나는 사령관 사택으로 가자고 명했다. 잠시 후 마차는 높은 지대에 세워진 목조 교회 근처의 작은 목조 건물 앞에 도착했다.

나를 맞이하는 사람은 아무도 없었다. 나는 입구로 들어가 현관방으로 통하는 문을 열었다. 늙은 상이군인 하나가 책상 앞에 앉아 녹색 군복의 팔꿈치에 푸른 헝겊을 덧대어 꿰매고 있었다. 나는 그에게 나의 도착을 알리라고 명령했다.

「그냥 들어가세요.」 상이군인이 말했다. 「다들 집에 있으니까요.」

나는 옛날식으로 꾸며진 제법 깨끗한 방으로 들어갔다. 한쪽 구석에는 식기 찬장이 놓여 있었다. 벽에는 장교 임명장이 끼워진 유리 액자가 걸려 있었고 그 옆에는 키스트린[2] 요새와 오차꼬프[3] 요새의 점령, 신붓감을 고르는 장면, 고양이의 매장 등을 묘사한 싸구려 그림들이 보란 듯이 걸려 있었다. 창가에는 머리 수건을 쓰고 누비저고리를 입은 노파가 앉아 있었다. 그녀는 실을 감고 있었는데 장교 군복을 입은 애꾸눈 늙은이가 두 팔을 벌려 실타래를 잡아 주고 있었다.

「무슨 일로 오셨수, 젊은이?」 노파가 일감에서 눈을 떼지 않은 채 물었다.

나는 이곳에 배속되었으며 의무상 대위님께 신고 드리러 왔다고 대답하면서 그 애꾸눈 노인이 혹시 사령관이 아닌가 싶어 그쪽으로 머뭇머뭇 고개를 돌렸다. 그러나 안주인은 내가 준비해 온 인사말을 꺼내기 전에 내 입을 막았다.

「이반 꾸즈미치는 지금 집에 안 계신다우. 게라심 신부님 댁에 놀러 가셨수. 하지만 뭐 아무럼 어떻겠수. 내가 이 집 안주인이라우. 아무쪼록 잘 지내봅시다. 앉으시구려, 젊은이.」

그녀는 하녀를 소리쳐 불러 하사관을 찾아오라고 일렀다. 노인은 하나밖에 없는 눈을 끔벅거리며 호기심에 가득 차 나를 바라보았다.

그가 입을 열었다. 「실례지만, 나리는 어느 연대에 계셨습니

[2] 7년 전쟁시 러시아 군이 함락시킨 프로이센의 요새.
[3] 1737년 러시아 군이 함락시킨 터키 요새.

까?」

나는 그의 호기심을 충족시켜 주었다.

그가 또 물어 왔다.「그러면, 실례지만, 왜 근위대에서 수비대로 전속되었습니까?」

나는 상부의 지시대로 왔을 뿐이라고 대답했다.

「근위대 장교로서 불미스러운 일을 저지르신 모양이구먼요.」이 집요한 질문자는 말을 계속했다.

대위의 부인이 말했다.「헛소리 좀 작작하시구려, 보다시피 이 청년은 먼 길 오느라 지쳤을 텐데, 영감하고 수다떨 기운이 있겠수……? (팔 좀 똑바로 올리구려…….)」그녀는 나에게 얼굴을 돌리며 계속해서 말했다.「젊은이, 이런 벽촌에 처박히게 되었다고 너무 상심하지 말구려. 젊은이가 처음도 아니고 마지막도 아닐 테니까. 참고 지내면 정이 들게 될 거구먼. 알렉세이 이바니치 쉬바브린은 살인죄로 이 구석에 쫓겨와 벌써 5년째 지내고 있다우. 대체 무슨 귀신에 홀렸던지, 어떤 중위 한 사람과 교외로 나가 칼을 빼들고 싸움을 했다지 뭐요. 알렉세이 이바니치가 중위를 찔렀는데 글쎄 증인이 두 사람이나 있었다나! 그러니 달리 뾰족한 수 있겠수? 살다 보면 누구나 죄를 짓게 마련인걸.」

이때 젊고 건장한 까자끄 하사가 들어왔다.

「막시미치!」대위의 부인이 그에게 말했다.「이 장교님을 숙소로 안내하게, 좀 깨끗한 데로 골라서 말야.」

「알겠습니다, 바실리사 예고로브나.」하사가 대답했다.「그러면 이 장교님을 이반 뽈레쟈예프 댁으로 모실까요?」

「무슨 소릴, 막시미치. 뽈레쟈예프 댁은 너무 비좁잖아. 그분은 내 대부님이지만 우리가 자기네 상관이랍시고 꼬박꼬박 챙기려 든다고. 차라리 이 장교님을……. 참, 젊은이 이름과 부칭이 어떻게 되오? 뾰뜨르 안드레이치라고……? 자, 뾰뜨르 안드레이치 씨를 세몬 꾸조프네 집으로 모셔다 드리게. 그 작자는 순 날강도야, 우리 채마밭에 말을 풀어놓질 않았겠어. 그런데 참, 막시미치, 별다른 일은 없지?」 대위의 부인이 말했다.

「네, 다행히 아무 일도 없습니다.」 까자끄가 대답했다. 「한 가지 사건이 있다면, 쁘로호로프 하사가 목욕탕에서 우스찌니야 네굴리나와 더운 물 한 바가지를 놓고 대판 싸웠다는 겁니다.」

「이반 이그나찌치!」 대위의 부인이 애꾸눈 노인에게 말했다. 「쁘로호로프와 우스찌니야의 잘잘못을 가려 주시구랴. 두 사람 다 따끔히 혼 좀 내주시고. 자, 막시미치, 어서 가보게. 뾰뜨르 안드레이치, 막시미치가 숙소로 안내해 줄 거유.」

나는 인사를 하고 나왔다. 하사는 나를 요새의 끄트머리에 있는 강변 둔덕 위의 오두막으로 데려다 주었다. 오두막의 절반은 세몬 꾸조프 일가가 차지하고 있었고 나머지 반은 나에게 할당되었다. 방 한 칸이 전부인 내 거처는 비교적 산뜻하게 정돈되어 있었으며 칸막이로 양분되어 있었다. 사벨리치는 방을 정돈하기 시작했다. 나는 좁다란 창문을 통해 밖을 내다보았다. 내 앞에는 서글픈 광야가 펼쳐져 있었다. 오두막 몇 채가 비스듬히 서 있었고 길가에는 닭 몇 마리가 노닐고 있었다. 문가에서 구유통을 든 노파가 돼지를 부르자 돼지떼가 기쁜 듯이 꿀꿀대며 대답했다. 아, 이곳이 내가 청춘을 보내도록 운명지어진 곳이구나! 처지가 한심하다는 생각이 들었다. 나는 창가에서 물러나 저녁도 안 먹고 사벨리치의 잔소리도 못 들은 척

자리에 누웠다. 사벨리치는 탄식조로 계속 중얼거렸다.

「아이고 맙소사! 아무것도 드시질 않으시니! 병이라도 덜컥 나시면 어머님께서 뭐라고 하실까?」

다음날 아침, 내가 막 옷을 갈아입는데 문이 열리고 젊은 장교 한 사람이 들어왔다. 중키에 까무잡잡한 얼굴, 도저히 잘생겼다고 볼 수는 없지만 너무나도 활기에 넘치는 그런 사내였다.

그는 내게 프랑스어로 말했다.「실례합니다. 이렇게 불쑥 찾아뵌 걸 용서하십시오. 어제 당신이 왔다는 얘길 들었습니다. 마침내 사람다운 사람을 만날 수 있게 되었다는 생각을 하니 도저히 참을 수가 있어야지요. 여기서 조금만 지내시면 제 말 뜻을 알게 될 겁니다.」

나는 이 사내가 결투 때문에 근위대에서 쫓겨난 장교일 것이라고 짐작했다. 우리는 즉시 친구가 되었다. 쉬바브린은 대단히 영리한 사내였다. 그의 이야기는 재치 있고 흥미로웠다. 그는 사령관의 가족이며, 대인 관계, 그리고 나의 운명이 데려다 준 이 고장 등에 관해 무척이나 재미있게 묘사해 주었다. 내가 허심탄회하게 웃음을 터뜨리고 있는데 사령관 댁의 현관방에서 군복을 수선하고 있던 바로 그 상이군인이 들어와 바실리사 예고로브나가 나를 점심 식사에 초대했다는 말을 전해 주었다. 쉬바브린은 자기도 함께 가겠다고 따라 나섰다.

사령관 사택으로 가는 도중에 우리는 스무 명 가량의 상이군인들이 머리를 길게 땋아 늘이고 삼각 모자를 쓴 채 광장에 모여 있는 것을 보았다. 그들은 부동자세로 정렬해 있었다. 맨 앞에는 사령관이 서 있었는데, 그는 키가 훤칠하고 정정한 노인으로 원추형 모자에 중국식의 긴 옷을 걸치고 있었다. 우리를 보더니 다가와 내게 몇 마디 다정한 말을 건네고는 다시 호령을 하기 시작했다. 우리는 걸음을 멈추고 훈련 모습을 구경하려 했지만 그는 우리더러 자기도 곧 갈 테니 먼저 바실리사 예고로브나에게 가라고 일렀다. 〈여기 뭐 구경할 게 있다고〉 하며 그가 덧붙여 말했다.

바실리사 예고로브나는 허물없는 태도로 우리를 반갑게 맞이하였으며 나를 마치 오랜 친지처럼 대해 주었다. 상이군인과 빨라쉬까가 상을 차렸다.

「우리 이반 꾸즈미치는 어쩌자고 오늘 같은 날 훈련을 시킨다고 그럴까!」 사령관 부인이 말했다. 「얘, 빨라쉬까, 주인님께 식사하시라고 전해라. 그리고 마샤는 또 어디 있는 게냐?」

그때 열여덟 살쯤 되어 보이는 아가씨가 들어왔다. 그녀는 혈색 좋은 동그스름한 얼굴에 금발 머리를 귀 뒤로 매끈하게 빗어 넘겼는데 두 귀는 빨갛게 물들어 있었다. 선입견을 가지고 보아서 그랬는지 그녀의 첫인상은 별로 탐탁지 않았다. 쉬바브린이 대위의 딸 마샤는 바보 멍청이라고 내게 귀띔해 주었던 것이다. 마리야 이바노브나는 한구석에 앉아 바느질을 시작했다. 그러는 사이에 수프가 날라져 왔다. 남편이 아직도 안 돌아오자 바실리사 예고로브나는 다시 빨라쉬까를 보냈다.

「주인어른께 말씀드려라, 손님들이 기다리고 계시고 수프는 다 식어 빠져 간다고. 제기랄, 훈련이 어디로 도망가나, 소리지를 날이 없을까 봐서 그러나.」

대위는 잠시 후 애꾸눈 노인과 함께 나타났다.

부인이 그에게 말했다. 「대체 어쩐 일이세요? 식사는 벌써 옛날에 준비되었는데 함흥차사니.」

이반 꾸즈미치가 대답했다. 「당신도 알잖소, 바실리사 예고로브나. 내가 근무 중이었다는 걸. 병사들을 훈련시키고 있었소.」

대위의 부인이 가로막았다. 「아이고, 됐어요! 말이 훈련이지, 그 노인네들한테 군복무가 가당키나 한가요. 당신만 해도 근무의 근자도 모르잖아요. 집에 앉아서 기도라도 드리는 게 차라리 낫겠어요. 자, 손님 여러분, 어서 앉으세요.」

우리는 자리에 앉아 음식을 먹기 시작했다. 바실리사 예고로브나는 잠시도 쉬지 않고 수다를 떨며 나에게 질문 공세를 퍼부었다. 부모님은 어떤 분들이냐, 두 분 다 살아 계시냐, 어디 사시냐, 재정 상태는 어떠하냐 등등. 내가 아버님 영지에는 약 3백 명 가량의 농노가 있다고 말하자 그녀가 말했다.

「저런! 세상에 그런 부자도 다 있구먼! 우리는 말이요, 젊은이, 농노라곤 빨라쉬까라는 계집애 하나뿐이라우. 다행히 그럭저럭 입에 풀칠은 하지만 문제는 우리 마샤라우. 혼기는 찼는데 주어 보낼 게 있어야지? 참빗 한 개에, 빗자루 한 개, 목욕탕에 갈 3꼬뻬이까짜리 동전 한 닢뿐이라우(하느님 용서하소서!). 착한 신랑감이 나타나면 좋으련만, 안 그러면 평생 노처녀로 늙게 생겼수.」

나는 마리야 이바노브나를 바라보았다. 그녀는 온통 새빨갛게 되어 접시 위에 눈물방울까지 떨어뜨리는 게 아닌가. 그녀가 안됐다는 생각이 들어 나는 재빨리 화제를 바꾸었다.

나는 앞뒤 없이 말을 꺼냈다. 「제가 듣기로는, 바쉬끼르 인들이 이 요새를 공격하려고 한다던데요.」

「어디서 그런 얘길 들었소?」 이반 꾸즈미치가 물었다.

「오렌부르그에서는 그렇게들 말하고 있습니다.」 내가 대답했다.

「말도 안 되는 소리!」 사령관이 말했다. 「그건 그리 못 들어 본 지도 한참 되었는걸. 바쉬끼르 인들은 겁에 질려 덜덜 떨고 있고 끼르기즈 놈들도 매운맛 좀 보았지. 놈들이 쳐들어올 염려는 없어. 설령 쳐들어온다 해도 한 방 먹여 주면 앞으로 한 10년은 조용히 있을 거야.」

나는 대위의 부인에게 시선을 주며 계속 지껄였다. 「언제라도 일이 터질 수 있는 이런 요새에 사시면서 무섭지 않으십니까?」

「익숙해지면 괜찮다우, 젊은이.」 그녀가 대답했다. 「20년 전에 연대에서 이곳으로 전속되어 왔을 때는, 원 세상에, 그 저주받을 이교도놈들이 얼마나 무서웠던지! 살쾡이 가죽 모자가 보인다든가, 그놈들의 고함 소리가 들리기만 하면 정말이지 심장이 얼어붙는 것 같았다우! 그런데 지금은 익숙해져서 악당들이 바로 코앞에서 얼쩡거린다고 알려 와도 꿈쩍 않고 집에 앉아 있다우.」

쉬바브린이 엄숙하게 거들었다. 「바실리사 예고로브나는 용감한 부인이십니다. 이반 꾸즈미치가 그걸 증명해 주실 겁니다.」

이반 꾸즈미치도 맞장구쳤다. 「그건 그렇네. 우리 마누라는 겁쟁이라 할 수 없지.」

내가 물었다. 「그러면 마리야 이바노브나는요? 따님도 사모님처럼 용감하신가요?」

「마샤가 용감하냐고?」 대위의 부인이 대답했다. 「천만에, 저

애는 겁쟁이야. 여태까지도 총소리만 나도 바들바들 떠는걸. 심지어 어떤 일이 있었냐 하면, 한 2년쯤 전에 내 영명 축일날 이반 꾸즈미치가 저 앞에 있는 대포를 쏘려고 했는데 우리 귀염둥이가 어찌나 놀라던지 그냥 죽는 줄 알았다니까. 그때부턴 저 빌어먹을 대포는 건드리지도 않는다우.」

우리는 식탁에서 일어났다. 대위 부부는 잠시 눈을 붙이러 들어가고, 나는 쉬바브린의 숙소로 가서 저녁 내내 그와 함께 지냈다.

제4장
결투

자, 그럼 제대로 서보라고.
내가 어떻게 네 몸통을 찌르는지 잘 보란 말야.[1]
— 끄냐쥐닌

    몇 주가 지나갔다. 벨로고르스끄에서의 나의 삶은 견딜 만했을 뿐 아니라 심지어 유쾌하기까지 했다. 사령관의 집에서 나는 가족과 같은 대우를 받았다. 대위 부부는 정말로 존경받을 만한 사람들이었다. 군대의 밑바닥에서부터 장교로 올라온 이반 꾸즈미치는 교육도 받지 못한 단순한 사람이었지만 무척 선량하고 청렴했다. 그의 아내는 그를 쥐고 흔들었지만 그것은 그의 무사태평한 성질과 잘 맞았다. 바실리사 예고로브나는 군대일을 가사일처럼 여겼으며 집안 살림을 하는 것과 똑같이 요새를 관리했다. 마리야 이바노브나는 얼마 안 가 내 앞에서도 수줍음을 타지 않게 되었다. 우리는 친해졌다. 나는 그녀가 사려 깊고 감정이 풍부한 아가씨라는 걸 알아차렸다. 이럭저럭 하는 사이에 나는 이 선량한 가족에게, 심지어 애꾸눈 수비대

---

1 끄냐쥐닌의 희곡 「괴짜들Chudaki」에서 인용한 것임.

중위 이반 이그나찌치에게까지 깊은 애착을 느끼게 되었다. 쉬바브린은 마치 그 노인네가 바실리사 예고로브나와 무슨 불미스런 관계라도 있는 양 이야기를 꾸며댔지만 그건 정말 말도 안 되는 소리였다. 그래도 쉬바브린은 상관하지 않았다.

 나는 장교로 승진했다. 군대 생활은 나를 조금도 힘들게 하지 않았다. 신께서 보호하시는 이 요새에서는 사열도, 연병도, 초소 근무도 없었다. 사령관은 심심풀이 삼아 이따금씩 사병들을 훈련시켰다. 그러나 병사들 전원이 오른쪽과 왼쪽을 구별할 수 있게 하는 데는 역부족이었다. 그들 중 대부분은 실수하지 않으려고 방향을 틀 때마다 성호를 그었지만 소용이 없었다. 쉬바브린은 프랑스 책을 몇 권 가지고 있었다. 나는 그 책들을 읽기 시작했다. 내 안에서 문학적 소양이 잠을 깼다. 나는 아침마다 독서를 하거나 번역 연습을 했으며 때로 시를 써보기도 했다. 점심은 거의 언제나 사령관 댁에서 먹었으며 대체로 하루의 나머지 시간은 거기서 보냈다. 어쩌다가 저녁때쯤 해서 게라심 신부가 부인 아꿀리나 빰필로브나와 함께 들르기도 했는데, 그녀는 이 지방에서 알아주는 수다쟁이였다. A. I. 쉬바브린과는 물론 매일같이 만났지만 시간이 지날수록 그의 수다는 내게 달갑지가 않았다. 사령관 가족에 관해 언제나 지껄여대는 농담, 특히 마리야 이바노브나에 관한 가시 돋친 논평은 정말로 듣기가 싫었다. 그러나 요새에 다른 사교 모임도 없었고, 나 또한 다른 모임을 찾아보려는 생각은 하지 않았다.

 바쉬끼르 인들이 폭동을 일으킬 것이라는 예측이 있었지만 그들은 잠잠했다. 우리 요새 주변에는 평화가 감돌고 있었다. 그러나 평화는 갑작스런 내부의 갈등으로 인해 깨지고 말았다.

앞에서도 말했지만 나는 문학에 심취해 있었다. 나의 습작들은 당시의 기준으로 볼 때 상당한 수준에 올라 있었고 몇 년 뒤 알렉산드르 뻬뜨로비치 수마로꼬프[2]는 그것들을 극찬하기까지 했다. 한번은 나 자신도 흡족할 만한 짤막한 시를 완성했다. 주지의 사실이지만, 작가들은 때때로 조언을 구한다는 명목으로 칭찬해 줄 독자를 찾는 법이다. 그래서 나도 나의 작품을 깨끗이 베껴 써서는 쉬바브린에게 가지고 갔다. 그는 요새 전체를 통틀어서 시 작품을 평가할 수 있는 유일한 사람이었으니까. 몇 마디 서론을 늘어놓은 다음 나는 주머니에서 작은 수첩을 꺼내 그에게 다음과 같은 시구를 읽어 주었다.

사랑의 감정 떨쳐 버리고
아름다운 그대 잊으려 몸부림치네,
아, 마샤, 그대를 멀리하여
나 이제 그만 자유롭고 싶어라!

그러나 나를 사로잡은 그 눈동자
밤낮으로 내 앞에 아른거려
내 영혼 뒤흔드니
마음의 평화 간데없어라.
그대여, 내 번민 알아주오,
가혹한 운명이런가
나 그대의 포로가 되었으니

[2] A. P. Sumarokov(1718~1777). 러시아 고전주의를 대표하는 시인, 극작가.

오, 마샤 나를 가엾이 여겨 주오.³

「그래 어떤가?」 나는 내가 응당 받아야 한다고 생각한 칭찬을 은근히 기대하며 쉬바브린에게 물었다. 그러나 울화통 터지게도 평소에는 남을 내려다보며 관대한 척하던 그가 나의 시는 형편없다고 못 박는 게 아닌가.

「어째서 그렇지?」 나는 짜증을 참으며 그에게 물었다.

그가 대답했다. 「왜냐하면, 그런 시는 나의 선생이신 바실리 끼릴리치 뜨레지야꼬프스끼⁴한테나 어울리니까. 선생의 연애시와 무척 유사하더군.」

그는 내 손에서 수첩을 낚아채더니 더없이 신랄하게 나를 우롱해 가며 한줄 한줄, 단어 하나하나를 무자비하게 난도질하기 시작했다. 나는 더 이상 참을 수가 없어 수첩을 도로 빼앗은 다음 이제 앞으로는 절대로 내가 쓴 글을 보여 주지 않겠노라고 말했다. 쉬바브린은 나의 이 같은 위협조차 비웃었다.

「어디 두고 보자고.」 그가 말했다. 「과연 지금 말한 것을 지킬지. 이반 꾸즈미치가 식사 전에 보드까 한 병을 필요로 하는 것처럼 시인에게는 독자가 필요한 법이야. 그런데 참, 자네가 사랑의 번뇌와 타오르는 열정을 고백한 이 마샤란 아가씨는 누군가? 마리야 이바노브나 맞지?」

「자네가 알 바 아니네.」 나는 양미간을 찌푸리며 말했다. 「마

---

3 이 시는 노비꼬프N. N. Novikov의 『새롭고 완전한 러시아 노래 모음 *Novoe i polnoe sobranie rossiiskikh pesen*』에서 일부 차용한 것임.

4 V. Tred'iakovskii(1703~1769). 러시아 시작법 개혁에 기여한 고전주의 시대의 시인. 창작에 관한 한 2류 시인이라는 평가를 받았다.

샤가 누구건 간에 말일세. 자네의 의견이나 추측을 요구하는 게 아니니까.」

「이히! 지존님 깡판 시인이시 소심스러운 애인이라 이 말씀이군!」 쉬바브린은 점점 더 내 울화를 북돋우며 계속 지껄였다. 「하지만 친구로서 내 한마디 충고하지. 만약에 사랑에 성공하고 싶다면 시 나부랭이나 가지고 수작 부리는 건 그만두게.」

「그게 무슨 뜻인가? 그 잘난 입으로 설명 좀 해보시지.」

「기꺼이 해주지. 그건 말일세, 마샤가 어둠을 틈타 자네를 찾아오게끔 하고 싶다면 달콤한 시 대신 귀고리라도 한 벌 선사하라 이 뜻이야.」

나는 피가 끓어오르는 것을 느꼈다.

「무엇 때문에 그 아가씨를 그런 식으로 평가하는 건가?」 나는 가까스로 분노를 누르며 물었다.

그는 악마적인 조소를 띠며 말했다. 「왜냐하면, 내가 경험해봐서 그 아가씨의 성격과 습관을 잘 알기 때문이지.」

「거짓말 마, 이 나쁜 놈아! 네놈이 그런 파렴치한 거짓말을 하다니.」 나는 화가 머리끝까지 치밀어 소리를 버럭 질렀다.

쉬바브린은 낯빛을 확 바꾸더니 내 손을 덥석 잡으며 말했다.

「지금 그 말은 그냥 넘어갈 수 없군. 자네는 결투 신청에 응해야 할걸세.」

「그렇게 하지, 언제라도 좋으니까!」 나는 기뻐하며 대답했다. 그 순간 나는 그를 갈기갈기 찢어 놓고 싶었던 것이다.

나는 곧장 이반 이그나찌치에게 갔다. 그는 바늘을 손에 쥐고 있었다. 사령관 부인의 명령으로 겨울에 먹을 버섯을 말리기 위해 실에 꿰고 있는 중이었다.

「아, 뾰뜨르 안드레이치!」 그가 나를 보자 말했다. 「어서 오세요! 어떻게 오셨습니까? 실례인 줄 압니다만, 무슨 일로 오셨는지 물어도 될까요?」

나는 간단명료하게 알렉세이 이바니치와 싸운 이야기를 들려준 다음 그에게, 즉 이반 이그나찌치에게 결투 입회인이 되어 달라는 부탁을 하러 왔다고 말했다. 이반 이그나찌치는 한 쪽밖에 없는 눈을 똥그랗게 뜨고 나를 바라보면서 열심히 나의 이야기를 들었다. 그리고 이렇게 말했다.

「그러니까 당신은 알렉세이 이바니치를 찔러 죽이고 싶다, 그리고 그 장면을 내가 목격해 주었으면 좋겠다, 이런 말씀이십니까? 실례인 줄 압니다만, 그런 뜻입니까?」

「바로 그 얘기요.」

「제발, 뾰뜨르 안드레이치! 대체 무슨 생각을 하신 겁니까! 알렉세이 이바니치와 싸우셨다고요? 참 대단히 나쁜 일이구먼요! 하지만 욕 좀 먹었다고 뭐 어디가 덧나나요? 그쪽에서 당신한테 욕설을 퍼부으면 당신도 되받아 쏘아 주면 되고, 그쪽에서 당신의 빰을 한 대 갈기면 당신도 그쪽의 귀싸대기를 갈겨 주면 되지요. 한두 대 더 때려 주고는 뭐 그러다가 각자 갈 길을 가버린다, 이 말씀입니다. 그러면 나중에 우리가 어련히 두 분을 화해시켜 드리지 않겠어요. 그러면 될 것을, 자기랑 가까운 친구를 칼로 찌르는 것이 과연 잘하는 일일까요. 감히 여쭙습니다만? 당신이 알렉세이 이바니치를 찌른다면 그거야 뭐 나쁘지 않죠. 알렉세이 이바니치여 고이 잠들라 하면 그만이죠. 저 역시 그 양반을 별로 좋아하지 않으니까요. 하지만 만약에 그쪽에서 당신을 작살낸다면요? 그러면 어떻게 되는 거죠?

감히 여쭙습니다만, 그러면 대체 누가 바보꼴이 되는 거죠?」

현명한 하사의 논리 정연한 반박도 내 결심을 흔들어 놓지 못했다. 나는 내 계획을 고수할 작정이었다.

이반 이그나찌치가 말했다.「정 그러시다면, 마음대로 하세요. 하지만 제가 왜 목격자가 되어야 하지요? 무엇 때문에요? 사람들이 결투를 하는 게 무슨 큰 구경거리나 됩니까, 감히 여쭙습니다만? 저는 다행히도 스웨덴 놈들과도, 터키 놈들과도 싸워 보았기 때문에 싸움 구경은 실컷 했습니다.」

나는 어떻게 해서든 입회인의 의무에 관해 그에게 설명하려 했지만 이반 이그나찌치는 말귀를 전혀 알아듣지 못했다.

「마음대로 하시라니까요.」그가 말했다.「하지만 만일 이 일에 제가 끼어들어야 한다면 저는 제 직분상 이반 꾸즈미치께 달려가 보고해야 할 겁니다. 국가의 이익에 반대되는 사악한 행위가 이 요새 안에서 꾸며지고 있다고, 그러니 사령관께서 적절한 조치를 취하셔야 한다고……..」

나는 깜짝 놀라 이반 이그나찌치에게 제발 사령관님께는 아무 말도 하지 말아 달라고 사정사정했다. 가까스로 그를 설득하여 약속을 받아 낸 나는 마침내 그를 단념하기로 했다.

저녁은 여느 때와 마찬가지로 사령관 댁에서 보냈다. 나는 의심이나 번거로운 질문을 피하기 위해 짐짓 명랑하고 태연하게 보이려고 무진 애를 썼다. 그러나 고백하건대, 나와 같은 처지에 놓인 사람들이 거의 언제나 자랑하는 그런 냉정함을 나는 유지할 수가 없었다. 그날 저녁 내 마음은 자꾸만 감상적으로 물렁해지고 있었던 것이다. 마리야 이바노브나는 평소보다 더 사랑스러워 보였다. 어쩌면 지금이 그녀와 함께하는 마지막 순간이 될지도 모른다는 생각은 그녀의 모습에 무언가 감동적인 빛을 더해 주었다. 그 자리에는 쉬바브린도 있었다. 나는 그를 한쪽 구석으로 불러내어 이반 이그나찌치와 나누었던 대화를 알려주었다.

「어째서 입회인 따위가 필요한 거지? 우리끼리 그냥 하자고.」 그가 무뚝뚝하게 말했다.

우리는 다음날 아침 여섯 시에 요새 근처의 건초 더미 뒤에서 결투를 벌이기로 합의를 보았다. 우리는 겉으로 보기에 무척이나 다정하게 이야기를 주고받았으므로 이반 이그나찌치는 너무도 기쁜 나머지 무심결에 실없는 소리를 지껄이고 말았다.

「아무렴, 그래야지.」 그가 뿌듯한 표정을 지으며 말했다. 「나쁜 화해가 좋은 다툼보다 더 낫고 건강이 명예보다 더 중요한 법이지요.」

「뭐라고, 이반 이그나찌치, 방금 뭐라고 했수?」 한쪽 구석에서 카드점을 치고 있던 사령관 부인이 말했다. 「나는 잘 못 들었수.」

내가 못마땅한 기색을 보이자 이반 이그나찌치는 자기가 한 약속이 생각나 어쩔 줄을 모르며 대답할 말을 찾지 못했다. 쉬바브린이 재빨리 그를 도와주었다.

「이반 이그나찌치는 우리의 화해에 찬성을 한 겁니다.」

「아니, 자네가 누구랑 싸웠길래?」

「뾰뜨르 안드레이치와 좀 심하게 다퉜거든요.」

「무엇 때문에?」

「정말 하찮은 일이었지요. 노래 한 곡 때문이었지요, 바실리사 예고로브나.」

「원, 싸울 구실이 그렇게도 없어! 노래 때문에……! 그래 어떻게 된 거지?」

「다름이 아니라, 뾰뜨르 안드레이치가 일마 전에 노래를 한 편 써 가지고 오늘 제 앞에서 그걸 불러 보았답니다. 저는 또 제가 좋아하는 노래를 불렀고요. 〈대위의 딸아, 대위의 딸아, 한밤의 산책일랑 나가지 마라〉,[5] 뭐 이런 노래였죠. 여기서 싸움이 시작된 겁니다. 뾰뜨르 안드레이치는 화를 벌컥 냈지만 나중에는 누구나 자기가 좋아하는 노래를 부를 수 있다는 걸 납득했고 그래서 그 일은 그럭저럭 마무리가 된 겁니다.」

나는 쉬바브린의 뻔뻔함에 분통이 터져 거의 미칠 지경이었지만 나를 빼고는 아무도 그의 천박한 빈정거림을 꿰뚫어 보지 못했다. 적어도 거기에 관심을 돌린 사람은 아무도 없었다. 화제는 노래에서 시인으로 넘어갔다. 사령관은 시인이란 족속은 모조리 방탕한 술고래라고 지적을 하면서 나에게 시 쓰기란 군복무에 방해가 될 뿐 아니라 아무짝에도 쓸모가 없는 짓이니 집어치우는 게 좋다고 우정 어린 충고를 해주었다.

나는 쉬바브린과 한자리에 앉아 있는 것을 더 이상 견딜 수가 없어서 잠시 후 사령관과 그의 가족에게 인사를 했다. 숙소로 돌아온 나는 군도를 점검하고 칼날을 한번 시험해 본 뒤 사벨리치에게 내일 아침 여섯 시에 깨워 달라고 이르고 잠자리에 들었다.

다음날 지정된 시간에 나는 벌써 건초 더미 뒤에 도착하여 내 적수를 기다리며 서 있었다. 곧 이어 쉬바브린도 나타났다.

---

[5] 이반 쁘라치Ivan Prach의 『러시아 민요집Sobranie narodnykh russkikh pesen』에서 일부 차용한 것임.

그가 내게 말했다. 「방해꾼이 끼어들지도 모르니 빨리 끝내자고.」

우리는 군복을 벗고 조끼만 입은 채 칼을 뽑아 들었다. 그때 갑자기 건초 더미 저편에서 이반 이그나찌치와 대여섯 명 정도의 상이군인이 나타났다. 그는 우리에게 사령관 앞에 출두할 것을 요구했다. 우리는 화가 치밀었지만 그 말에 순순히 따랐다. 상이군인들한테 빙 둘러싸인 채 우리는 이반 이그나찌치의 뒤를 따라 요새로 향했다. 이반 이그나찌치는 믿을 수 없을 정도로 잘난 척을 하며 의기양양하게 우리를 인도했다.

우리는 사령관 사택으로 들어갔다. 이반 이그나찌치가 문을 열고 엄숙하게 〈데려왔습니다!〉라고 외쳤다. 우리를 맞아 준 것은 바실리사 예고로브나였다.

「아니, 이 사람들아! 대체 이게 무슨 영문인가? 어떻게 된 일이냐고? 이게 뭐냐 말이야? 우리 요새에서 살인을 하려 들다니! 이반 꾸즈미치, 이 사람들을 당장 체포하세요! 뾰뜨르 안드레이치! 알렉세이 이바니치! 칼을 이리 내놓게, 어서, 빨리 이리 내놓아. 얘, 빨라쉬까, 이 칼들을 창고에 처넣어라. 뾰뜨르 안드레이치! 자네가 이럴 줄은 정말 몰랐네. 대체 창피하지도 않은가? 알렉세이 이바니치는 또 그렇다고 치자. 저 사람은 살인을 저지르고 근위대에서 쫓겨난 데다가 하느님도 믿지 않으니까. 그렇지만 자네가 그런 짓을 해? 알렉세이 이바니치처럼 되고 싶은 게야?」

이반 꾸즈미치는 부인의 말에 전적으로 맞장구를 치며 못박아 말했다.

「맞아, 바실리사 예고로브나의 말이 백 번 옳아. 군대 규정에 결투는 엄격하게 금지되어 있으니까.」

그러는 동안에 빨라쉬까는 우리한테 군도를 냉큼 받아 가지고 킹고로 가져가 버렸다. 나는 웃음을 터뜨리지 않을 수가 없었다. 그러나 쉬바브린은 여전히 거드름을 피우며 서 있었다.

그가 사령관 부인에게 냉랭하게 말했다. 「사모님을 존경하는 마음에서, 한 말씀 드리지 않을 수가 없습니다. 사모님께서 저희들의 심판관으로 나선 것은 쓸데없이 근심 걱정을 자초하신 셈입니다. 이 일은 이반 꾸즈미치께 맡기십시오. 이건 그분의 소관이니까요.」

「원 세상에! 이봐요 젊은이!」 사령관 부인이 그를 몰아붙였다. 「부부는 일심동체라는 것도 모르나! 이반 꾸즈미치! 당신은 무얼 그리 멍청하게 보고만 계세요? 빨리 이 친구들을 독방에 처넣어 물하고 빵만 먹이시라고요. 그러면 좀 정신을 차릴 거예요. 그리고 게라심 신부님께 이 친구들을 속죄시켜 달라고 하세요. 하느님께 용서를 빌고 사람들 앞에서 회개하게 만들어야지요.」

이반 꾸즈미치는 어떻게 해야 할지를 모르고 있었다. 마리야 이바노브나의 얼굴은 죽은 사람처럼 창백했다. 폭풍은 차츰 잠잠해졌다. 사령관 부인은 흥분을 가라앉히고 우리가 서로에게 입을 맞추게 했다. 빨라쉬까는 우리의 칼을 도로 가져다 주었다. 우리는 외관상 화해를 한 상태에서 사령관 댁을 나왔다. 이반 이그나찌치가 우리를 따라 나왔다.

「아니, 창피하지도 않으세요?」 내가 화를 내며 그에게 말했다. 「나한테 철석같이 약속을 해놓고서 사령관한테 고자질을 하다니.」

「하늘에 맹세코 이반 꾸즈미치께는 입도 벙긋 안 했습니다.」 그가 대답했다. 「바실리사 예고로브나가 요리조리 캐묻는 바람에 모조리 털어놓은 겁니다. 사모님은 사령관님께 한 마디도 없이 모든 걸 알아서 처리하셨고요. 그러나저러나 이 정도로 끝나서 천만 다행입니다.」

이 말을 마치고 그는 집으로 되돌아갔고 나는 쉬바브린과 단둘이 남았다.

「이런 식으로 끝낼 수는 없지.」 내가 그에게 말했다.

「물론이지.」 쉬바브린이 응수했다. 「자네는 피로써 자네의 파렴치한 행동에 대한 대가를 치러야 할걸세. 하지만 십중팔구 사람들이 우리를 감시할 테니까 며칠간은 조용히 지내야 하겠지. 잘 가게!」

우리는 아무 일도 없었던 것처럼 헤어졌다.

사령관 사택으로 돌아온 나는 평소의 습관대로 마리야 이바노브나 곁에 앉았다. 이반 꾸즈미치는 집 안에 없었고 바실리사 예고로브나는 가사일에 정신이 팔려 있었다. 우리는 가만가만 얘기를 주고받았다. 마리야 이바노브나는 내가 쉬바브린과 싸우는 바람에 모두들 걱정 많이 했다면서 나를 부드럽게 나무랐다.

그녀가 말했다. 「두 분이 칼을 빼들고 싸울 작정이란 말을 들었을 때는, 저도 정말 까무러치는 줄 알았어요. 남자분들은 참 이상해요! 일주일만 지나도 필경 잊어버리게 될 말 한 마디 때문에 칼부림을 하고 목숨뿐 아니라 양심도 희생시키고, 게다가…… 사람들의 행복까지도 기꺼이 희생시키려 들다니요……. 하지만 저는 당신이 다툼을 시작하지는 않았을 거라 확신해요.

분명 알렉세이 이바니치가 잘못했을 거예요.」

「어째서 그렇게 생각하지요, 마리야 이바노브나?」

「저, 그러니까…… 그 사람은 성격이 비뚤어졌으니까요! 저는 알렉세이 이바니치가 싫어요. 그 사람만 보면 치가 떨려요. 그런데 이상하게도 그 사람이 저를 미워하는 것은 무슨 수를 써서라도 막아 보고 싶어요. 그렇게 되면 전 무서워서 견딜 수가 없을 거예요.」

「그럼 마리야 이바노브나 당신은 어떻게 생각하십니까? 그자가 당신을 좋아하는 걸까요?」

마리야 이바노브나는 말을 더듬으면서 얼굴을 빨갛게 붉혔다.

「제 생각에는, 그 사람이 절 좋아하는 것 같아요.」

그녀가 말했다.

「어째서 그런 생각이 드셨지요?」

「왜냐하면 그 사람이 제게 청혼했으니까요.」

「청혼을! 당신한테 그놈이 청혼을 해요? 그게 언제였습니까?」

「작년이에요. 당신이 여기 오시기 두 달 전이었어요.」

「그런데 당신이 거절했군요?」

「보시다시피 그래요. 알렉세이 이바니치는 물론 똑똑하고 집안도 좋고 재산도 가지고 있지만요. 모든 사람들이 보는 앞에서 신부의 화관을 쓰고 그 사람과 키스를 해야만 한다고 생각하면…… 오, 그것만은 절대로 못 하겠어요! 금은 보화를 준다 해도 못 하겠어요!」

마리야 이바노브나의 이야기는 내 눈을 뜨게 해주고 많은 것을 설명해 주었다. 나는 이제야 비로소 쉬바브린이 어째서 마리야 이바노브나를 밤낮 헐뜯기만 했는지 알 수 있었다. 분명 그는 우리 두 사람이 가까운 사이임을 눈치 채고는 우리를 갈라놓기 위해 여러모로 애를 썼을 것이다. 그와 나 사이에 싸움을 일으켰던 말들이 천박하고 무례한 농지거리가 아니라 계획적인 중상모략이었다는 것을 알게 되자 내게는 그것들이 더욱 추잡하게 느껴졌다. 그 철면피한 험담꾼을 처벌하고 싶다는 열망이 내 안에서 점점 더 강렬하게 불타올랐고, 나는 적당한 기회가 오기를 초조하게 기다리기 시작했다.

그러나 그리 오래 기다릴 필요가 없었다. 그 다음날 내가 비가를 쓰려고 책상 앞에 앉아 펜대를 잘근잘근 씹으며 압운을 고르고 있을 때 쉬바브린이 내 창문을 두드렸다. 나는 펜을 내던지고는 군도를 집어 들고 그를 보러 나갔다.

「꾸물댈 거 뭐 있겠나? 우릴 감시하는 사람은 없네. 강가로 가자고. 거기라면 아무도 방해하지 못할걸세.」 쉬바브린이 내게 말했다.

우리는 말없이 강가로 향했다. 가파른 비탈길을 내려가 강가에 도달한 우리는 칼을 뽑아 들었다. 쉬바브린은 기술면에서 나보다 한수 위였지만, 나는 그보다 더 용감했고 힘도 더 세다. 게다가 한때 군인이었던 므슈 보프레가 검술의 몇 가지 묘수를 내게 가르쳐 주었으므로 나는 그것을 활용했다. 쉬바브린은 아마도 내가 그 정도로 위험한 적수라고는 생각지 못했을 것이다. 우리는 한참 동안 싸웠지만 상대방에게 아무런 상처도 입히지 못했다. 그러다가 마침내 쉬바브린이 지쳐 가는 기색을 느낀 나는 한껏 기운을 내서 그를 공격하기 시작해 물가로 바싹 몰아갔다. 그런데 갑자기 누군가 큰소리로 내 이름을 부르는 소리가 들렸다. 뒤를 돌아보니 사벨리치가 언덕길을 마구 뛰어 내려오는 것이 보였다……. 바로 그 순간 나는 오른쪽 어깨 아래편의 가슴을 심하게 찔렸고 그 자리에 쓰러져 의식을 잃고 말았다.

제5장
사랑

오, 아가씨, 예쁜 아가씨!
나이 차기 전에는 시집일랑 가지 말아요
아버님, 어머님께 여쭈어 보아요,
아버님께, 어머님께, 일가친척에게 물어 보아요.
지혜와 사리 분별 모아 두세요,
지혜와 사리 분별이 살림 밑천이지요.
― 민요

저보다 나은 사람 만나거든 절 잊어 주시고
저보다 못한 사람 만나거든 절 기억해 주세요.
― 민요

 깨어난 후에도 나는 한참 동안 혼미하여 도대체 내가 무슨 일을 당한 것인지 이해할 수가 없었다. 나는 허약해질 대로 허약해져서 낯선 방의 침대에 누워 있었다. 내 앞에는 사벨리치가 손에 촛불을 들고 서 있었고 누군가 나의 가슴과 어깨에 감긴 붕대를 조심조심 풀고 있었다. 차츰차츰 기억이 되살아났다. 결투를 한 기억이 났으며 아마도 그때 부상을 당한 것 같다는 생각이 들었다. 바로 그때 방문이 덜커덩 하고 열렸다.
 「어떠세요? 좀 차도가 있나요?」 속삭이듯 묻는 소리가 들렸다. 그 음성을 들으니 심장이 짜릿했다.

「그저 그만하답니다.」 사벨리치가 한숨을 쉬며 대답했다. 「벌써 꼬박 닷새째인데 여전히 의식이 없으십니다.」

나는 몸을 돌리고 싶었지만 마음대로 되지가 않았다.

「여기가 어디요? 거기 있는 게 누굽니까?」

나는 가까스로 힘을 짜내 말했다. 마리야 이바노브나가 내 침대 곁으로 다가와 몸을 숙여 말했다.

「뭐라고 하셨어요? 좀 어떠세요?」

「하느님.」 나는 다 죽어 가는 음성으로 대답했다. 「마리야 이바노브나, 당신이었군요? 제발 이게 어떻게 된 건지…….」

나는 말을 계속할 기운이 없어 입을 다물고 말았다. 사벨리치가 탄성을 질렀다. 그의 얼굴에는 기쁜 기색이 역력했다.

「정신이 드셨다! 정신이 드셨어!」 그는 계속해서 외쳐 댔다. 「하느님 감사합니다! 아, 뾰뜨르 안드레이치 도련님! 도련님 때문에 정말 놀랐습니다! 이게 어디 보통 일인가요? 닷새 동안을 꼬박……!」

마리야 이바노브나가 그의 말을 가로막으며 말했다.

「저이한테 말을 너무 많이 하진 마세요. 아직 기운이 없으시니까요.」

그녀는 밖으로 나가 조용히 문을 닫았다. 내 가슴은 설레기 시작했다. 그렇구나, 여기는 사령관 댁이고 마리야 이바노브나가 문병차 들어왔던 것이로구나. 나는 사벨리치에게 몇 가지 묻고 싶었지만 노인은 고개를 내저으며 귀를 틀어막았다. 나는 눈을 질끈 감고 울화를 터뜨리다가 곧 잠 속으로 빠져 들었다.

잠에서 깬 나는 사벨리치를 불렀지만 내 앞에는 사벨리치 대신 마리야 이바노브나가 서 있었다. 천사 같은 그녀의 음성이 나를 맞아 주었다. 그 순간 나를 사로잡은 달콤한 느낌은 이루 다 말로 표현할 수 없는 것이었다. 나는 그녀의 손을 잡고 매달리며 감격의 눈물을 펑펑 쏟았다. 마샤는 손을 빼지 않았다……. 그러더니 갑자기 그녀의 입술이 내 뺨에 와 닿으며 나에게 뜨겁고 생생한 입맞춤을 선사하는 게 아닌가. 한줄기 불길이 내 몸에 확 번져 나갔다.

나는 그녀에게 말했다. 「예쁘고 착한 마리야 이바노브나, 제 아내가 되어 주십시오, 저를 행복하게 해주십시오.」

그녀는 냉정을 되찾고는 내게서 손을 잡아 빼며 말했다.

「제발 진정하세요. 아직 상태가 좋지 않아요. 상처가 다시 벌어질지도 모르니까요. 절 위해서라도 몸조심하셔야 돼요.」

이 말을 마치고 그녀는 나를 황홀경에 빠뜨려 놓은 채 밖으로 나가 버렸다. 행복이 나를 소생시켰다. 그녀는 내 사람이 될 것이다! 그녀는 나를 사랑하고 있다! 이 생각이 내 전 존재를 가득 메우고 있었다.

그때부터 내 병세는 시시각각 호전되었다. 나를 치료해 준 사람은 연대 이발사였다. 요새 안에 달리 의사가 없었기 때문이었는데 그가 아는 척을 해대지 않은 것만도 천만다행이었다. 젊음과 자연이 나의 회복에 박차를 가해 주었다. 사령관 댁의 모든 식솔이 나를 보살펴 주었다. 마리야 이바노브나는 내 곁을 한시도 떠나지 않았다. 물론 나는 적당한 기회가 오기를 기다렸다가 전에 하다 만 사랑의 고백을 계속했고 마리야 이바노브나는 전보다 더 참을성 있게 내 이야기에 귀 기울여 주었다. 그녀는 전혀 내숭 떠는 일 없이 나에게 끌리는 자신의 감정을 솔직하게 털어놓았으며 부모님 또한 자신의 행복에 기뻐해 주실 것이라고 말했다.

「그렇지만 한번 잘 생각해 보세요.」그녀가 덧붙여 말했다.
「병신네 쪽에서 반대가 있지 않겠어요?」

나는 그 부분에 관해 골똘히 생각해 보았다. 어머님의 온화한 성품에 대해서는 의심의 여지가 없었다. 그러나 아버지의 성격이나 사고방식을 고려해 보건대, 아버지는 나의 사랑에 별로 감동받지 않을 것이며 그것을 철없는 아이의 변덕 정도로 치부할 것이라는 생각이 들었다. 나는 이점에 관해서도 마리야 이바노브나에게 솔직 담백하게 털어놓았으며, 아버지께 최대한 웅변적인 편지를 써보내서 부모님의 축복을 얻어 내기로 작정했다. 내가 편지를 써서 보여 주자 마리야 이바노브나는 그 편지가 대단히 설득력 있고 감동적이어서 반드시 기대하는 바를 이룰 것이라고 믿어 버리고는 젊음과 사랑이 가져다주는 어수룩함 덕택에 달콤한 감상에 푹 젖어 버렸다.

나는 병상에서 일어나자 바로 쉬바브린과 화해했다. 이반 꾸즈미치는 우리의 결투를 나무라며 나에게 이렇게 말했다.

「이보게, 뾰뜨르 안드레이치! 자네를 영창에 넣어야 했었는데, 영창에 안 가고서도 어쨌든 벌은 톡톡히 받은 셈이 됐군. 참, 알렉세이 이바니치는 우리 집 곳간에 가두어 두고 보초를 세워 놓았지. 녀석의 칼은 바실리사 예고로브나가 자물쇠를 채워 보관해 두었고. 그런 녀석은 두고두고 뉘우치도록 해야 된다고.」

나는 가슴속에 원한을 품고 있기에는 너무도 행복했다. 그래서 그에게 쉬바브린의 선처를 부탁하기 시작했고 선량한 사령관은 부인의 동의를 얻어 그를 풀어 주기로 결정했다. 쉬바브린은 나에게 찾아와 우리 사이에 있었던 일은 무척 유감이라고 말했다. 모든 것이 전적으로 자기 잘못이라고 인정하면서 부디 그 사건을 잊어 달라고 간청했다. 나는 천성이 원한 같은 것을 쌓아 두는 성격이 아닌지라, 우리의 싸움이며 그가 나에게 입힌 상처 같은 것들을 모두 진심으로 용서해 주었다. 그의 중상모략이란 것도 따지고 보면 상처받은 자존심과 거절당한 사랑에서 오는 분노의 표출이었기 때문에 나는 내 불행한 연적을 관대하게 용서해 주었던 것이다.

얼마 지나지 않아 나는 완전히 회복되어 내 숙소로 옮겨올 수 있었다. 나는 부질없는 희망도 삼가고 불길한 예감도 억누르며 일전에 보낸 편지의 답장을 초조하게 기다렸다. 바실리사 예고로브나와 그녀의 남편에게는 아직 아무 말도 안한 상태였지만 나의 청혼이 결코 그들을 놀라게 하지는 않을 것이었다. 나도 마리야 이바노브나도 구태여 그들한테 우리의 감정을 숨기려 애쓰지 않았으며, 그들이 우리의 결혼을 승낙하리라는 걸 일찌감치 확신하고 있었다.

드디어 어느 날 아침 사벨리치가 손에 편지를 쥐고서 내방에 들어왔다. 나는 전율을 느끼며 편지를 낚아챘다. 주소는 아버지의 필체로 씌어 있었다. 보통은 어머니가 편지를 쓰시고 아버지는 끄트머리에 몇 줄 덧붙이시는 게 고작이었기 때문에, 나는 무언가 심상찮은 내용이 적혀 있으리라 짐작하고 마음의 준비를 했다. 한동안 봉투를 뜯어 볼 엄두도 못 낸 채 엄숙한 필체로 〈나의 아들 뾰뜨르 안드레예비치 그리뇨프에게. 오렌부르그 현, 벨로고르스끄 요새〉라고 쓰인 겉봉만 몇 번이고 되풀이하여 읽어 보았다. 필적만 가지고 이 편지를 쓰실 때의 아버님의 심리 상태를 헤아려 보려고 안간힘을 썼던 것이다. 마침내 나는 봉함을 뜯었고 몇 마디 읽기도 전에 모든 것이 틀어졌음을 알아차렸다. 편지의 내용은 다음과 같다.

 나의 아들 뾰뜨르 보거라! 미로노프의 딸 마리야 이바노브나와의 결혼을 허락해 주고 부모님의 축복을 내려 달라는 너의 편지는 이달 15일에 받아 보았다. 이 결혼에 대해 나는 허락이나 축복을 내려 줄 생각이 추호도 없음은 물론이거니와 너를 단단히 혼내 줄 작정이다. 네가 저지른 만행에 대해 네가 비록 장교 신분이긴 하지만 철부지 꼬마 녀석을 다루듯 따끔한 교훈을 줄 것이다. 왜냐하면 너는 조국의 수호를 위해 너에게 맡겨진 군도를 차고 다닐 자격이 없다는 걸 스스로 보여 주었기 때문이다. 그 군도는 너와 매한가지인 다른 망나니 녀석들하고 결투나 하라고 주어진 게 아니라 이 말씀이다. 나는 당장 안드레이 까를로비치에게 편지를 써서 네 녀석이 멍청이 짓 좀 그만 할 수 있도록 벨로고르스끄 요새에서 어디로든 더 먼 변방으로 전속시켜 달라고 부탁할 작정이다. 너의 결투와 부상에 관한 소식을 들은 네 어머니는 억장이 무너져 덜컥 병이 나 아직도 일어나지 못하고 있다. 너는 대체 뭐가 되려고 그러느냐? 하느님께 풍성한 은총은 감히 청할 수 없다마는 그래도 네 녀석이 제정신을 차리게 해 달라고 빌어 마지 않는 바이다.

너의 아비 A. G.

이 편지를 읽고 나자 오만 가지 감정이 마음속에서 부글부글 끓어올랐다. 아버지가 아낌없이 퍼부은 잔인한 표현들에 나는 깊은 모욕감을 느꼈다. 마리야 이바노브나에 대한 무시하는 태도 또한 극히 무례할 뿐 아니라 부당한 처사처럼 느껴졌다. 벨로고르스끄 요새에서 다른 곳으로 전속된다는 생각은 나를 두렵게 했다. 그러나 무엇보다도 나를 괴롭힌 것은 어머님의 병환에 관한 소식이었다. 나는 사벨리치야말로 결투 소식을 부모님께 전해 준 장본인이라는 걸 믿어 의심치 않았기 때문에 그 노인에 대해 불같이 화가 났다. 비좁은 방안을 왔다 갔다 하던 나는 그의 앞에서 걸음을 멈추고는 무섭게 쩨려보며 말했다. 너 때문에 부상을 당해 한달 내내 사경을 헤맸는데 이젠 그것도 모자라 우리 어머니마저 돌아가시게 할 작정이냐고. 사벨리치는 벼락이라도 맞은 양 소스라쳐 놀랐다.

「어이구 맙소사, 도련님.」 그는 울먹이며 말했다. 「그게 다 무슨 말씀입니까? 저 때문에 도련님이 부상을 입으셨다고요! 제가 가슴으로 알렉세이 이바니치의 칼을 막으려고 달려갔다는 건 하느님이 알고 계십니다! 그저 늙은 게 죄라 몸이 말을 안 들었다 뿐입죠. 게다가 마님께 제가 뭘 어떻게 했다굽쇼?」

「몰라서 물어?」 내가 쏘아붙였다. 「누가 널더러 내 일을 시시콜콜 일러바치라고 했어? 첩자 노릇이나 하라고 널 데려온 줄 알아?」

「제가요? 제가 일러바쳤다고요?」 사벨리치가 눈물을 흘리며 말했다. 「하느님 맙소사! 그럼 주인어른께서 제게 보낸 편지를 읽어 보십시오. 제가 무슨 첩자 노릇을 했는지 아시게 될 겁니다요.」

그러더니 사벨리치는 주머니에서 편지를 꺼내 보여 주었다.

거기에는 다음과 같이 쓰여 있었다.

이 늙은 개 같은 녕삼생이야. 내가 그렇게 누누이 일렀건만 내 아들 뾰뜨르 안드레예비치에 관해 일언반구 적어 보내지 않아 생판 모르는 사람이 그 녀석의 장난질을 알려주게 하다니, 정말이지 뻔뻔하기 짝이 없구나. 그래 이것이 네가 네 의무를 다하고 주인의 뜻을 받드는 방식이냐? 이 늙다리 개야! 진실을 은폐하고 젊은 놈의 만행을 묵과한 대가로 네 놈을 돼지나 치게 할 작정이다. 내 명령하나니, 이 편지를 받는 즉시 내 아들의 용태가 어떤지 써보내라. 좀 나아지고 있다는 얘긴 들었다만 좌우간 정확하게 어디를 다쳤는지 치료는 제대로 받았는지 냉큼 적어 올려라.

이로써 사벨리치가 거짓말을 한 것이 아님이, 그리고 내가 의심을 품고 노발대발함으로써 그를 모욕한 것은 부당한 일이었음이 분명해졌다. 나는 용서를 빌었으나 노인의 마음은 좀처럼 누그러지지 않았다.

「그래 내가 이런 꼴이나 당하려고 여태껏 살았단 말인가요.」 그는 계속 구시렁거렸다. 「그래 고작 이것이 내가 주인님을 모셔 온 대가란 말인가요! 그래 내가 늙다리 개자식에 돼지치기에, 도련님께 부상이나 입히는 놈이란 말인가요? 아닙니다, 뾰뜨르 안드레이치 도련님! 제가 아니라 저 빌어먹을 므슈인지 뭔지가 전적으로다 잘못한 겁니다. 그 녀석이 쇠꼬챙이로 찌르고 발을 구르는 걸 가르쳐 주었으니까요. 찌르고 구르면 행여 악당이라도 막아낼 수 있다는 듯이 말입죠! 무엇 때문에 그런 므슈 나부랭이를 고용해 실없이 돈을 낭비하는지 알다가도 모르겠어요!」

하지만 대체 누가 나의 행동을 아버지께 고자질하는 그런 성가신 일을 자진해서 떠맡았을까? 장군이? 하지만 그분은 나한테 별로 신경을 쓰는 것 같지 않았어. 더욱이 이반 꾸즈미치 또한 나의 결투를 장군께 보고할 필요는 없다는 듯했고. 나는 고자질쟁이가 누구일까 하고 골똘히 생각해 보았다. 결국 내 의심의 화살은 쉬바브린에게 가서 박혔다. 고자질로 인해 내가 요새에서 쫓겨나고 사령관 가족과 헤어지게 된다면 좋아할 사람은 그 녀석밖에 없기 때문이다. 나는 이 모든 것을 털어놓으러 마리야 이바노브나를 찾아갔다. 그녀는 문간 계단에서 나를 맞아 주었다.

「아니 대체 무슨 일이에요? 얼굴이 백짓장같이 하얗군요!」 나를 보더니 그녀가 말했다.

「다 틀려 버렸어요!」 나는 대답과 함께 아버지의 편지를 그녀에게 건네 주었다.

이번에는 그녀의 얼굴에서 핏기가 확 가셨다. 그녀는 편지를 다 읽고 나서 떨리는 손으로 내게 돌려주면서 떨리는 음성으로 이렇게 말했다.

「분명 제 운명은 그게 아닌가 봐요……. 당신 부모님께서는 저를 며느리로 받아들이고 싶지 않은 거예요. 모든 게 주님의 뜻이에요! 하느님께서는 저희에게 무엇이 필요한지 더 잘 알고 계시지요. 어쩔 수가 없네요, 뾰뜨르 안드레이치. 당신만이라도 행복하셔야지요…….」

「말도 안 되는 소리!」 나는 그녀의 손을 잡으며 소리를 버럭 질렀다. 「당신은 나를 사랑하고 있고 나는 무슨 짓이라도 할 각오가 되어 있소. 당신 부모님께 가서 발 아래 엎드립시다. 부모님들은 소박한 분들이니까, 진인하고 거빈한 사람들이 아니니까……. 우리를 축복해 주실 겁니다. 우리는 결혼식을 올리고……. 그런 다음, 어느 정도 시간이 지나면 틀림없이 아버님의 허락을 받아 낼 수 있을 겁니다. 어머님이야 우리 편을 들어주실 테고 아버님도 결국 우릴 용서해 주시…….」

「그건 안 되어요, 뾰뜨르 안드레이치.」 마샤가 내 말을 가로막았다. 「당신 부모님의 축복 없이는 당신과 결혼할 수 없어요. 그분들이 축복을 해주시지 않는다면 당신 역시 행복할 수 없을 거예요. 하느님의 뜻에 따르도록 해요. 당신이 만일 하늘이 정해 주신 배필을 만나게 된다면, 그 여성을 사랑하게 된다면, 정말 다행이겠지요, 뾰뜨르 안드레이치. 저도 당신들 두 분을 위해…….」

이 대목에서 그녀는 왈칵 울음을 터뜨리며 나한테서 달아나 버렸다. 나는 그녀를 좇아 방안으로 들어가고 싶었지만 내 자신을 추스르기도 어렵다는 생각이 들어 숙소로 되돌아갔다.

나는 깊은 상념에 잠겨 앉아 있었다. 그러나 사벨리치가 불쑥 들어오는 바람에 나의 사색은 중단되고 말았다. 그는 깨알같이 쓴 종잇장을 내밀며 말했다.

「자 도련님, 보시라고요. 제가 주인을 배신한 고자질쟁이인지 아닌지, 부자지간에 의나 상하게 하는 놈인지 아닌지 잘 좀 보시라고요.」

나는 그에게서 종잇장을 받아 들었다. 그것은 아버지께 보내는 사벨리치의 답장이었다. 그 편지를 한자 한자 그대로 옮기면 다음과 같다.

안드레이 뻬뜨로비치 나리,
저희들의 자비로우신 아버님께 올립니다.
나리의 은혜로우신 글월은 잘 받아 보았습니다. 나리께서는 나리의 종인 제가 주인님의 명령을 지키지 않았다고 노발대발 역정을 내셨습니다만, 저는 늙다리 수캐가 아니라 나리의 충직한 하인입니다. 하여 나리의 명령에 복종하며 언제나 성심껏 나리를 섬기며 이날까지 머리가 허옇게 세도록 살아왔사옵니다. 제가 뽀뜨르 안드레이치 도련님의 부상을 여쭈어 올리지 않은 것은 쓸데없이 나리를 놀라게 해드리지 않으려고 그런 것입니다. 들려 오는 말에 의하면, 저희들의 어머님이신 아브도찌야 바실리예브나 마님께서 너무도 놀라신 나머지 병석에 누우셨다고 하니 마님께서 쾌차하시기를 하느님께 간절히 빌겠사옵니다. 뽀뜨르 안드레이치 도련님으로 말할 것 같으면 오른쪽 어깻죽지 아래, 그러니깐 갈비뼈 바로 아래 가슴 부위에 약 반 베르쇼끄[1] 정도 깊이의 상처를 입으셨습니다. 강가에 쓰러진 도련님은 사령관 댁으로 모셔다가 병구완을 해드렸고, 치료는 이곳 이발사인 스쩨빤 빠라모노프가 맡아 했습니다. 천만다행으로 뽀뜨르 안드레이치 도련님은 현재 아주 건강하시며 도련님에 관해서는 좋은 소식 외에는 드릴 말씀이 없사옵니다. 들려 오는 말에 의하면, 상관들은 도련님을 흡족히 생각하고 있다고 하며 바실리사

---

[1] 베르쇼끄는 약 4.5센티미터.

예고로브나는 친아들처럼 아껴 주십니다. 도련님께 일어난 일은 아직 젊어서 그러려니 하시고 너무 꾸짖지 마시옵소서. 원숭이도 나무에서 떨어질 때가 있는 법이니까요. 그리고 참, 저를 돼지나 치게 하실 작정이라고 말씀하셨는데, 저야 뭐 주인 나리의 처분만 기다리고 있겠습니다. 그럼 이만 머리 조아려 인사드리며 줄이겠사옵니다.

나리의 충실한 종
아르히프 사벨리예프 올림

나는 이 선량한 노인의 글을 읽으며 몇 번이고 미소를 짓지 않을 수 없었다. 나는 아버지께 답장을 쓸 기분이 아니었고 어머니를 안심시켜 드리기에는 사벨리치의 편지 정도면 충분할 것 같았다.

그때 이후 나의 상황은 급변했다. 마리야 이바노브나는 나와 거의 한 마디도 하지 않았고 어떻게 해서든 나를 피하려고 애썼다. 사령관 댁도 나한테는 역겹게만 느껴지기 시작했다. 나는 점차 내 방에 혼자 틀어박혀 있는 데 익숙해져 갔다. 바실리사 예고로브나는 그런 나를 나무랐지만 내 고집이 보통이 아닌 걸 알고 나서는 그냥 내버려두었다. 이반 꾸즈미치는 직무상 꼭 필요한 경우에만 만나 뵈었다. 쉬바브린과는 어쩌다 그것도 마지못해 만났다. 그에게서 숨겨진 적의를 발견하고, 그로 인해 그가 고자질한 장본인이라는 생각을 굳히게 된 뒤에는 더욱 그럴 수밖에 없었다. 나의 삶은 견딜 수 없는 것이 되어 버렸다. 나는 고독과 무위를 자양분으로 하는 음울한 상념 속으로 빠져 들었다. 그러나 나의 사랑은 고독 속에서도 활활 타올라

시시각각 더욱 무겁게 나를 짓눌렀다. 나는 독서와 창작에 대한 열의도 상실했다. 완전히 사기를 잃어버렸던 것이다. 이러다가 미쳐 버리든지 아니면 방탕의 늪에 빠져 들게 될까 봐 걱정이 되기도 했다. 그런데 나의 전 생애에 중대한 영향을 미치게 될 뜻밖의 사건이 일어나 불시에 내 영혼에 힘차고도 행복한 전율을 안겨 주었다.

제6장
뿌가쵸프의 반란

여보게 젊은이들 잘 들어 두게나
우리 늙은이들이 무슨 말을 하는지.
— 노래

내가 목격하게 된 기이한 사건을 기술하기에 앞서 1773년 말 오렌부르그 현의 상황에 관해 몇 마디 적을 필요가 있을 것이다.

이 광대하고 풍요로운 현에는 최근에 들어서야 비로소 러시아 황제의 주권을 인정한 여러 야만족이 거주하고 있었다. 그들의 끊임없는 반란, 문명화된 삶과 법에 대한 부적응, 무분별과 잔인성 때문에 러시아 정부는 그들을 제어하기 위한 감시를 게을리 할 수가 없었다. 필요하다고 생각되는 장소마다 요새가 세워졌고, 요새의 수비는 오래 전부터 야이끄 강변을 점령해 왔던 까자끄인들이 주로 맡아 했다. 그러나 이 지역의 평화와 안전을 지키는 것이 의무인 야이끄 까자끄들 자신이 언젠가부터 러시아 정부에게 불온하고 위험한 세력이 되어 버렸다. 1772년에는 그들의 심장부에서 폭동이 일어났다. 뜨라우벤베르그[1] 소장이 군대의 기강을 잡기 위해 취한 가혹한 조처가 그

원인이었다. 폭동으로 인해 뜨라우벤베르그 소장은 무참히 학살당했고 행정 체계는 제멋대로 뒤집혀졌다. 결국 대포까지 동원된 무자비한 처벌 덕분에 폭동은 진압되었다.

이 사건은 내가 벨로고르스끄 요새에 도착하기 얼마 전에 일어난 일이었다. 이제 그 지역은 완전히 평화를 되찾았다. 아니면 겉으로만 그렇게 보였는지도 모른다. 당국에서는 너무도 경솔하게 교활한 폭도들의 거짓 회개를 믿어 버렸다. 폭도들은, 원한을 가슴속 깊이 숨긴 채, 또 다른 폭동의 기회가 오기만을 호시탐탐 노리고 있었던 것이다.

그러면 이제 다시 나의 이야기로 돌아가자.

어느 날 저녁(1773년 10월 초순이었다) 나는 울부짖는 가을 바람 소리를 들으며 숙소에 홀로 앉아 있었다. 창밖으로는 달을 비껴 지나가는 먹구름이 보였다. 그때 사령관이 나를 부른다는 전갈이 왔다. 나는 즉시 사령관 댁으로 향했다. 이미 쉬바브린과 이반 이그나찌치, 그리고 까자끄 하사가 와 있었지만 방안에는 바실리사 예고로브나도, 마리야 이바노브나도 보이지 않았다. 사령관은 걱정스런 표정으로 나를 맞아 주었다. 그는 문을 닫고 문가에 서 있는 하사를 제외한 모든 사람을 자리에 앉힌 뒤 주머니에서 서류 한 장을 꺼내며 우리에게 말했다.

「장교 여러분, 중대한 뉴스가 있네! 장군 각하께서 보내신 서류를 읽을 테니 잘 듣도록 하게.」

그는 안경을 끼더니 다음과 같은 글을 읽어 주었다.

---

1 잔혹하기로 악명이 높았던 군장성. 결국 폭도들에게 살해되었다.

벨로고르스끄 요새 사령관
미로노프 대위 친전

다음과 같은 사실을 귀관에게 통고한다. 탈주한 돈 까자끄이자 분리파 교도인 예멜리얀 뿌가쵸프가 붕어하신 뾰뜨르 3세[2] 폐하를 참칭하는 파렴치한 범행을 자행하고 악당의 무리를 규합하여 야이끄 부락에서 폭동을 일으켰으며 가는 곳마다 약탈과 잔인 무도한 살인을 일삼아 벌써 몇몇 요새들을 점령하고 파괴하였다. 고로 대위 귀관은 이 문서를 수령하는 즉시 상기 참칭자 악당을 격퇴하기 위한 적절한 조치를 취할 것이며 만일 그자가 귀관의 지휘 하에 있는 요새를 습격할 경우 일망타진할 것을 명하는 바이다.

「적절한 조치를 취하라 이 말이네!」 사령관은 안경을 벗은 뒤 서류를 접으며 말했다. 「말이야 쉬운 법이지. 이 악당놈은 필경 막강할 거라고. 그런데 우리는 도합 1백 30명 정도가 있을 뿐이네. 저 믿을 수 없는 까자끄 병사들은 제외하고 말일세. 이건 자네를 나무라는 소리가 아닐세, 막시미치. (하사는 이 말에 싱긋 웃어 보였다.) 그렇지만 어쩔 수가 없는 노릇이네, 제군들! 유비무환이라, 보초를 세우고 야간 순찰을 실시하게. 습격이 있을 때는 성문을 닫고 병사를 소집하게. 그리고 막시미치, 자네는 부하 까자끄들을 엄중히 단속하게. 대포를 검사하고 잘 닦아 놓게. 그리고 무엇보다 중요한 것은 이 모든 사실을

---

2 뾰뜨르 대제의 손자로 예까쩨리나 여제의 남편. 1762년 1월부터 7월까지 제위에 올랐으나 훗날 예까쩨리나 총신들에 의해 사살되었다.

기밀에 부쳐 요새 안의 누구도 사전에 알아채지 못하도록 하는 걸세.」

이상과 같은 명령을 내린 뒤 이반 꾸즈미치는 우리를 해산시켰다. 나는 우리가 들은 이야기를 되씹으며 쉬바브린과 함께 사령관 댁을 나왔다.

내가 그에게 물었다. 「자네는 이번 일이 어떻게 귀결될 것 같은가?」

그가 대답했다. 「글쎄, 낸들 알 수가 있나. 두고 보아야지. 아직 별 대단한 조짐은 보이지 않지만. 만약에……」

그는 말을 멈추고 골똘히 생각에 잠기더니 정신 나간 사람처럼 프랑스 노래를 휘파람으로 불기 시작했다. 우리가 모두 그토록 입조심을 했음에도 뿌가쵸프가 나타날 거라는 소문은 요새 안에 좍 퍼지고 말았다. 이반 꾸즈미치는 자기 부인을 매우 존중해 주었지만 하늘이 두 쪽이 나도 직책상 자기에게 맡겨진 기밀을 부인에게 누설하는 법은 없었다. 장군으로부터 기밀 서류를 받은 그는 상당히 교묘한 방법으로 바실리사 예고로브나를 밖으로 내보냈다. 즉 게라심 신부가 오렌부르그에서 무슨 엄청난 소식을 전해 들었는데 입을 꼭 봉하고 있는 것 같다는 식의 말을 그녀에게 흘렸던 것이다. 바실리사 예고로브나는 당장에 신부의 마누라를 찾아보고 싶어했고 이반 꾸즈미치의 조언대로 혼자 남은 마샤가 심심해 할까 봐 마샤까지 데리고 갔다.

완벽한 집주인이 된 이반 꾸즈미치는 즉시 우리를 불러오게 했고 빨라샤는 우리의 대화를 엿듣지 못하도록 창고에 가두어 두었다.

바실리사 예고로브나는 신부의 아내로부터 아무런 정보도 얻어내지 못한 채 집으로 돌아와서는 자기가 집을 비운 사이에 이반 꾸즈미치는 회의를 열었고 빨라샤는 삼남낭해 있었다는 사실을 알아차렸다. 남편에게 속았다는 것을 깨달은 그녀는 바싹 따지고 들었다. 그러나 이반 꾸즈미치도 공격에 대비하고 있었으므로 조금도 당황하지 않고 의연하게 호기심 많은 배우자의 질문에 대답했다.

「여보, 당신도 알다시피, 이 동네 여편네들이 뻬치까에다 짚을 땔 생각들을 했지 않소. 그렇지만 그건 위험천만한 일이라 여편네들한테 앞으로는 절대로 짚을 때선 안 된다, 반드시 마른 나뭇가지나 지스러기 장작을 때야 한다, 뭐 이런 명령을 내렸던 거요.」

「그러면 빨라쉬까는 왜 가둬 두었어요?」 사령관 부인이 물었다. 「대체 무엇 때문에 우리가 올 때까지 그 불쌍한 계집애를 창고 안에 처박아 두었냐고요?」

이반 꾸즈미치도 그런 질문에는 대응책이 없었던지 혼비백산하여 말도 안 되는 소리를 웅얼거렸다. 바실리사 예고로브나는 남편의 술책을 간파했다. 그러나 그에게서는 아무것도 알아낼 수가 없다는 판단이 들자 질문 공세를 중단하고 아꿀리나 빰필로브나가 색다르게 담갔다는 오이 절임으로 화제를 옮겼다. 바실리사 예고로브나는 밤새도록 잠이 오지 않았다. 남편의 머릿속에 무슨 생각이 들어 있는지, 자기가 알아서는 안 되는 것이 도대체 무엇인지 전혀 짐작도 할 수 없었다.

다음날 미사에 다녀오는 길에 그녀는 이반 이그나찌치가 대포 속에서 어린아이들이 집어 넣었던 헝겊 조각이며 돌멩이며 나뭇조각이며 말발굽뼈 같은 온갖 종류의 쓰레기를 끄집어내는 것을 보았다.

〈전쟁 준비를 하는 것 같은데 이게 어찌된 일일까?〉 사령관 부인은 생각했다. 〈끼르기즈 놈들이 쳐들어올 것에 대비하는 건가? 하지만 설마 이반 꾸즈미치가 이런 하찮은 일을 나한테 숨기려고 했을까?〉

그녀는 여자의 호기심을 괴롭혀 온 비밀을 이반 이그나찌치에게서 알아내야겠다고 야무지게 작정하고는 그를 소리쳐 불렀다.

바실리사 예고로브나는 마치 피고의 경계심을 풀기 위해 처음에는 지엽적인 질문으로 심문을 시작하는 판관처럼 우선 가정사에 관해 몇 마디 지껄였다. 그런 다음 잠시 입을 다물었다가 깊이 한숨을 내쉬고는 고개를 설레설레 흔들며 말했다.

「원 세상에! 어쩌면 그런 끔찍한 소식이 다 있담! 대체 세상이 어떻게 되려고 그러는지?」

이반 이그나찌치가 대답했다. 「하지만 사모님! 하느님은 자비로우십니다. 우리 병사들의 수는 꽤 되고요 화약도 충분합니다. 게다가 대포는 제가 깨끗이 닦아 놓았고요. 뿌가쵸프 녀석, 혼쭐을 내줄 겁니다. 하느님이 보호하시는데 누가 감히 해칠 수 있겠습니까!」

「그런데 그 뿌가쵸프인지 뭔지 하는 놈은 어떻게 생겨 먹은 인간이지?」 사령관 부인이 물었다.

이쯤 되자 이반 이그나찌치는 자신이 말을 너무 많이 했다는 걸 깨닫고 입을 다물었다. 그러나 때는 너무 늦었다. 바실리사 예고로브나는 아무에게도 입도 벙긋 하지 않겠다고 약속하고

서는 그로부터 모든 자백을 받아 냈다.

바실리사 예고로브나는 약속대로 아무에게도 입도 벙긋 하지 않았지만 딱 한 사람 신부의 마누라에게만은 한마디 슬쩍 일러주었는데 그것은 순전히 들판에 내놓은 그 집 암소를 악당들이 잡아갈까 봐서 그랬던 것이다.

얼마 후 모두들 뿌가쵸프에 관해 지껄여 대기 시작했다. 여러 가지 소문이 무성하게 나돌았다. 사령관은 하사에게 인근 부락과 요새들을 샅샅이 정찰하라는 임무를 주어 파견했다. 하사는 이틀 후 돌아와서 보고하기를 요새에서 60베르스따쯤 떨어진 초원에서 무수한 불빛을 보았으며 바쉬끼르 인들로부터 정체 불명의 군대가 이동 중이라는 말을 들었노라고 했다. 그러나 그는 더 이상 멀리 가는 것이 무서웠기 때문에 믿을 만한 정보는 아무것도 제공해 주지 못했다.

요새 내의 까자끄인들 사이에 평소와는 다른 동요의 기미가 확실히 보이기 시작했다. 그들은 거리마다 삼삼오오 패를 지어 몰려다니며 자기네들끼리 조용히 수군대다가 기병이나 순찰병이 나타나면 뿔뿔이 흩어지곤 했다. 그들 사이에 염탐꾼이 심어졌다. 기독교로 개종한 깔미끄인인 율라이가 사령관에게 중요한 정보를 가져왔다. 율라이의 보고에 의하면 하사관의 진술은 새빨간 거짓말이었다. 그 교활한 까자끄인은 정찰에서 돌아와 동료들에게 말하기를 자기는 폭도들한테 갔다 왔으며 그들의 대장한테 인사까지 했고, 대장은 또 자기를 면전에 불러 오랫동안 함께 이야기를 나누었다는 것이었다. 사령관은 즉시 하사를 영창에 처넣었고 그 자리에 율라이를 앉혔다. 이 소식을 접한 까자끄인들은 노골적인 불만을 표시했다. 그들은 큰소리로 투덜거렸는데 사령관의 명령 수행자인 이반 이그나찌치는 그들이 〈어디 두고 보자 수비대의 쥐새끼들!〉이라고 중얼거리는 소리를 두 귀로 직접 들었다고 했다. 사령관은 그날 당장 체포된 까자끄 하사를 심문할 작정이었지만 그는 이미 영창에서 탈출한 뒤였다. 십중팔구 공모자 일당의 도움을 받은 것이 분명했다.

한편 새로운 사태가 발발하여 사령관의 불안을 가중시켰다. 선동 문서를 지닌 바쉬끼르 인이 체포되었던 것이다. 이번에도 사령관은 장교 회의를 소집할 작정을 했으며 그러기 위해서 또다시 바실리사 예고로브나를 그럴듯한 이유를 들어 멀리 보내야만 했다. 그러나 이반 꾸즈미치는 비할 데 없이 단순하고 정직한 사람이었으므로 지난번에 써먹었던 수법 외에는 다른 걸 생각해 낼 수가 없었다.

「이봐요, 바실리사 예고로브나.」 그는 헛기침을 해가며 그녀에게 말했다. 「듣자 하니 게라심 신부가 읍내에서 글쎄 무슨 소식인가를······.」

「거짓말 좀 작작 하세요, 이반 꾸즈미치.」 사령관 부인이 그의 말을 가로막았다. 「당신은 그러니까 회의를 소집하고 싶은 거로군요. 제가 없는 데서 예밀리얀 뿌가쵸프에 관해 의논하고 싶은 거겠지요. 누가 또 속아 넘어갈 줄 알고!」

이반 꾸즈미치의 두 눈이 휘둥그레졌다.

「여보, 당신이 벌써 모든 걸 알고 있다면 그냥 있어도 좋아요. 당신 있는 데서 의논하기로 하지 뭐.」

「영감도 참, 당신은 누굴 속일 만한 사람이 못 되어요. 자, 그럼 어서 장교들을 불러오세요.」 그녀가 대꾸했다.

우리는 다시 모였다. 이반 꾸즈미치는 아내가 배석한 자리에서 문맹에 가까운 까자끄가 쓴 것으로 사료되는 뿌가쵸프의 격문을 우리에게 읽어 주었다. 격문에서 장노은 소반산에 우리의 요새에 쳐들어오겠다고 선언하면서 까자끄와 병사들에게는 자기 도당에 가담할 것을 촉구하는 한편, 장교들에게는 저항할 경우 엄단할 것인즉 저항을 포기하라고 권고하고 있었다. 격문은 조야하지만 강력한 표현을 사용하고 있었기 때문에 틀림없이 보통 사람들의 정신에 위험한 영향을 미칠 것 같았다.

「이런 협잡꾼 같으니라고!」 사령관 부인이 소리를 버럭 질렀다. 「감히 우리한테 그 따위 헛소리를 지껄이다니! 허겁지겁 마중을 나와서 제놈들 발 아래 군기를 바치라는 얘긴데! 그런 개자식이 어디 있어! 그래 우리가 40년 군대 생활에 산전수전 다 겪은 걸 모른단 말이야? 세상에 강도놈 하라는 대로 할 사령관이 어디 있을까 봐?」

「그런 사령관이야 없겠지. 그렇지만 듣자 하니 악당놈은 벌써 여러 채의 요새를 집어삼켰다더군.」 이반 꾸즈미치가 대답했다.

「실제로 만만치 않은 녀석 같습니다.」 쉬바브린이 한마디 거들었다.

「그럼 녀석의 세력이 어떤지 당장 알아보자고.」 사령관이 말했다.

「바실리사 예고로브나, 창고 열쇠를 이리 줘요. 그리고 이반 이그나찌치, 그 바쉬끼르 녀석을 데려오고 율라이더러 채찍 좀 가져오라고 하게.」

「잠깐만요, 이반 꾸즈미치.」 사령관 부인이 자리에서 일어나며 말했다. 「마샤를 집 밖으로 데리고 나가야겠어요. 비명 소리를 들으면 기겁을 할 거예요. 그리고 저도 솔직히 말해서 고문이라면 별로 달갑지 않아요. 그럼 잘들 해보세요.」

고문은 옛날부터 우리의 사법 제도에 깊이 뿌리박혀 있었으므로 그것을 폐지하라는 여제 폐하의 은혜로우신 칙령[3]도 오랫동안 효력을 발휘하지 못하였다. 피고 자신의 자백은 그를 제대로 기소하는 데 불가피한 절차라고들 생각했지만 사실 그것은 전혀 근거가 없을 뿐 아니라 건전한 법률적 사고에 정면으로 위배되는 생각이다. 피고의 범죄 부인이 그의 무죄에 대한 증거가 될 수 없다면 그의 자백은 더 더욱 유죄의 증거가 될 수 없기 때문이다. 심지어 오늘날에도 이 야만적인 관습의 폐지를 유감으로 생각하는 늙은 판사들의 얘기를 나는 가끔 듣는다. 그러니 당시에는 판사건 피고건 간에 아무도 고문의 불가피성을 의심하지 않은 게 당연했다. 따라서 사령관의 명령에 우리들 중 그 어느 누구도 놀라거나 불안해하지 않았다. 이반 이그나찌치는 사령관 부인의 창고에 갇혀 있는 바쉬끼르 인을 데리러 나갔고 몇 분 뒤 포로는 문간방으로 끌려왔다. 사령관은 그를 자기 앞으로 끌어오라고 명령했다.

바쉬끼르 인은 어기적거리며 문지방을 넘어와서(그의 발에는 족쇄가 채워져 있었다) 뾰족한 모자를 벗더니 문가에 턱 버티고 섰다. 나는 그를 보자 소름이 쭉 끼쳤다. 평생 잊지 못할 인간이었다. 나이는 일흔 살도 넘어 보였고 얼굴에는 코도 귀

---

3 예까쩨리나 2세가 도입한 고문 폐지법을 가리킴.

도 없었다. 머리는 말끔히 밀어붙였고 턱수염 대신 허연 털이 삐죽삐죽 솟아 있었다. 작고 여윈 체격에 어깨는 구부정했지만 그의 쭉 째진 눈에는 여전히 불꽃이 튀고 있었다.

「옳거니!」 그의 무시무시한 모습을 보고 그가 1741년[4]에 처벌받은 폭도 중의 하나임을 알아차린 사령관이 말했다. 「전에 우리 올가미에 걸린 적이 있는 영감 늑대로구나. 낯짝을 빤빤히 밀어붙인 걸 보니 폭도 노릇이 처음이 아니군. 좀 더 가까이 오라고. 말해 봐, 누가 네놈을 보냈지?」

늙은 바쉬끼르 인은 입을 꾹 다문 채 아무 생각도 없는 표정으로 사령관을 멀뚱멀뚱 바라보았다.

「어째서 말이 없는 거야?」 이반 꾸즈미치가 다그쳤다. 「러시아 말을 전혀 못 알아듣는다는 거야? 이봐, 율라이, 저놈한테 자네 쪽 말로 물어 보게, 우리 요새로 대체 어떤 놈이 저 작자를 보냈는지?」

율라이는 따따르 언어로 이반 꾸즈미치의 질문을 되풀이해 던졌다. 그러나 바쉬끼르 인은 똑같은 표정으로 그를 멀뚱히 쳐다보기만 할 뿐 일언반구 말이 없었다.

「좋아.」 사령관이 말했다. 「입을 열게 해주지. 애들아! 저놈의 멍청한 줄무늬 옷을 벗기고 등짝을 후려쳐라. 율라이, 매운맛을 보여 주라고.」

두 명의 늙은 병사가 바쉬끼르 인의 옷을 벗기기 시작했다. 죄수의 얼굴에는 불안스런 빛이 떠올랐고 그는 아이들한테 잡

---

4 바쉬끼르 지역에서 1735년부터 1740년 사이에 일어난 폭동의 가담자들은 유례없이 잔인하게 처벌되었다. 주모자들은 사형에 처해 지거나 코와 귀가 잘린 채 추방되었으며 약 7백 개 마을이 전소되었다.

힌 작은 짐승처럼 사방을 둘러보았다. 병사 하나가 그의 양손을 자기 목에 걸쳐 어깨에 짊어지듯 들어올리고 율라이가 채찍을 치켜들었을 때 바쉬끼르 인은 희미하게 애원하는 듯한 신음 소리를 냈다. 그리고는 고개를 내저으며 입을 벌렸는데 입 안에는 혀 대신에 작은 나무토막 한 개가 대롱대롱 매달려 있는 것이 아닌가.

이것이 한때 우리 시대에 일어났음을 돌이켜볼 때, 그리고 지금 내가 살고 있는 시대는 알렉산드르 황제[5]의 온화한 통치 하에 있음을 상기해 볼 때 나는 문명의 급속한 발달과 박애주의적 법규의 확산에 놀라지 않을 수가 없다. 청년들이여! 만일 나의 이 수기를 읽게 된다면 기억해 주기 바란다, 보다 훌륭하고 항구적인 개혁은 일체의 폭력적 강요를 배제한 풍속의 개선으로부터 온다는 것을.

우리는 모두 깜짝 놀랐다.

「음, 저 녀석한테서는 아무것도 얻어낼 수가 없겠군.」 사령관이 말했다. 「율라이, 저 바쉬끼르 놈을 다시 창고에 처넣어라. 제군들, 다시 논의를 해놉시다.」

우리가 작금의 상황을 논의하기 시작했을 때 갑자기 바실리사 예고로브나가 숨을 헐떡이며 방안에 뛰어 들어왔다. 그녀의 얼굴에는 극도로 불안한 기색이 감돌았다.

「여보 대체 무슨 일이요?」 사령관이 놀라서 물었다.

「큰일났어요!」 바실리사 예고로브나가 대답했다. 「니즈네오제르니 요새가 오늘 아침 함락되었대요. 게라심 신부댁의 하인

---

[5] 예까쩨리나 여제의 손자. 재위 기간은 1801~1825년.

이 방금 거기서 돌아왔는데 글쎄 요새가 놈들 손에 넘어가는 걸 직접 보았대요. 사령관과 장교는 모조리 목매달아 죽이고 병사들은 모두 포로로 잡혔대요. 그러니 이제 그 악당놈들이 우리 요새에 쳐들어오게 생겼다고요.」

이 뜻밖의 소식에 나는 큰 충격을 받았다. 니즈네오제르니 요새의 사령관은 말수가 적고 겸손한 젊은이로, 나하고도 안면이 있었다. 한 두어 달쯤 전에 오렌부르그에서 젊은 아내를 데리고 부임하던 길에 이반 꾸즈미치의 집에 들른 적이 있었기 때문이다. 니즈네오제르니 요새는 우리 요새에서 약 25베르스따 떨어진 곳에 있었다. 그러므로 우리는 이제 당장이라도 있을지 모를 뿌가쵸프의 습격에 대비하고 있어야만 했다. 내 머릿속에 마리야 이바노브나의 운명이 선명하게 떠올랐다. 나는 그만 억장이 무너지는 것만 같았다.

「건의 사항이 있습니다, 이반 꾸즈미치!」 나는 사령관에게 말했다. 「우리의 의무는 마지막 숨이 끊어질 때까지 요새를 사수하는 것입니다. 이 점에 관한 한 두말할 필요가 없겠지요. 그렇지만 부녀자들의 안전에 대해서는 생각해 볼 필요가 있습니다. 아직 도로 사정이 괜찮다면 부녀자들을 오렌부르그나, 아니면 놈들의 발길이 미치지 못하는 좀 더 멀고 안전한 요새로 보내는 게 어떨지요.」

이반 꾸즈미치는 아내를 돌아보며 말했다.

「여보, 사실 우리가 폭도들을 섬멸할 때까지 당신은 다른 데가 있는 게 좋을 것 같은데, 어떻소?」

「말도 안 돼요! 총알 안 날라 오는 요새가 세상에 어디 있어요? 벨로고르스끄 요새가 뭐 때문에 위험하다는 거죠? 하느님께서 보호하사 스무 해하고도 두 해째나 여기서 살아왔는데요. 바쉬끼르 놈들도 끼르기즈 놈들도 다 겪어 보았는데 뿌가쵸프라고 못 견뎌 낼까 봐요!」 사령관 부인이 말했다.

「흠, 여보.」 이반 꾸즈미치가 그녀의 말을 가로막았다. 「당신이 우리 요새를 그렇게 철석같이 믿는다면야 남아 있구려. 그렇지만 마샤는 어떻게 하지? 놈들을 물리치던가 아니면 원군이 올 때까지 버틸 수 있다면야 뭐 아무 상관이 없겠지. 하지만 놈들이 요새를 점령하면 어떡하지?」

「글쎄요, 그러면……」 이 대목에서 바실리사 예고로브나는 말을 더듬더니 몹시 당황스런 표정을 지으며 입을 다물고 말았다.

「아니, 바실리사 예고로브나.」 사령관은 자기의 말이 난생처음 그녀에게 영향력을 행사하고 있다는 걸 간파하고는 말을 계속했다. 「마샤가 여기 남아 있어 보았자 좋을 게 없어요. 오렌부르그에 있는 그 아이 대모님 댁으로 보냅시다. 거기는 군대도 대포알도 충분하고 또 성벽은 돌로 쌓아 올렸으니까. 당신도 그 아이와 같이 가는 게 좋을 것 같소. 당신이야 늙었다고 하지만, 만일 우리 요새가 함락된다면 당신한테도 무슨 일이 생길지 모르지 않소.」

사령관 부인이 말했다. 「그래요, 당신 말대로 마샤를 보내기로 하죠. 하지만 저한테는 꿈에라도 그런 말씀 마세요. 저는 안 가요. 다 늙어 가지고 당신하고 헤어져서 타향 땅에 쓸쓸히 묻힐 생각은 눈곱만큼도 없다고요. 여태껏 같이 살았으면 죽을 때도 같이 죽어야지요.」

「딴은 그렇구려.」 사령관이 말했다. 「그럼 지체할 겨를이 없군. 당장에 마샤한테 떠날 채비를 시켜 내일 아침 동이 트는 대로 출발을 시킵시다. 우리한테 여분의 일손은 없지만 뭐 호위병 안 딸림픔 삘터 보내토곡 하지. 그런데 짐 마사는 어디 있지?」

「아꿀리나 빰필로브나 네 가 있어요. 니즈네오제르니 요새가 함락됐다는 소식을 듣고는 기분이 영 안 좋은가 봐요. 그러다가 병이라도 나면 큰일인데. 하느님 맙소사, 대체 세상이 어쩌다가 이 지경이 되었는지!」 사령관 부인이 대답했다.

바실리사 예고로브나는 딸을 떠나 보낼 준비를 하러 밖으로 나갔다. 사령관이 주재하는 회의는 계속되었지만 나는 더 이상 거기 개입하지 않았고 아무 얘기도 귀에 담아두지 않았다. 마리야 이바노브나는 눈물 자국이 가시지 않은 창백한 얼굴로 저녁 식사에 모습을 나타냈다. 우리는 말없이 밥을 먹은 뒤 평소보다 일찍 자리에서 일어났다. 온 가족에게 작별을 고한 뒤 우리는 숙소로 향했다. 나는 일부러 칼을 두고 나왔다가 그걸 찾으러 간다며 되돌아갔다. 마리야 이바노브나와 단둘이 만나게 될 것만 같은 예감이 들었기 때문이다. 아니나 다를까 그녀는 문가에서 나를 맞이하며 칼을 건네 주었다.

「안녕히 계세요, 뾰뜨르 안드레이치!」 그녀는 눈물을 흘리며 말했다. 「저는 오렌부르그로 가야 한대요. 부디 몸조심하시고 행복하세요. 하느님의 뜻이라면 다시 만나게 되겠지요. 만일 아니라면······.」

그녀는 말끝을 맺지 못하고 왈칵 울음을 터뜨렸다. 나는 그녀를 얼싸안았다.

「잘 가요, 나의 천사여.」 나는 말했다. 「잘 가요, 내 사랑, 내

소중한 사람이여! 나한테 무슨 일이 생긴다 해도 내 마지막 생각, 내 마지막 기도는 당신을 위한 게 되리란 걸 믿어 주오!」

마샤는 내 가슴에 고개를 파묻은 채 흐느껴 울었다. 나는 그녀에게 뜨거운 키스를 해주고 서둘러 밖으로 나갔다.

제7장

습격

머리통아, 내 머리통아
일만 죽도록 한 내 머리통아!
꼬박 삼십삼 년을
군대에서 고생만 했구나.
아, 그러나 머리통이 얻은 건
돈도 아니네 기쁨도 아니네,
칭찬의 말도 아니네
드높은 지위도 아니네.
머리통이 얻은 건 고작
높이 솟은 두 기둥에
그 사이 가로지른 단풍나무 들보에
비단실 꼬아 만든 올가미라네.
— 민요

그날 밤 나는 한잠도 자지 않았고 옷도 갈아입지 않았다. 날이 밝으면 마리야 이바노브나가 출발하기로 되어 있는 성문으로 나가 그녀와 마지막 작별의 인사를 나눌 작정이었다. 나는 내 안에서 일고 있는 커다란 변화를 느낄 수 있었다. 마음의 동요는 얼마 전에 나를 사로잡았던 우울증에 비하면 훨씬 덜 괴로운 것이었다. 이별의 슬픔은 나의 가슴속에서 불분명하지만 달콤한 희망과 다가올 위험에 대한 초조한 기대감 그리고 숭고한 공명심 등과 뒤섞였다. 어느새 밤은 지나갔다. 내가 막 숙소에서 나가려고 할 때 문이 열리더니 하사관 하나가 보고문을 가지고 들어왔다. 밤새 까자끄인들이 율라이를 강제로 끌고서 요새 밖으로 도망쳤으며 정체불명의 인간들이 말을 탄 채 요새 주변을 맴돌고 있다는 것이었다. 마리야 이바노브나가 떠나지 못하게 될지도 모른다는 생각에 나는 소름이 끼쳤다. 나는 하사관에게 대충 몇 마디 지시 사항을 일러주고 즉시 사령관 댁으로 달려갔다.

날은 이미 밝아 오고 있었다. 내가 날 듯이 길을 가고 있는데 누군가 나를 불렀다. 나는 걸음을 멈췄다.

「어디 가시는 길이세요? 이반 꾸즈미치는 누벽에 나가 계십니다. 저더러 당신을 모셔 오라고 그러셨습니다. 뿌가쵸프가 쳐들어왔답니다.」 이반 이그나찌치가 나를 따라오며 말했다.

「마리야 이바노브나는 떠나셨소?」 나는 가슴이 두근거리는 것을 느끼며 물어 보았다.

「못 가셨어요.」 이반 이그나찌치가 대답했다. 「오렌부르그행 도로는 차단되었고 요새는 포위되었습니다. 사정이 안 좋습니다, 뾰뜨르 안드레이치!」

우리는 망루로 갔다. 그것은 자연의 섭리로 불쑥 솟아오른 땅에다 울타리를 쳐놓은 것에 불과했다. 요새 거주자 대부분이 이미 거기에 모여 있었다. 수비대는 무장을 한 채 정렬해 있었다. 대포는 전날 밤에 끌어다 놓아두었다. 사령관은 몇 안 되는 병사들의 대열 앞을 서성이고 있었다. 임박한 위험은 이 늙은 전사에게 보기 드문 활력을 불어넣어 주었다. 요새에서 얼마 떨어지지 않은 초원에서는 스무 명 가량의 사내들이 말을 타고 오락가락하고 있었다. 그들은 까자끄인들처럼 보였지만 그들

중에는 바쉬끼르 인들도 섞여 있었다. 바쉬끼르 인은 살쾡이 털 모자와 화살통으로 쉽게 식별할 수 있었다. 사령관은 부대를 사열하며 병사들에게 일렀다.

「제군들, 오늘 여제 폐하를 위해 분연히 일어서서 우리가 용감하고 충직한 사나이라는 걸 온 세상에 보여 주자!」

병사들은 함성을 질러 열의를 표시했다. 쉬바브린은 내 옆에 서서 적을 유심히 살펴보고 있었다. 초원을 서성대던 마상의 무리는 요새 내의 움직임을 알아차리고는 한 군데 모여 저희들끼리 무언지 쑥덕거리기 시작했다. 사령관은 이반 이그나찌치에게 그들을 향해 대포를 조준하라고 명령하고는 자기가 직접 도화선에 불을 붙였다. 포탄은 피시식 소리를 내며 그들 위로 날아가 버렸고 그들은 아무런 해도 입지 않았다. 적의 기마대는 즉시 흩어져 모습을 감추었고 초원은 텅 비어 버렸다.

그때 바실리사 예고로브나가 엄마 곁에 붙어 있고 싶어하는 마샤를 데리고 망루에 나타났다.

「어때요? 전투의 진행 상황은요? 적은 어디 있죠?」

「적은 멀지 않은 곳에 있소.」 이반 꾸즈미치가 대답했다. 「하느님께서 보호하사 만사가 순조로울 거요. 그래 마샤야, 무서우냐?」

「아니요, 아빠.」 마리야 이바노브나가 대답했다. 「집에 혼자 있는 게 더 무서운걸요.」

그녀는 내 쪽을 돌아보더니 힘겹게 미소를 지어 보였다. 나는 어젯밤 마치 사랑하는 여인의 수호를 위해서인 양 그녀에게서 칼을 받았다는 걸 상기하고는 나도 모르게 칼자루를 꼭 쥐었다. 나의 심장은 타오르고 있었다. 나는 상상 속에서 그녀의 기사가 되어 있었다. 내가 그녀의 신뢰를 받을 자격이 있다는 걸 증명해 보이고 싶어 애가 탔고 그래서 결정적인 순간이 오기만을 초조하게 기다리고 있었다.

바로 그때 요새에서 반 베르스따 정도 떨어진 구릉에서 새로운 기마대가 우르르 쏟아져 내려왔고 초원은 순식간에 창과 활로 무장한 사내들로 뒤덮였다. 그들 가운에 새빨간 까프딴을 걸치고 백마를 탄 사나이가 군도를 휘두르며 나타났는데 그가 바로 뿌가쵸프였다. 그가 말을 멈추자 사내들이 그를 에워쌌고 그의 명령을 받은 듯 네 명의 사내가 무리에서 빠져나와 전속력으로 요새 바로 아래까지 말을 몰아 왔다. 보아하니 그들은 우리 쪽 변절자들이었다. 그 중 한 녀석이 종잇장을 모자 위로 들어 보였다. 다른 녀석은 창 끝에 율라이의 모가지를 꽂아 가지고 와서는 한 번 휘두르더니 울타리 너머 우리 쪽으로 휙 던져 버렸다. 불쌍한 깔미끄 인의 머리통은 사령관의 발치에 떨어졌다. 변절자들이 소리를 질렀다.

「쏘지 마라, 황제 폐하께 나와라, 폐하께선 여기 계시다!」

「오냐, 맛을 보여 주마!」 이반 꾸즈미치가 소리를 질렀. 「자, 사격 개시!」

우리 병사들이 일제 사격을 가했다. 편지를 쥐고 있던 까자끄인은 비틀거리다가 말에서 굴러 떨어졌다. 나머지 놈들은 후퇴했다. 나는 마리야 이바노브나를 쳐다보았다. 율라이의 피투성이 머리통에 기겁을 하고 일제 사격에 귀가 멍멍해진 그녀는 완전히 정신이 나간 사람처럼 보였다. 사령관은 하사를 불러 죽은 까자끄인이 쥐고 있던 종이를 가져오라고 명령했다. 하사는 들판으로 나가 죽은 까자끄가 타고 있던 말의 고삐를 끌고 돌아왔다. 그는 사령관에게 편지를 건네 주었다. 이반 꾸즈미치는 혼자 그것을 읽더니 갈기갈기 찢어 버렸다. 그러는 사이에 폭도들은 진무를 준비하는 듯이 보였다. 곧 이어 총알이 우리 귓전을 쌩쌩 스치기 시작했고 화살이 날아와 주변의 땅과 울타리에 박혔다.

「바실리사 예고로브나!」 사령관이 말했다. 「여긴 여자들이 있을 데가 아니오. 마샤를 데리고 가요. 저 애는 벌써 반쯤 죽은 것 같구려.」

날아오는 총알 때문에 주눅이 든 바실리사 예고로브나는 적군의 대이동이 빤히 보이는 초원을 응시하다가 남편 쪽으로 시선을 돌리며 말했다.

「이반 꾸즈미치, 죽고 사는 건 하느님의 뜻이에요. 마샤를 축복해 주세요. 마샤, 아버지께 가거라.」

새파랗게 질린 마샤는 덜덜 떨면서 이반 꾸즈미치에게 다가가 그의 발 아래 무릎을 꿇고 머리를 숙였다. 늙은 사령관은 그녀를 향해 세 번 성호를 그은 다음 일으켜 세워 키스를 했다. 그리고는 이제까지와는 사뭇 다른 음성으로 말했다.

「자, 마샤, 행복해라. 하느님께 기도하고. 주님께선 너를 버리지 않으실 거다. 좋은 사람 만나게 되거든 주님께서 너희 두 사람에게 사랑과 지혜를 베푸시기 바란다. 나와 바실리사 예고로브나가 살았던 것처럼 너희들도 살아라. 그럼 잘 가라, 마샤. 바실리사 예고로브나, 어서 저 아이를 데려가요. (마샤는 그의 목을 끌어안으며 울음을 터뜨렸다.) 여보 우리도 키스합시다.」

사령관 부인이 울면서 말했다. 「잘 가세요 이반 꾸즈미치.

제가 혹시 당신께 잘못한 일이 있거든 용서하세요!」

「잘 가요, 여보, 잘 가요! 자, 이제 그만! 어서 집으로 가요. 시간이 되면 마샤한테 사라판을 입혀 주구려.」 사령관은 늙은 부인을 얼싸안으며 말했다.

사령관 부인은 딸을 데리고 멀리 사라져 갔다. 나는 마리야 이바노브나의 뒷모습을 눈으로 좇았다. 그녀는 뒤를 돌아보더니 나에게 고개를 끄덕여 보였다. 이반 꾸즈미치는 즉시 우리 쪽으로 몸을 돌렸고 그때부터 그의 모든 관심은 적에게 집중되었다. 폭도들은 자기네 대장 주변에 모여들더니 갑자기 말에서 내리기 시작했다.

「자 용감하게 싸워 보자. 공격이 시작될 모양이다……」 사령관이 말했다.

바로 그때 무시무시한 함성이 울려 퍼졌다. 폭도들이 요새를 향해 달려오고 있었던 것이다. 우리 대포에는 포도탄이 장전되었다. 사령관은 적들이 최대한 가까이 올 때까지 기다렸다가 갑자기 포격을 가했다. 포도탄은 몰려오는 적군의 한가운데 떨어졌다. 폭도들은 양쪽으로 갈라져 줄행랑을 쳤다. 그들의 대장만이 홀로 전면에 남겨졌다……. 그는 군도를 휘둘렀다. 도망치지 말라고 무섭게 으름장을 놓는 것 같았다……. 잠시 가라앉았던 함성이 즉시 되살아났다.

사령관이 말했다. 「자, 제군들, 이제 성문을 열고 북을 쳐라. 제군들! 전진, 돌격, 나를 따르라!」

사령관과 이반 이그나찌치와 나는 순식간에 망루 밖으로 나갔다. 그러나 겁에 질린 수비대는 꿈쩍도 하지 않았다.

「이놈들아, 왜 그냥 서 있는 거냐? 기왕 죽을 바에야 군인답

게 죽자!」 이반 꾸즈미치가 고함을 질렀다.

그 순간 폭도들이 우리를 덮치며 요새 안으로 밀어닥쳤다. 북소리는 삼삼해졌고 수비대는 무기를 버렸다. 나는 떠밀려서 넘어졌으나 다시 일어났다. 그리고 폭도들에 휩쓸려 요새 안으로 들어갔다. 사령관은 머리에 상처를 입은 채 열쇠를 내놓으라고 닦달하는 악당들에게 둘러싸여 있었다. 나는 그를 구하러 달려가려 했지만 몇 명의 건장한 까자끄 놈들이 나를 붙잡아 가죽띠로 포박을 지으며 을러댔다.

「폐하께 반항하는 놈들은 손 좀 봐줘야겠어!」

우리는 거리거리로 끌려 다녔다. 주민들은 빵과 소금[1]을 가지고 집에서 나왔다. 종소리가 울려 퍼졌다. 황제께서 광장에서 포로들을 기다리시면서 충성의 서약을 받고 계시다고 군중 속의 누군가가 갑자기 소리 높이 외쳤다. 군중은 광장으로 우르르 몰려갔다. 우리도 그쪽으로 끌려갔다.

뿌가쵸프는 금실로 테를 두른 새빨간 까프딴을 입고 사령관 댁의 문 앞 층계에 대령한 안락의자에 앉아 있었다. 금술 장식이 달린 높다란 흑담비털 모자는 번득이는 두 눈 바로 위까지 푹 눌러쓴 채였다. 그의 얼굴은 어딘지 낯익어 보였다. 까자끄 군 대장들이 그를 둘러싸고 있었다. 새파랗게 질린 게라심 신부는 부들부들 떨며 십자가를 두 손에 들고 층계 옆에 서 있었다. 곧 처형될 희생자들을 위해 말없이 그에게 간원하는 것 같았다. 광장에는 급히 교수대가 세워졌다. 우리가 나타나자 바쉬끼르 놈들은 군중을 몰아내고 우리를 뿌가쵸프 앞으로 데려

---

[1] 전통적으로 러시아 사람들이 손님을 환대하는 징표.

갔다. 종소리는 잠잠해 지고 깊은 정적이 내려앉았다.

「어떤 놈이 사령관이냐?」 참칭자가 물었다. 우리 요새의 하사였던 자가 군중 사이에서 튀어나오더니 이반 꾸즈미치를 손가락으로 가리켰다. 뿌가쵸프는 노인을 무섭게 쏘아보며 말했다. 「네놈이 어찌 감히 황제인 나한테 반항할 수가 있단 말이냐?」

사령관은 부상으로 인해 기진맥진했지만 마지막 남은 힘을 다해 확고한 목소리로 대답했다.

「네놈이 무슨 황제냐, 너는 황제를 사칭하는 도둑놈이야, 알겠냐!」

뿌가쵸프는 심히 못마땅한 듯 오만상을 찌푸리며 흰 수건을 흔들었다. 까자끄 몇 놈이 늙은 대위를 붙잡아 교수대로 끌고 갔다. 교수대의 들보 위에는 그 전날 밤 우리가 심문했던 그 불구의 바쉬끼르 인이 냉큼 올라앉아 있었다. 그는 손에 밧줄을 쥐고 있었고 한 순간 후 나는 불쌍한 이반 꾸즈미치가 공중에 대롱대롱 매달려 있는 걸 볼 수 있었다. 다음으로 뿌가쵸프 앞에 끌려온 사람은 이반 이그나찌치였다.

「뾰뜨르 페오도로비치 황제 폐하께 충성을 맹세할지어다!」 뿌가쵸프가 그에게 말했다.

「네놈이 무슨 황제냐.」 이반 이그나찌치는 자기 상관의 말을 똑같이 따라 했다. 「네놈은 황제를 사칭하는 도둑놈이야!」

뿌가쵸프는 또다시 수건을 흔들었고 저 선량한 중위는 자기의 늙은 상관과 나란히 목 매달리는 신세가 되었다.

다음은 내 차례였다. 나는 용감한 내 동지들의 대꾸를 되풀이할 작정으로 뿌가쵸프를 당차게 노려보았다. 그러나 폭도 대장들 사이에서 까자끄 식 까프딴을 입고 머리를 둥그렇게 깎은 쉬바브린을 발견하고는 너무도 놀라 말도 안 나올 지경이 되었나. 그는 뿌가쵸쁘에게 나가가 그의 귀에나 내고 낯 마니 속살거렸다.

「매달아라!」 뿌가쵸프는 나를 숫제 보지도 않고 말했다. 내 목에도 올가미가 씌워졌다. 나는 하느님께 내가 지은 모든 죄를 진심으로 뉘우치면서 내가 사랑하는 모든 이들을 구원해 주십사고 마음속으로 기도를 올리기 시작했다. 그러는 사이에 나는 교수대 앞까지 끌려갔다.

〈겁낼 것 없어, 겁낼 것 없다고〉라고 형집행인들은 계속 중얼거렸는데 아마도 진심에서 나를 격려하고 싶어 그랬던 것 같다. 갑자기 누군가 외치는 소리가 들려 왔다.

「기다려, 이 나쁜 놈들아, 잠깐만 기다리란 말이야……!」

형리들은 걸음을 멈추었다. 돌아보니 사벨리치가 뿌가쵸프의 발 아래 넙죽 엎드려 있는 게 아닌가.

「자비로우신 아버님!」 불쌍한 노인이 애원했다. 「귀족집 자식놈 하나 죽여서 아버님께 무슨 득이 되겠습니까? 저 젊은이를 풀어 주세요. 아마 몸값은 두둑이 지불할 겁니다. 본때를 보이고 싶으시거나 겁을 주고 싶으시다면 이 늙은 놈을 대신 목매달아 주십시오!」

뿌가쵸프가 신호를 보내자 그들은 즉시 내 포박을 풀어 자유롭게 해주었다.

〈우리 아버님께서 네놈에게 자비를 베푸신 거야〉라는 말이 들려 왔다. 그 순간 내가 목숨을 건지게 된 걸 기쁘게 생각했는지 애석하게 생각했는지는 정확하게 말할 수 없다. 나의 마음은 너무도 혼란스러웠기 때문이다. 나는 다시 참칭자 앞으로 끌려가 무릎을 꿇렸다. 뿌가쵸프는 나에게 힘줄투성이의 손을 내밀었다. 「손에다 키스해라, 키스하라고!」 내 옆에서들 속삭였다. 그러나 나는 그런 비열한 굴욕을 당하느니보다는 그 어떤 참혹한 처형이라도 달게 받을 작정이었다.

「뾰뜨르 안드레이치 도련님!」 사벨리치가 내 뒤에서 등을 쿡쿡 찌르며 속삭였다. 「제발 고집 부리지 마세요! 그래 보았자 뭐 좋을 게 있다고요? 침 한번 탁 뱉고 저 악당놈(아뿔싸!)…… 아니 저분의 손에 키스하세요.」

나는 꿈쩍도 하지 않았다. 뿌가쵸프는 손을 내리고 빙긋 웃으며 말했다.

「이 장교 나리는 너무 기뻐 제정신이 아닌가 보다. 이놈을 그만 일으켜 세워라!」

나는 일으켜 세워져 자유의 몸이 되었다. 그리하여 이 무시무시한 코미디가 진행되는 모습을 계속 지켜볼 수 있었다.

요새의 주민들이 충성의 서약을 시작했다. 그들은 한 사람씩 차례로 나와 십자고상에 키스한 다음 참칭자에게 고개 숙여 절하였다. 수비대 병사들도 거기 서 있었다. 뭉툭한 가위를 든 중대 재봉사가 그들의 긴 머리를 잘라 냈다. 그들이 고개를 흔들어 머리털을 털어 낸 다음 뿌가쵸프의 손으로 다가가면 뿌가쵸프는 그들의 죄를 사해 주고 자기 도당에 입단하는 걸 허락해 주었다. 이 모든 의식은 세 시간 가량 계속되었다. 마침내 뿌가쵸프가 의자에서 일어나 대장들을 이끌고 층계에서 내려왔다. 부하들이 화려한 마구로 치장한 백마를 그의 앞에 대령하자 두 명의 까자끄 병사가 양옆에서 그를 부축하여 안장 위에 앉혔다. 그는 게라심 신부에게 사제관에서 식사를 하겠노라고 말했다. 그때 갑자기 여인의 비명 소리가 울려 퍼졌다. 상노놈 몇 냉이 머리는 산발을 하고 옷은 다 벗겨서 벌거숭이가 된 바실리사 예고로브나를 층계로 끌고 나왔다. 그 중 한 놈은 벌써 그녀의 털조끼를 몸에 걸치고 있었다. 다른 놈들은 깃털 이불이며 궤짝이며 식기며 침구 등 온갖 세간을 끌어내오고 있었다.

「이봐요!」 불쌍한 노파는 울부짖고 있었다. 「제발 날 좀 그냥 내버려둬요. 자비를 베풀어 제발 이반 꾸즈미치한테 데려다 줘요.」 그녀는 불현듯 교수대 쪽에 시선을 던졌다가 처형당한 남편을 발견했다. 「악당놈들!」 그녀는 완전히 머리가 돌아 고래고래 소리치기 시작했다. 「저이한테 무슨 짓을 한 거냐? 아이고, 내 생명 같은 이반 꾸즈미치, 용감하신 우리 대장님! 프로이센의 총검도 터키의 총알도 막아내시더니. 명예로운 전장도 아니고 하필이면 도망자 악당놈 손에 돌아가셨구려!」

「저 할망구 주둥이를 닥치게 해라!」 뿌가쵸프가 말했다. 그러자 젊은 까자끄 놈이 그녀의 머리를 장검으로 내리쳤다. 그녀의 시신이 층계 위로 풀썩 떨어졌다. 뿌가쵸프는 말을 몰아 자리를 떴다. 군중은 그의 뒤를 따라갔다.

처녀 방의 주인은 대체 어디 있는 걸까? 끔찍한 생각이 불현듯 머릿속에 떠올랐다. 강도놈들의 손에 잡힌 그녀의 모습이 어른 거렸다……. 가슴이 미어지는 것 같았다……. 나는 서럽게 서럽게 울면서 사랑하는 여인의 이름을 큰소리로 불렀다……. 그때 바스락 소리가 들리더니 장롱 뒤쪽에서 하얗게 질린 빨라샤가 벌벌 떨며 나왔다.

「아, 뾰뜨르 안드레이치! 이 무슨 끔찍한 날인가요! 이 무슨 변괴란 말인가요……!」 그녀는 두 손을 마주 움켜쥐며 말했다.

「마리야 이바노브나는? 마리야 이바노브나는 어떻게 되셨니?」 나는 조급하게 물었다.

「아가씨는 무사하세요. 아꿀리나 빰필로브나 댁에 숨어 계세요.」 빨라샤가 대답했다.

「신부님 부인한테! 하느님 맙소사! 뿌가쵸프 놈이 그리로 갔을 텐데……!」 나는 기겁을 해서 소리를 질렀다.

나는 즉시 그 방을 떠나 순식간에 거리로 나와서는 사제관을 향해 정신없이 달려갔다. 눈에 보이는 게 없었고 아무런 느낌도 없었다. 거기서는 함성과 웃음소리와 노랫소리가 울려 퍼지고 있었다……. 뿌가쵸프는 도당들과 주연을 벌이고 있었다. 빨라샤는 그곳까지 나를 따라왔다. 나는 그녀에게 아꿀리나 빰필로브나를 살짝 불러내라고 일렀다. 잠시 후 신부의 부인이 두 손에 빈 술단지를 받쳐 들고 밖으로 나왔다.

「오 하느님! 마리야 이바노브나는 어디 있습니까?」 나는 형언키 어려운 마음의 동요를 느끼며 물었다.

「우리 귀염둥이는 칸막이 저쪽 내 침대에 누워 있어요.」 신부의 부인이 대답했다. 「오, 뾰뜨르 안드레이치, 하마터면 큰일 날 뻔했어요. 그래도 일이 무사히 풀려 다행이에요. 글쎄 그 도적놈이 자리에 앉았는데 그 불쌍한 아이가 정신이 들어 신음소리를 내는 게 아니겠어요……! 나는 숨이 멎는 줄 알았어요. 놈이 그 소리를 듣더니 〈할멈 저기서 낑낑대는 게 누구야?〉 그러더라고요. 그래서 나는 굽실거리며 말했죠. 〈제 조카딸년입죠, 폐하. 병에 걸려 벌써 두 주째 누워 있습니다.〉 〈조카가 아직 젊은가?〉 〈예, 젊습니다.〉 〈그럼 나한테 얼굴 좀 보여줘, 할멈.〉 나는 가슴이 철렁 내려앉았지만 뭐 별 도리가 있어야지요. 〈뜻대로 하십시오, 폐하. 다만 저 계집애는 일어날 수가 없어서 폐하를 뵈옵기가 좀 뭣합니다요.〉 〈상관없어, 할멈. 내가 직접 가서 보지.〉 그러더니 정말 그 망할 놈이 칸막이 뒤로 가는 게 아니겠어요. 그 다음엔 어떻게 되었겠어요! 놈이 휘장을 젖히고 잡아먹을 듯이 쳐다보는 거예요! 그리고는 아무 일도 없었어요……. 하느님께서 도와주신 거죠! 하지만 말도 마세요, 저와 우리 집 양반은 이제 꼼짝없이 개죽음을 당하겠거니 각오하고 있었답니다. 다행히도 우리 귀염둥이는 놈을 못 알아보았어요. 세상에, 어쩌다 이 지경이 되었는지! 무슨 말을 할 수 있겠어요! 불쌍한 이반 꾸즈미치! 누가 생각이나 했겠어요……! 게다가 바실리사 예고로브나는 또 어떻고요? 이반 이그나찌치는요? 그 사람은 또 왜 그런 꼴을……? 당신은 그래도 화를 면했군요? 그리고 참 쉬바브린, 그러니까 알렉세이 이바니치는 어떤 줄 아세요? 글쎄, 머리를 둥그렇게 깎고서는 저놈들과 여기서 술타령을 하고 있답니다! 그래도 눈치 하나 빠른 건 알아줘야 한다니까요! 내가 조카딸이 앓아 누워 있다는 얘길 하니까 그 인간이 글쎄 칼로 찌르듯이 나를 쏘아보지 않겠어요. 하지만 일러바치지는 않더군요. 그건 고맙다는 생각이 들어요.」

그때 술 취한 애들의 고함소리와 개피쉽 신부의 목소리가 들려왔다. 손님들이 술을 더 가져오라고 해서 집주인이 부인을 찾고 있었던 것이다. 신부의 부인은 몹시 당혹스러워 했다.

「돌아가세요, 뾰뜨르 안드레이치.」 그녀가 말했다. 「지금은 더 이상 얘기할 형편이 못 되는군요. 저 강도놈들은 지금 한창 퍼마시고 있는 중이에요. 취한 놈들 손에 걸리면 정말 큰일 나요. 잘 가세요, 뾰뜨르 안드레이치. 운명은 피할 수 없어요. 그렇지만 하느님께서 저희를 버리진 않으실 거예요!」

신부의 부인은 가버렸다. 나는 마음이 조금 진정되어 숙소로 향했다. 광장을 지나다 보니 바쉬끼르 놈 몇 명이 교수대 주변에 모여서 처형당한 사람들의 장화를 벗겨 내고 있었다. 나는 나서 보았자 소용이 없다는 생각에서 터져 나오려는 울분을 꾹 눌러 참았다. 강도놈들은 요새 안을 몰려다니며 장교들의 숙소를 약탈했다. 사방에서 술 취한 폭도들의 괴성이 울려 퍼졌다. 나는 숙소에 도착했다. 문가에서 사벨리치가 나를 맞아 주었다.

「하느님 고맙습니다!」 그가 나를 보더니 탄성을 질렀다. 「저는 악당놈들이 도련님을 다시 잡아갔는 줄 알았어요. 저, 뾰뜨르 안드레이치 도련님! 글쎄 어떻게 되었는 줄 아세요? 그 도적놈들이 우리 물건을 몽땅 훔쳐 갔어요. 옷이며 침구며 가재도구며 식기며 아무것도 남은 게 없습니다요. 그렇지만 뭐 그게 대순가요! 하느님이 보호하셔서 도련님이 살아 오셨는데요! 그런데 참, 도련님, 그 두목놈 얼굴을 알아보셨습니까?」

「아니, 모르겠던걸. 그게 누군데?」

「정말 모르시겠어요? 그때 여인숙에서 도련님 토끼 가죽 외투를 빼앗아 간 그 주정뱅이 놈을 잊으셨단 말씀이세요? 그 토끼 가죽 외투는 새것이나 다름없었는데 그 악당놈이 실밥까지 뜯어 가며 억지로 꿰입었잖습니까!」

나는 깜짝 놀랐다. 사실 뿌가쵸프와 그 길 안내자는 놀랄 만큼 닮았었다. 나는 뿌가쵸프와 그가 동일인이라는 것을 확신하게 되었고 그제야 비로소 내가 화를 면하게 된 까닭을 이해할 수 있었다. 나는 이 기이한 상황의 교착(交錯)에 경탄하지 않을 수 없었다. 부랑자에게 준 어릴 적의 털외투가 교수대의 올가미에서 내 목숨을 구해 주었고 여인숙을 전전하던 주정뱅이는 여러 곳의 요새를 침략하고 러시아 제국을 뒤흔들게 된 것이다!

「시장하지 않으세요?」 사벨리치는 늘 하던 대로 나에게 물어 왔다. 「집에는 아무것도 없어요. 하지만 나가서 무엇이라도 좀 구해다가 식사를 만들어 보지요.」

혼자 남은 나는 깊은 생각에 잠겼다. 이제 무엇을 어떻게 한다? 악당이 지배하는 요새에 그대로 남아 있거나 그 도당에 가담하는 것은 장교로서 치욕적인 일이었다. 작금의 이 어려운 상황에서 조국 수호에 기여할 수 있는 곳으로 가는 것이 군인으로서 마땅히 내가 해야 할 일이었다……. 그러나 사랑은 내게 마리야 이바노브나의 곁에 남아 그녀를 지키고 보호해야 한다고 명하고 있었다. 나도 물론 조만간에 상황이 변하게 되리라는 것을 믿어 의심치 않았지만 그래도 여전히 그녀에게 닥친 위험을 생각하면 모골이 송연해졌다.

나의 상념은 뿌가쵸프의 전갈을 가지고 달려온 까자끄 병사 때문에 중단되었다.

「위대하신 폐하께서 당신을 부르십니다.」

「지금 어디 있는데?」 나는 명령에 따를 준비를 하며 물었다.

「사령관 사택에 계십니다.」 까자끄가 대답했다. 「폐하께서는 진지를 잡수시고 목욕을 하신 뒤 지금은 쉬고 계십니다. 어느 모로 보나 우리 폐하께서는 보통 인물이 아니십니다. 점심으로 구운 통돼지 새끼를 두 마리나 드시고 엄청 뜨거운 한증탕에도 들어가셨습니다. 같이 간 따라스 꾸로츠낀은 견뎌 내지 못했습니다. 목욕 솔을 폼까 비끄바예프한테 내동댕이치고 찬물을 뒤집어쓰고서야 겨우 열을 식혔습니다. 더 이상 가타부타할 게 없습니다. 어느 모로 보나 범상치가 않으십니다……. 그리고 폐하께서는 한증탕에서 가슴에 새겨진 황실의 징표를 보여 주셨다고들 합니다. 한쪽 가슴에는 5꼬뻬이까 동전 크기만 한 쌍두 독수리가 새겨져 있고 다른 쪽에는 당신 자신의 모습이 새겨져 있다는 얘깁니다.」

나는 까자끄 병사의 의견에 반박할 필요성을 느끼지 않았다. 그와 함께 사령관 댁으로 가는 길에 나는 뿌가쵸프와의 상면을 미리 머릿속에 그려 보면서 그 만남의 결과를 예측해 보려고 애썼다. 독자는 그때 내가 평상심을 완전히 회복하지 못했다는 것쯤은 쉽게 짐작할 수가 있을 것이다.

사령관 사택에 도착했을 때는 땅거미가 질 무렵이었다. 시체들이 매달린 교수대 위로 음산한 어둠이 깔리고 있었다. 가엾은 사령관 부인의 시체는 두 명의 까자끄가 보초를 서고 있는 현관 앞 계단 아래에 아직도 널브러져 있었다. 나를 데리고 온 까자끄가 도착을 알리러 안으로 들어갔다가 금세 돌아와서는 방안으로 안내했다. 그 방은 바로 전날 내가 그토록 애틋하게 마리야 이바노브나와 작별의 인사를 나눈 곳이었다.

기이한 광경이 내 눈앞에 펼쳐졌다. 식탁보가 덮인 탁자 위에는 술병과 술잔이 즐비했고, 그 앞에는 뿌가쵸프와 열 명 가량의 까자끄 대장들이 모자에다 얼룩덜룩한 루바쉬까를 입고 앉아 있었는데, 그들은 모두 술기운이 돌아 시뻘겋게 달아오른 낯짝에 눈알을 번득이고 있었다. 그러나 그들 가운데는 새로 가담한 변절자인 쉬바브린이나 우리 요새의 하사였던 놈은 보이지 않았다.

「아, 마침내 오셨군! 어서 오시게. 이리 와 앉게나.」 뿌가쵸프가 나를 보더니 말했다.

취객들이 자리를 좁혀 앉았다. 나는 묵묵히 식탁 끄트머리에 앉았다. 내 옆에 앉은 젊고 건장한 까자끄가 내 잔에 싸구려 포도주를 따라 주었지만 나는 손도 대지 않았다. 나는 호기심에 가득 차서 거기 모인 군상들을 살펴보기 시작했다. 상석에 앉은 뿌가쵸프는 식탁에 팔꿈치를 괴고는 커다란 주먹 위에 시커먼 턱수염을 올려 놓고 있었다. 이목구비가 번듯한 것이 꽤나 서글서글해 보였고 흉악한 데라고는 눈곱만큼도 없었다. 그는 한 오십 세가량 되는 사내에게 자주 말을 걸었는데, 그를 때로는 백작이라고도 부르고 때로는 찌모페이치라고도 부르고 또 어떤 때는 아저씨라고 존대를 하기도 했다. 모두들 전우처럼 격의 없이 어울렸고 대장이라고 해서 특별히 공대하는 눈치는 없었다. 대화는 아침에 있었던 습격, 폭동의 성공 그리고 향후의 작전 등에 관한 것이었다. 저마다 자기 자랑을 해대며 의견을 개진했고 또 자유롭게 뿌가쵸프를 반박했다. 이 괴상한 작전 회의에서 오렌부르그로의 진격이 결정되었다. 그것은 성공을 한다 해도 그들에게 막대한 손실을 가져올 수 있는, 실로 대담한 계획이었다! 진군 날짜는 바로 다음날로 정해졌다.

「자, 형제들.」 뿌가쵸프가 말했다. 「잠자러 가기 전에 내가 좋아하는 노래나 한번 뽑아 보세. 추마꼬프! 선창하게!」

내 옆자리에 앉은 사내가 고운 목소리로 구슬픈 뱃사공의 노래를 부르기 시작하자 모두들 따라 불렀다.

> 푸르른 떡갈나무 숲이여 술렁이지 마라,
> 나 착한 젊은이 생각을 방해하지 마라.
> 내일이면 나 착한 젊은이 가야 한다네
> 무서운 판관 황제의 문초 받으러.
> 황제 폐하께서 이 몸에게 물으시겠지.
> 불어라 불어라, 농부의 아들아,
> 누구와 도둑질을 했느냐, 강도질을 했느냐,
> 네 일당은 몇 명이나 되느냐?
> 공정하신 황제 폐하,
> 사실만을 진실만을 아뢰오리라.
> 이 몸의 동지는 모두 넷이옵니다.
> 첫 번째 동지는 캄캄한 밤이옵고
> 두 번째 동지는 강철로 벼린 검이옵고
> 세 번째 동지는 저 날쌘 준마이옵고
> 네 번째 동지는 팽팽한 활이옵고

이 몸의 전령은 뾰족한 화살이옵니다.
그러면 공정하신 황제 폐하 말씀하시길,
잘했다 잘했어, 농부의 아들아,
도둑질도 잘하고 대답도 잘했다!
농부의 아들에게 상을 주리라
들판에 우뚝 솟은 높다란 나무 집,
두 기둥 가운데 걸쳐진 대들보를.

처형당할 운명에 처한 사내들이 부르는 이 교수대 민요가 나에게 얼마나 기이한 감동을 주었는지는 이루 다 말로 표현할 수도 없다. 그들의 무시무시한 얼굴, 화음이 잘 맞는 목소리, 그렇지 않아도 구성진 가사에 쏟아 부은 그들의 애절한 감정 — 이 모든 것이 시적인 공포가 되어 내 가슴을 뒤흔들어 놓았다.

그들은 한 잔씩 더 들이키고는 자리에서 일어나 뿌가쵸프에게 취침 인사를 했다. 나는 그들의 뒤를 따라 나가려고 했지만 뿌가쵸프가 나를 붙잡았다.

「그냥 앉아 있게. 할 얘기가 좀 있네.」

우리는 단둘이 남아 서로의 눈을 주시했다.

두 사람의 침묵은 몇 분간 지속되었다. 뿌가쵸프는 이따금 놀랄 만큼 교활하고 냉소적인 표정을 담아 왼쪽 눈을 찌푸리면서 나를 지긋이 바라보았다. 그러다가 마침내 호탕한 웃음을 터뜨렸다. 그 꾸밈 없이 즐거운 웃음을 바라보고 있자니 나도 공연히 웃음이 나왔다.

「그래 어떤가?」 그가 말했다. 「솔직히 말해 보게, 우리 애들이 자네 목에 올가미를 걸었을 때는 오싹했지? 아마 눈앞이 캄캄해졌을걸……. 자네 하인놈만 아니었어도 자네는 지금쯤 교수대에 매달려 있을 것이야. 나는 그 늙나리를 대번에 알아보았네. 자네를 여인숙에 안내했던 사람이 바로 황제였다는 건 상상도 못했겠지? (이 대목에서 그는 짐짓 엄숙하고 신비한 표정을 지었다.) 자네는 크나큰 죄인일세.」 그가 말을 계속했다. 「그렇지만 자네의 선행 때문에, 내가 적들로부터 숨어 다니던 시절 나한테 베푼 친절 때문에 나는 자네를 용서해 준걸세. 그러나 진짜는 나중에 보게 될 거야! 내가 나의 제국을 되찾게 될 때 자네한테 진짜 큰 은혜를 베풀걸세! 그래, 이제 나에게 충성의 맹세를 하겠는가?」

이 사기꾼의 질문과 그 방자함이 어찌나 우스꽝스럽던지 나는 흥하고 코웃음을 터뜨리지 않을 수 없었다.

「어째서 실실대는 건가?」 그가 상을 찌푸리며 물었다. 「내가 황제라는 걸 안 믿는다는 거냐? 어서 사실대로 말해라.」

나는 당혹스러웠다. 이 부랑아를 황제로 인정할 수는 없는 노릇이었다. 그건 용서할 수 없는 비열한 짓으로 생각되었다. 그러나 그의 면전에 대고 사기꾼이라 부른다면 파멸을 자초할 것이 뻔했다. 내가 교수대 아래 섰을 때 분노가 치민 나머지 모든 사람들이 보는 앞에서 외치려 작정했던 말들은 이제 생각해 보니 쓸데없는 자만처럼 여겨졌다. 내 생각은 오락가락했다. 뿌가쵸프는 기분 잡쳤다는 표정으로 내 대답을 기다렸다. 마침내 의무감이 내 안에서 인간적인 약점을 누르고 말았다(나는 지금도 그 순간을 생각하면 흐뭇해진다). 나는 뿌가쵸프에게 말했다.

「한 점의 거짓도 없이 말씀드리겠습니다. 당신 스스로 판단해 보세요. 제가 과연 당신을 황제로 인정할 수 있을까요? 당신은 지혜로운 분입니다. 제가 당신을 속이려 든다면 당신은 금방 아실 겁니다.」

「그렇다면 자네 생각에 내가 누구인 것 같은가?」

「그거야 알 수 없지요. 그러나 당신이 누구건 간에 매우 위험한 일을 벌이고 있는 것만은 확실합니다.」

뿌가쵸프는 나를 재빨리 훑어보며 말했다.

「흠, 그러니까 내가 뾰뜨르 표도로비치 황제라는 걸 안 믿는다는 얘기로군? 뭐, 그래도 상관없어. 하지만 성공이란 용감한 자를 위한 것 아닐까? 한때 그리쉬카 오뜨레삐예프[1]가 황제 노릇을 한 것도 사실 아닌가? 나를 어떻게 생각하든 상관없지만 내 곁을 떠날 생각은 말게. 자네야 사실 아무려면 어떤가? 누가 황제이건 다 마찬가지 아닌가. 성심껏 나를 모시면 장군이나 공작을 시켜 주겠네. 어떤가?」

「안 됩니다.」 나는 단호하게 대답했다. 「저는 태어나길 귀족으로 태어났습니다. 여제 폐하께 이미 충성을 맹세한 몸입니다. 그러므로 당신을 섬길 수는 없습니다. 당신이 저에게 진정으로 은혜를 베푸실 작정이라면 저를 오렌부르그로 보내 주십시오.」

뿌가쵸프는 생각에 잠겼다.

그가 말했다. 「자넬 풀어 주면, 최소한 나한테 반기를 들지 않겠다는 약속은 할 수 있겠지?」

---

[1] 살해당한 이반 뇌제의 아들 드미뜨리를 사칭하고 다녔던 수도승. 이 가짜 드미뜨리, 혹은 〈참칭자 드미뜨리〉는 1605년에 잠시 동안 제위에 올랐었다.

「그런 약속을 어떻게 할 수 있겠습니까?」 내가 대답했다. 「당신도 아시다시피 그건 제 소관이 아닙니다. 당신과 싸우라는 녕팅이 별어시먼 그대로 해야 합니다. 달리 도리가 없습니다. 당신 자신도 지금 상관으로서 부하들에게 복종을 요구하고 있습니다. 그러니 만일 내가 마땅히 해야 할 군인으로서의 임무를 소홀히 한다면 그게 어떻게 보이겠습니까? 내 목숨은 당신 손안에 있습니다. 저를 놓아 주신다면 고맙겠습니다. 저를 벌하신다면 하느님께서 당신을 심판하시겠지요. 이게 제 숨김없는 생각입니다.」

나의 솔직함은 뿌가쵸프에게 깊은 감동을 주었다.

뿌가쵸프가 내 어깨를 두드리며 말했다.「그거야 그렇지. 죽이려면 단칼에 죽이고 살리려면 화끈하게 살려 줘야지. 자네 마음대로 어디로든 가서 하고 싶은 대로 다 하라고. 내일 나한테 와서 작별 인사나 하고 가게. 지금은 일단 돌아가 잠이나 자라고. 나도 이젠 졸립구먼.」

나는 뿌가쵸프의 거처를 떠나 밖으로 나왔다. 고요하고 매섭게 추운 밤이었다. 달과 별이 광장과 교수대를 비추며 빛나고 있었다. 요새 안에는 정적과 어둠이 깔려 있었다. 술집에서만 불빛이 새어나오며 늦게까지 흥청대는 술꾼들의 고함 소리가 들려 올 뿐이었다. 나는 사제관을 바라보았다. 덧문이고 대문이고 모두 닫혀 있었고 집 안은 조용한 듯했다.

숙소에 돌아와 보니 사벨리치가 나의 부재에 노심초사하며 기다리고 있었다. 내가 자유의 몸이 되었다는 소식을 듣자 그는 이루 말할 수 없이 기뻐했다.

「하느님, 감사합니다!」 그는 성호를 그으며 말했다. 「날이 밝는 대로 요새를 떠나 발 닿는 대로 갑시다. 잡술 것을 좀 마련해 놓았습니다, 도련님. 한술 뜨시고 아침까지 아무 생각 마시고 푹 주무세요.」

　나는 사벨리치의 조언에 따라 달게 식사를 하고 몸도 마음도 지칠 대로 지쳐 맨바닥에 누운 채 잠들어 버렸다.

제9장
이별

> 그대와의 만남은 달콤했었네
> 오, 아름다운 이여,
> 하나 헤어짐은 가슴 아파라
> 내 영혼 찢기듯이 가슴 아파라.
> — 헤라스꼬프[1]

나는 아침 일찍 북소리에 잠이 깨어 집합 장소로 나갔다. 벌써 뿌가쵸프의 병사들이 어제의 희생자들이 그대로 매달려 있는 교수대 근처에 정렬해 있었다. 까자끄들은 말을 타고 있었고 병사들은 무장한 채 서 있었다. 깃발들이 바람에 휘날리고 있었다. 몇 문의 대포가 이동 포가에 놓여 있었는데, 그 중에는 우리 요새의 것도 눈에 띄었다. 주민 모두가 거기 모여서 참칭자를 기다리고 있었다. 사령관 사택의 현관 앞에서는 까자끄 병사 하나가 잘생긴 끼르기즈 산 백마의 고삐를 잡고 서 있었다. 나는 사령관 부인의 시신을 눈으로 찾아보았다. 시신은 한 옆으로 치워지고 그 위에는 거적이 씌워져 있었다. 마침내 뿌가쵸프가 현관에서 나오자 군중은 모자를 벗었다. 뿌가쵸프는

[1] 18세기 시인이자 극작가인 헤라스꼬프M. Kheraskov(1733~1807)의 시 「이별Razulka」에서 인용한 것임.

현관 앞 층계에 멈추어 서서 사람들과 인사를 나누었다. 까자끄 대장 중의 하나가 그에게 동전이 든 자루를 건네 주자 그는 동전을 한 움큼씩 꺼내 뿌리기 시작했다. 군중은 함성을 지르며 동전을 주우러 달려들었고 그 와중에 다치는 사람까지 생겼다. 뿌가쵸프는 측근들에게 둘러싸여 있었는데 그들 중에는 쉬바브린도 끼여 있었다. 우리의 시선이 마주쳤다. 내 눈에서 경멸의 표정을 읽은 그는 진짜 악의와 거짓 조소를 흘리고는 시선을 얼른 돌렸다. 군중 속에서 나를 발견한 뿌가쵸프는 고개를 끄덕여 가까이 불렀다.

그가 나에게 말했다. 「이봐, 지금 당장 오렌부르그로 가서 현지사와 장군들에게 전하게. 내가 일주일 후에 그리로 갈 테니까 순수한 사랑과 복종하는 마음으로 나를 맞이하는 게 좋을 거라고 해주게. 안 그러면 무서운 형벌을 피할 수 없을 거라고. 그럼 조심해서 가게, 장교 양반!」

그런 다음 그는 군중에게로 돌아서서 쉬바브린을 가리키며 말했다.

「이 사람이 너희들의 새 사령관이다. 매사에 이 사람의 명령을 따르라. 나를 대신하여 너희들과 요새 전체를 책임지게 될 분이니까.」

그 말을 듣자 나는 공포에 휩싸였다. 쉬바브린이 요새의 책임자가 되었으니 마리야 이바노브나는 이제 그놈의 손아귀에 남게 된 것이다! 오 하느님, 그녀의 운명은 어찌 되렵니까! 뿌가쵸프는 층계에서 내려왔다. 그의 앞으로 말이 끌려 왔다. 그는 부축하려고 다가온 까자끄 병사들을 무시하고는 민첩하게 안장에 올라앉았다.

그때 사벨리치가 군중 속에서 튀어나와 뿌가쵸프에게 다가가더니 무슨 종잇장인가를 내미는 것이 보였다. 나는 대체 무슨 일이 벌어지게 될지 짐작도 할 수 없었다.

「이게 무엇이냐?」 뿌가쵸프가 거드름을 피우며 물었다.

「읽어 보시면 아시게 될 겁니다.」 사벨리치가 대답했다. 뿌가쵸프는 종잇장을 받아 들고는 한참 동안 의미심장한 표정으로 들여다보았다.

「대체 왜 이렇게 복잡하게 쓰는 거냐?」 마침내 그가 입을 열었다. 「내 밝은 두 눈으로도 무슨 소리인지 종잡을 수가 없군. 여봐라, 문서 담당 어디 있느냐?」

하사관의 제복을 입은 청년이 잽싸게 뿌가쵸프에게 달려왔다.

「큰소리로 읽어 보아라.」 참칭자는 청년에게 종잇장을 건네 주며 말했다.

나는 대체 그 노인네가 뿌가쵸프한테 무슨 소릴 적어 보낸 것인지 알고 싶어 미칠 지경이었다. 문서 담당관은 한자 한자 큰소리로 읽기 시작했다.

「가운 두 벌, 옥양목 가운, 줄무늬 들어간 비단 가운 6루블.」

「그게 무슨 소리냐?」 뿌가쵸프가 눈살을 찌푸리며 말했다.

「계속 읽어 보라고 해주십시오.」 사벨리치가 차분하게 대답했다.

문서 담당관은 계속 읽었다.

「결이 고운 녹색 나사 군복 7루블, 흰색 나사 바지 5루블, 네덜란드 아마포로 지은 커프스 달린 셔츠 열두 벌 10루블, 여행용 다기 세트 50꼬뻬이까……」

「잠깐, 이게 다 무슨 헛소리냐?」 뿌가쵸프가 말을 가로막았다.

「다기 세트니 커프스 달린 바지니 하는 것들이 나와 무슨 상관이란 말이냐?」

사벨리치는 목청을 가다듬고는 설명을 시작했다.

「그러니까 폐하, 이것은 보시다시피 도련님의 물품 명세서로, 악당들이 훔쳐 간 것입니다…….」

「악당들이라니?」 뿌가쵸프가 무섭게 되물었다.

「죄송합니다. 그만 말이 헛나왔습니다.」 사벨리치가 대답했다. 「그러니까 악당이 아니라 폐하의 부하들이 저희 집을 뒤져 가져 간 것입니다. 노여워 마십시오. 원숭이도 나무에서 떨어진다지 않습니까. 끝까지 읽어 보라고 명령해 주십시오.」

「어디 끝까지 읽어 보아라.」 뿌가쵸프가 말했다.

문서 담당관은 계속 읽었다.

「사라사 담요, 면사로 누빈 호박단 담요 4루블, 빨간 모직을 덧씌운 여우털 외투 40루블, 여인숙에서 폐하께 기부한 토끼 가죽 외투 15루블.」

「말 다했느냐!」 뿌가쵸프가 이글거리는 눈알을 번득이며 소리를 꽥 질렀다.

고백하건대 그때 나는 불쌍한 노인네 걱정으로 숨이 멎는 것만 같았다. 그는 다시 무언가 설명을 하고자 했지만 뿌가쵸프가 그의 말을 막았다.

「네놈이 어찌 감히 그런 헛소리를 가지고 나한테 기어올 수가 있단 말이냐?」 그는 문서 담당관에게서 종이를 빼앗아 사벨리치의 얼굴에 내동댕이치며 노발대발했다. 「멍청한 영감쟁이! 물건을 도둑맞았다. 그게 그렇게 큰일이냐! 네놈은 네놈의 주인과 함께 저기 저 역적놈들 옆에 나란히 매달리지 않게 된 것만 ᄊ이고도 니의 내 부하들을 위해 죽을 때까지 기도를 올려야 할 판이다……. 토끼 가죽 외투라고! 그래 네놈한테 토끼 가죽 외투를 주마! 산 채로 네놈의 가죽을 벗겨 외투를 만들어 주면 어떠냐?」

「처분에 맡기겠습니다.」 사벨리치가 대답했다. 「하지만 저는 종놈이니까 주인 나리의 물건에 책임을 져야 합니다.」

그때 분명 뿌가쵸프는 너그러운 기분이 들었는지 더 이상 아무 말도 없이 돌아서서 말을 몰았다. 쉬바브린과 까자끄 대장들도 그의 뒤를 따라갔다. 폭도들은 질서 정연하게 요새 밖으로 나갔다. 군중들은 뿌가쵸프를 전송하러 몰려갔다. 광장에는 나와 사벨리치 단둘이 남겨졌다. 노인은 물품 명세서를 쥐고는 심히 유감스럽다는 듯이 들여다보고 있었다.

그는 뿌가쵸프와 나의 관계가 우호적인 것을 보고는 그것을 이용할 생각이 들었던 것이다. 그러나 그의 약삭빠른 계획은 실패로 돌아갔다. 나는 그의 미련한 열성을 꾸짖으려 했지만 웃음이 터져 나오는 바람에 그만두고 말았다.

사벨리치가 말했다. 「웃으세요, 도련님. 마음대로 웃으시라고요. 하지만 나중에 살림살이를 모조리 새로 장만해야 할 때가 와도 웃음이 나올 지 두고 봅시다.」

나는 마리야 이바노브나를 만나러 사제관으로 급히 달려갔다. 신부의 부인은 슬픈 소식을 전해 주었다. 간밤에 마리야 이바노브나는 심한 열병에 걸리고 말았다는 것이다. 그녀는 헛소리를 하며 의식을 잃은 채 누워 있었다. 신부의 부인은 나를 그녀의 방으로 안내했고 나는 가만히 그녀의 침대로 다가갔다. 그녀의 얼굴에 나타난 극심한 변화에 나는 경악했다. 환자는 나를 알아보지도 못했지만 나는 오랫동안 그녀를 바라보며 서 있었다. 게라심 신부나 그의 선량한 아내가 분명 나를 위로하기 위해 하는 듯한 말들도 내 귀에는 들어오지 않았다. 암담한 생각에 나는 불안해졌다. 사악한 폭도들 가운데 내팽개쳐진 의지할 데 없는 가엾은 고아 소녀의 운명과 나 자신의 무력함이 나를 두렵게 했다. 그러나 쉬바브린, 그 무엇보다도 쉬바브린이 내 상상력을 가차없이 짓이겨 놓았다. 참칭자로부터 전권을 위임받은 그는 저 불행한 소녀, 죄없이 그의 미움을 받게 된 소녀가 남아 있는 이 요새를 지배하며 무엇이든 마음대로 결정할 수 있게 되었다. 그러니 내가 무슨 일을 할 수 있겠는가? 어떻게 그녀를 도울 수 있단 말인가? 어떻게 악당 손에서 그녀를 구할 수 있을까? 오직 한 가지 방법밖에는 없었다. 당장에 오렌부르그로 가서 벨로고르스끄 요새의 탈환을 재촉하고 모든 수단을 다해 그 일에 나도 협조하는 것이다. 나는 신부와 아꿀리나 빰필로브나에게 작별의 인사를 하고 신부의 부인에게는 이미 나의 아내라고 생각하고 있는 마리야를 보살펴 달라고 신신당부했다. 나는 가엾은 소녀의 손을 붙잡고 눈물을 흘리며 그 손에 키스했다.

「안녕히 가세요.」 신부의 부인이 나를 배웅하며 말했다. 「안녕히 가세요, 뾰뜨르 안드레이치. 다시 만날 때는 형편이 좀 더 좋아지겠죠. 우리를 잊지 마시고 자주 편지해 주세요. 불쌍한 마리야 이바노브나는 당신 말고는 이제 아무런 위안도 의지할 데도 없답니다.」

나는 광장으로 나와 잠시 걸음을 멈추고 교수대를 향해 목례를 한 다음 한시도 나와 떨어지지 않는 사벨리치와 함께 요새를 떠나 오렌부르그를 향해 길음을 옮겼다.

한참 생각에 잠겨 걷고 있는데 뒤에서 갑자기 말발굽 소리가 들려 왔다. 돌아보니 요새 쪽에서 까자끄 병사 하나가 바쉬끼르 산 말의 고삐를 쥐고는 나에게 손짓을 하며 달려오고 있었다. 걸음을 멈추고 보니 바로 그놈, 우리 요새 하사관이었던 놈이었다. 그는 가까이 오더니 말에서 내려와 자기가 끌고 온 또 다른 말의 고삐를 나에게 건네 주며 말했다.

「소위보님! 우리 폐하께서 당신에게 이 말과 또 손수 벗어 주신 외투를 하사하셨습니다(안장에는 양가죽 외투가 매달려 있었다).」 그는 더듬거리며 덧붙여 말했다. 「에, 그리고 또, 폐하께서는 당신한테…… 그러니까, 50꼬뻬이까를 하사하셨는데…… 본인이 오다가 그만 잃어버렸습니다. 너그러이 용서해 주시기 바랍니다.」

사벨리치는 그를 흘겨보며 으르렁거렸다.

「오다가 잃어버렸다고! 그럼 네놈의 품안에서 짤랑거리는 건 뭐냐? 뻔뻔한 놈!」

「대체 품안에서 뭐가 짤랑거린다고 그러슈?」 하사는 낯빛 하나 변하지 않고 되받았다.

「노인네가 고약도 하네! 그건 50꼬뻬이까짜리 동전이 아니라 재갈이 찰강대는 소리라고.」

「됐네.」 나는 두 사람의 실랑이를 중단시켰다. 「자네를 보낸 분한테 고맙다는 말을 전하게. 그리고 잃어버린 50꼬뻬이까는 가는 길에 잘 찾아보도록 하게. 찾거든 술값이나 하고.」

「매우 매우 고맙습니다, 각하.」 그는 말머리를 돌리며 대답했다.

「각하를 위해 평생 기도하겠습니다.」

말을 마치자 그는 한 손으로 앞섶을 움켜쥐고는 왔던 길을 되돌아 달려갔다. 잠시 후 그는 시야에서 사라졌다.

나는 외투를 입고 말 위에 올라탔다. 사벨리치는 뒤에 앉게 했다.

노인이 말을 꺼냈다. 「거 보세요, 도련님. 제가 그 악당놈한테 떼를 쓴 보람이 있잖아요. 그 도둑놈도 아마 양심에 찔리는 구석이 있었던가 봅죠. 물론 이 말라빠진 바쉬끼르 말 한 필과 양가죽 외투를 합쳐 보았댔자 악당놈들이 우리한테서 훔쳐 간 물건과 도련님이 그놈한테 자진해서 주신 것의 반값도 안 되지만, 어쨌든 요긴하게 쓸 수 있게 되었군요. 미친개한테서는 털이라도 한 줌 뽑으라는 말도 있잖습니까.」

제10장

도시의 봉쇄

> 산도 초원도 모두 점령한 그,
> 독수리처럼 정상에서 도시를 내려다보았네.
> 진지 뒤에 보루를 세워 천둥벼락 숨겼다가
> 밤중에 도시 위에 퍼부으라 명했네.[1]
> — 헤라스꼬프

오렌부르그가 가까워지자 머리는 박박 밀어붙이고 얼굴은 망나니의 불집게로 흉측하게 망가진 죄수의 무리가 보였다. 그들은 수비대 노병들의 감시를 받으며 보루 근처에서 작업하고 있었다. 일부는 참호에 가득 찬 쓰레기를 수레에 담아 실어 내고 일부는 삽으로 땅을 파고 있었다. 토성 위에서는 석공들이 벽돌을 날라 성벽을 수리하고 있었다. 성문 앞에서 보초들이 우리를 제지하며 신분증을 요구했다. 상사는 내가 벨로고르스끄 요새에서 오는 길이라는 말을 듣자 당장 장군의 숙소로 나를 데려갔다.

장군은 정원에 있었다. 그는 가을 바람에 잎사귀가 떨어져 버린 사과나무를 살펴보며 늙은 정원사의 도움을 받아 나무 둥

---

1 헤라스꼬프의 서사시 「로시아다Rossiada」에서 인용한 것임.

지에 따뜻한 밀짚을 조심스럽게 씌우고 있었다. 그의 얼굴에는 평정과 건강과 선량함이 감돌고 있었다. 그는 나를 보더니 무척 반가워하며 내가 직접 목격한 그 끔찍한 사건들에 관해 물어 보기 시작했다. 나는 그에게 사건의 전말을 보고했다. 노인은 나의 말을 주의 깊게 듣는 한편 계속해서 마른 가지들을 쳐냈다.

「불쌍한 미로노프!」내가 그 슬픈 이야기를 마쳤을 때 그가 말했다.「정말 안됐군. 훌륭한 장교였는데. 마담 미로노프도 참 좋은 사람이었지. 그 양반의 버섯 절임은 일품이었는데! 그러면 대위의 딸 마샤는 어떻게 되었나?」

나는 그녀가 요새에 남아 신부 부인의 보살핌을 받고 있노라고 말했다. 그러자 장군은 말했다.

「저런 저런 저런! 좋지 않아, 아주 좋지 않아. 강도들의 기강이라는 것은 절대로 믿을 것이 못 되지. 이제 그 불쌍한 아가씨는 어찌 되려나?」

나는 벨로고르스끄 요새까지는 과히 먼 거리가 아니니까 장군 각하께서 즉시 군대를 파견하시어 가엾은 주민들을 해방시켜 주시는 것이 좋을 것 같다고 대답했다. 장군은 의심스럽다는 듯이 고개를 저으며 말했다.

「그건 좀 더 두고 보자고. 그 문제는 나중에 협의해도 늦지 않을걸세. 내 방에 와서 차나 한잔 들게. 오늘 작전 회의가 열리기로 되어 있다네. 자네도 와서 그 못된 뿌가쵸프와 그놈의 군대에 관해 정확한 정보를 제공해 주면 좋겠네. 지금은 우선 좀 쉬도록 하게.」

나한테 배당된 숙소에 가보니 사벨리치가 벌써 정리를 하고 있었다. 나는 초조하게 회의 시간이 되기를 기다렸다. 독자는 내 운명에 그토록 어마어마한 영향을 미칠 그 작전 회의에 내가 절대로 빠지지 않았을 것이라는 사실을 쉽게 짐작할 것이다. 나는 정한 시간이 되기가 무섭게 장군의 거처로 갔다.

장군의 방에 가니 이 도시 관리 중의 하나가 와 있었다. 세관장쯤으로 기억되는 그는 뚱뚱하고 혈색 좋은 노인으로 번쩍이는 까프딴을 입고 있었다. 그는 이반 꾸즈미치가 자기의 대부였노라고 하면서 그의 운명에 관해 묻기 시작했는데 자꾸만 지엽적인 질문과 설교조의 말참견으로 내 이야기를 중단시켰다. 얘기하는 것으로 보아 그가 비록 전술에 뛰어난 인물은 아닐지라도 적어도 타고난 지혜와 명민함의 소유자라는 것을 알 수 있었다. 그러는 동안 다른 참가자들이 모여들었다. 장군을 제외하면 그들 중에 군인은 한 사람도 없었다. 모두들 자리에 앉고 각자 앞에 찻잔이 돌아가자 장군이 당면 문제에 관해 지극히 명료하고도 자세하게 설명을 했다.

그가 이야기를 계속했다. 「그러니 여러분, 우리는 이제 폭도들에게 어떻게 대응할 것인가를, 즉 〈공격이냐 방어냐〉를 결정해야 합니다. 두 가지 모두 장단점을 가지고 있습니다. 공격은 적의 신속한 소탕을 좀 더 앞당겨 주지만 방어는 보다 안전하고 확실합니다……. 그럼 합법적인 절차에 따라 이 문제에 관해 의견을 청취하기로 합시다. 그러니까 계급이 낮은 사람부터 시작합시다. 자, 소위보!」 그는 내 쪽을 바라보며 말을 계속했다. 「자네의 의견을 개진해 보게.」

나는 자리에서 벌떡 일어나 우선 간단 명료하게 뿌가쵸프와 그 일당을 묘사한 후 참칭자는 정규군에 대항할 능력이 없다고 확실하게 못박았다.

배석한 관리들은 내 의견을 대놓고 못마땅해했다. 그들은 내 말이 젊은이의 무모함과 만용에서 비롯된 것이라고 생각했던 것이다. 불만스럽게 수군대는 소리가 들려 왔다. 누군가가 낮은 소리로 〈애송이〉라고 내뱉는 소리도 나는 분명히 들었다. 장군은 나를 향해 미소를 지으며 말했다.

「소위보! 작전 회의 초반에는 으레 공격을 지지하는 여론이 높게 마련일세. 그게 정해진 이치지. 그럼 계속해서 의견을 들어 볼까. 6등관! 당신의 의견을 말씀해 주십시오!」

번쩍이는 까프딴을 입은 노인이 럼주를 진하게 탄 차를 석 잔째나 성급히 들이키고는 장군에게 대답했다.

「제 생각에는 각하, 공격도 안 되고 방어도 아니 됩니다.」

「그게 무슨 소립니까, 6등관?」 놀란 장군이 그의 말을 가로막았다. 「전술상 다른 방법은 없습니다. 공격이냐 방어냐, 둘 중의 하나만이……」

「각하, 매수라는 방법이 있습니다.」

「아하! 상당히 일리가 있는 의견이로군요. 매수라는 것도 전술이라 할 수 있지요. 당신의 의견을 활용해 보기로 합시다. 우리로서는 그 악당놈의 모가지에…… 그러니까 한 70루블에서 1백 루블까지도 걸 수가 있지요……. 그러니까 비밀 기금에서…….」

세관장이 말참견을 했다. 「만일에, 그 도둑놈들이 두목의 손발을 꽁꽁 묶어 우리한테 넘겨주지 않는다면 저를 6등관이 아니라 끼르기즈 양이라 불러도 좋습니다.」

「이 문제는 좀 더 생각해 보고 협의하도록 합시다. 그러나 어찌 되었건 군사 행동을 취하지 않을 수는 없습니다. 그러니 여러분, 합법적인 절차에 따라 의견을 개진해 주십시오.」 장군이 말했다.

모두들 나와 반대되는 의견을 피력했다. 모든 관리들이 군대의 부실함, 성공 가능성의 희박함, 신중해야 할 필요성 및 기타 등등에 관해 떠들어댔다. 모두들 이구동성으로 확 트인 평원에서 무기를 시험해 보는 것보다 튼튼한 돌담 뒤에 대포의 비호를 받으며 납작 엎드려 있는 것이 더 현명하다고 주장했다. 이 모든 의견을 경청한 장군은 파이프의 재를 털어 버리고서 드디어 다음과 같은 발언을 했다.

「여러분! 나로서는 소위보의 의견에 전적으로 동의한다는 말을 하지 않을 수 없습니다. 왜냐하면 그것은 언제나 방어보다는 공격을 선호하는 건전한 전술학의 모든 원칙에 기반을 둔 것이기 때문입니다.」 여기서 그는 잠시 말을 멈추고 파이프에 담배를 채우기 시작했다. 나의 자존심이 승리하는 순간이었다. 나는 불만과 동요의 기색을 보이며 저희들끼리 수군대는 관리들을 의기양양하게 바라보았다. 「그러나 여러분.」 그는 깊은 한숨과 함께 짙은 담배 연기를 내뿜으며 말을 계속했다. 「나는 우리의 인자하신 어머니이신 여제 폐하께서 나에게 맡겨 주신 이 지역의 안전과 관련하여 그토록 큰 위험을 감수할 수는 없습니다. 고로 나는 성 안에서 봉쇄에 대비하고 있다가 적의 공격을 화력으로 막아내거나 (가능하다면) 불시에 적의 허를 찌르는 것이 보다 안전하고 현명하다는 대다수의 의견에 동의하는 바입니다.」

이번에는 관리들이 나에게 조소의 눈길을 던졌다. 작전 회의는 해산되었다. 나는 자신의 신념에 반해 무지하고 경험 없는 인간들의 의견에 따르기로 한 이 노장의 나약함에 안타까운 마음을 금할 수가 없었다.

이 특기할 만한 회의가 있은 지 며칠 뒤 우리는 뿌가쵸프가 일전에 장담했던 대로 오렌부르그 근방까지 진격해 왔다는 것을 알게 되었다. 나는 성벽의 정상에서 폭도들의 군대를 내려다보았다. 지난번 내가 목격했던 습격 때보다 그들의 수는 열 배는 늘어난 것 같았다. 뿌가쵸프가 작은 요새들을 정복하면서 갈취한 대포들도 보였다. 작전 회의의 결정을 돌이켜보자니까, 오렌부르그의 성벽 안에 한동안 꼼짝없이 갇혀 있게 되었다는 생각이 들면서 눈물이 나올 정도로 울화통이 터졌다.

나는 오렌부르그 봉쇄를 묘사할 생각은 없다. 그것은 가족사가 아닌 국가의 역사에 속한 일이기 때문이다. 다만 다음의 사실만은 간략히 말해 두고 싶다. 요컨대, 오렌부르그의 봉쇄는 지방 관료들의 주의 부족으로 인해 주민들에게 치명적인 재난을 안겨 주었으며 주민들은 굶주림을 비롯한 온갖 고난을 겪어야만 했다. 오렌부르그에서의 삶이 얼마나 견디기 어려운 것이었는가는 쉽게 상상할 수 있을 것이다. 모두들 자기의 운명이 결정되기를 처참한 심정으로 기다리고 있었다. 모두들 끔찍할 정도로 치솟는 물가에 한숨만 푹푹 쉬었다. 주민들은 마당으로 날아온 포탄에도 익숙해졌다. 심지어 뿌가쵸프의 기습이 있어도 사람들은 그저 그러려니 할 정도였다. 나는 지겨워서 죽을 지경이 되었다. 시간은 흘러갔고 벨로고르스끄 요새로부터는 한 장의 편지도 받아 볼 수 없었다. 모든 길이 차단되었기 때문이다. 나는 마리야 이바노브나와 떨어져 있는 상태를 도저히 참을 수가 없었다. 그녀의 생사를 알 수가 없어 괴롭기만 했다. 나의 유일한 소일거리는 말을 타고 정찰을 나가는 일이었다. 뿌가쵸프가 베풀어 준 호의 덕분에 나는 훌륭한 말을 가지게 되었고 얼마 안 되는 식량이나마 나누어 먹인 그 말을 타고 나는 날마다 성 밖으로 나가 뿌가쵸프의 기병들과 접전을 벌였다. 접전은 으레 배불리 먹고 거나하게 취하고 좋은 말에 탄 악당들에게 유리하게 돌아갔다. 말라빠진 도시 기병대는 그들과 싸우기엔 역부족이었다. 어떤 때는 우리의 굶주린 보병들이 성 밖으로 진격하기도 했지만 깊게 쌓인 눈 때문에 사방에 흩어진 적의 기병을 제대로 공격할 수가 없었다. 포병대는 성루 높은 곳에서는 공연히 대포 소리를 울려 대다가도 들판에 나서기만 하면 대포를 끄는 말들이 비실거리는 바람에 진구렁에 빠져 옴짝달싹못하는 것이었다. 우리 측의 군사 작전이란 것은 이런 지경이었다! 이것이 오렌부르그 관리들이 말하는 신중함과 현명함이었던 것이다!

어느 날 우리는 어찌어찌 하다가 상당수의 적군을 분산시켜 추격하는 데 성공했다. 그때 나는 일행에서 뒤처진 까자끄 한 놈과 맞부딪쳤다. 내가 터키 제 군도로 놈을 내리치려 하는데 놈이 갑자기 모자를 벗으며 소리쳤다.

「안녕하세요, 뾰뜨르 안드레이치! 그래 어떻게 지내십니까?」

다름 아닌 우리 요새 하사로 있던 녀석이었다. 나는 매우 반가웠다.

「잘 있었나 막시미치. 벨로고르스끄에서 온 지 한참 되었나?」 나는 그에게 말했다.

「웬걸요, 뾰뜨르 안드레이치 도련님. 어제 다녀왔습지요. 도련님께 전할 편지가 있습니다요.」

「어디 있는데?」 나는 흥분으로 온몸이 달아오르는 것을 느끼며 외쳤다.

「제가 가져왔습니다. 빨라샤한테 어떻게든 도련님께 전해 드리겠다고 약속을 했거든요.」 막시미치는 품안에 손을 넣으며 대답했다.

그는 나에게 꼬깃꼬깃 접은 종잇조각을 건네 주고는 휑하니 말을 몰고 가버렸다. 나는 종이를 펴보았다. 내가 부들부들 떨며 읽은 편지의 내용은 다음과 같았다.

제가 갑작스레 부모님을 잃은 것은 아마도 하느님의 섭리였겠지요. 저는 이 세상에 친척도 의지할 데도 없는 몸이 되었습니다. 당신은 언제나 저의 행복을 빌어 주셨기에, 그리고 누구에게나 기꺼이 도움을 주시는 분이시기에 이렇게 당신께 호소합니다. 이 편지가 어떻게든 당신께 전달되기를 하느님께 빕니다! 막시미치가 당신께 전해 주겠다고 약속했습니다. 빨라샤가 그러는데 막시미치는 접전 때에 종종 당신을 멀리서 볼 수 있다고 그랬답니다. 당신은 자기 몸을 전혀 돌보지 않으시고 당신을 위해 눈물로 기도하는 사람들 생각은 조금도 안 하시는 것 같다고 그랬답니다. 저는 오랫동안 병석에 누워 있었습니다. 제가 병상에서 일어나자 돌아가신 저희 아버님 대신 사령관이 된 알렉세이 이바노비치는 게라심 신부님께 저를 자기한테 달라고, 안 그러면 뿌가쵸프에게 일러바치겠다고 위협했습니다. 저는 지금 저의 집에서 감시를 받으며 지내고 있습니다. 알렉세이 이바노비치는 자기와 결혼해 줄 것을 강요하고 있습니다. 그 사람은 아꿀리나 빰필로브나가 악당들에게 제가 자기 조카딸이라고 거짓말을 했을 때 모르는 척 눈감아 주었으므로 자기가 결국 제 목숨을 구해 주었다고 말했습니다. 하지만 저는 알렉세이 이바노비치 같은 사람의 아내가 되느니 차라리 죽는 것이 나을 것 같습니다. 그는 저한테 몹시 잔인하게 굽니다. 그리고 제가 마음을 고쳐먹고 자기 하자는 대로 하지 않으면 악당들의 진영으로 끌고 가 리자베따 하를로바[2]와 똑같은 처지로 만들어 놓겠다고 위협하고 있습니다. 저는 알렉세이 이바노비치에게 생각할 시간을 달라고 사정했습니다. 그는 저에게 사흘간의 말미를 주었습니다. 그리고 만일 사흘 후에도 제가 자기와 결혼하지 않으면 그때는 절대로 가만 두지 않겠다고 말했습니다. 뾰뜨르 안드레이치! 당신은 저의 유일한 보호자이십니다. 부디 이 불쌍한 소녀를 구해 주십시오! 장군님과 모든 사령관님들께 하루 빨리 원군을 보내 주십시고 부탁해 주세요. 그리고 가능하다면 당신도 직접 와주세요. 언제나 당신께 충실한 가엾은 고아 소녀,

마리야 미로노바 올림

이 편지를 다 읽었을 때 나는 반쯤 미친 사람처럼 되었다. 나는 불쌍한 말에 사정없이 박차를 가하며 성 안으로 달려갔다. 가면서 내내 저 불쌍한 소녀를 어떻게 하면 구해 줄 수 있을까 하고 별별 궁리를 다해 보았지만 아무리 해도 뾰족한 수가 떠오르지 않았다. 성 안에 도착하자 나는 곧장 장군 사택으로 달려가 그의 방으로 불쑥 뛰어 들어갔다.

[2] 오렌부르그 지역 사령관의 아내. 뿌가쵸프에게 일가족이 몰살당하고 자신은 그의 정부가 되었음. 나중에 폭도들의 손에 의해 살해되었다.

장군은 해포석 파이프를 피우며 방안을 왔다 갔다 하고 있었는데 나를 보자 그는 우뚝 멈춰 섰다. 아마도 내 모습이 그를 놀라게 했던 것 같다. 그는 어째서 내가 그토록 급하게 뛰어 들어왔는지 조심스럽게 물어 보았다.

나는 그에게 말했다. 「각하, 각하를 제 친아버님이라고 생각하고 부탁드리겠습니다. 제발 저의 청을 거절하지 말아 주십시오. 이건 제 인생 전부가 걸린 문제입니다.」

「무슨 일인가, 젊은이? 내가 자넬 위해서 무얼 해주면 좋겠는가? 말해 보게.」 노인은 놀라서 물었다.

「각하, 저에게 일개 중대의 병사와 까자끄 50명만 붙여 주시어 벨로고르스끄 요새를 탈환하게 해주십시오.」

장군은 나를 유심히 쳐다보았다. 아마도 내가 정신이 좀 돌았다고 생각하는 눈치였다(사실 그리 틀린 관찰은 아니었다).

「그게 무슨 소린가? 벨로고르스끄 요새를 탈환하겠다고?」 마침내 그가 입을 열었다.

「성공은 제가 보장합니다. 그저 허락만 해주십시오.」 나는 열성을 다해 대답했다.

「그건 안 될 말이네, 젊은이. 그 정도로 먼 거리라면 적들은 쉽사리 자네가 전략 본부와 연락하는 것을 차단하여 완전히 자네를 제압할 수 있지. 연락이 차단되면…….」 그가 고개를 저으며 말했다.

그가 본격적으로 군사 작전을 논의할 기색을 보이자 나는 기겁을 하여 얼른 그의 말을 막았다.

「미로노프 대위의 딸이 저에게 도움을 요청하는 편지를 보냈습니다. 쉬바브린이 그 아가씨에게 자기와 결혼할 것을 강요하고 있답니다.」

「그게 정말인가? 오, 그 쉬바브린이란 놈은 아주 *Schelm*(고 약한 녀석)이로구먼. 내 손에 잡히기만 하면 24시간 내에 판결을 내려 성루 난간에서 총살시켜 버리라고 그럴걸세! 그렇지만 지금은 우선 꾹 참고 기다리는 것이……」

「참으라니요!」 나는 자신도 모르게 소리를 꽥 질렀다. 「그러는 동안에 놈은 마리야 이바노브나와 결혼할 겁니다……!」

「오!」 장군이 내 말을 가로막았다. 「그것도 그렇게 나쁜 것만은 아닐세. 당분간은 쉬바브린의 부인이 되는 게 더 나을걸세. 그놈이 지금은 그 아가씨를 보호해 줄 수 있으니까. 그놈을 총살시키고 나면 하느님의 뜻대로 다른 구혼자들이 나타날걸세. 어여쁜 과부들은 그냥 놓아두질 않으니까. 그러니까 무슨 얘기냐 하면 과부가 처녀보다 더 쉽게 신랑을 찾는다는 거지.」

「그 아가씨를 쉬바브린에게 내주느니, 차라리 죽는 게 나을 겁니다!」 나는 발끈해서 쏘아붙였다.

노인이 말했다. 「옳거니! 이제야 알겠구먼. 자네는 마리야 이바노브나를 사랑하는 게로구먼. 오, 그렇다면 그건 다른 얘기지! 참 안됐구먼! 그렇지만 어쨌든 일개 중대 병사와 까자끄 50명을 자네한테 내줄 수는 없네. 자네가 생각하는 원정은 미친 짓이네. 나는 그런 일에 책임을 질 수 없네.」

나는 고개를 푹 숙였다. 절망감이 엄습해 왔다. 그때 갑자기 어떤 생각이 내 머릿속에 반짝 떠올랐다. 그것이 어떤 생각이었는지, 구식 소설가들의 수법을 나도 한번 써먹어 본다면, 독자는 다음 장에서 알게 될 것이다.

제11장
폭도들의 진영

사자는 천성이 포악한 짐승이었지만
그때는 배가 불렀으므로 상냥하게 물어 보았다,
「어떻게 내 동굴에 찾아오셨는지?」[1]
— A. 수마로꼬프

나는 장군의 방을 나와 급히 내 숙소로 달려갔다. 사벨리치가 나를 맞이하며 언제나처럼 구시렁거렸다.

「도련님, 그 술주정뱅이 도둑놈들과 이제 그만 싸우세요! 그게 어디 귀족이 할 일인가요? 무슨 일이 일어날지 모른다고요. 공연히 목숨만 잃을지도 모르지요. 상대가 터키 놈이나 스웨덴 놈이라면 또 모르지만, 그런 놈들과 싸운다는 건 입에 올리기도 창피한 일이죠.」

나는 그의 말을 가로막으며 우리한테 돈이 모두 얼마나 남았는지 물었다.

「쓸 만큼 있습니다.」 그는 뿌듯한 표정을 지으며 대답했다. 「도둑놈들이 여기저기 뒤졌지만 그래도 감춰 둔 게 좀 있습

---

[1] 수마로꼬프의 우화를 차용하여 뿌쉬낀이 지은 것임.

니다.」

 이렇게 말하며 그는 호주머니에서 은전이 가득 든 길쭉한 돈주머니를 끼냈다.

「잘됐네, 사벨리치.」 나는 그에게 말했다. 「그 돈의 반만 지금 주게. 나머지는 자네가 갖고. 나는 지금 벨로고르스끄 요새로 간다네.」

「뾰뜨르 안드레이치 도련님!」 착한 노인은 떨리는 목소리로 말했다. 「하느님이 두렵지도 않으십니까. 사방에 도둑놈들이 쫙 깔려 있는 이 마당에 어딜 가신다고 그러세요! 도련님 몸 생각을 못하시겠다면 부모님 생각이라도 하셔야지요. 그래 어딜 가신다는 겁니까? 무얼 하시려고요? 조금만 더 기다려 보세요. 원군이 와서 악당놈들을 잡아가면 그때 아무데고 가고 싶은 데 다 가시라고요.」

 그러나 나의 결심은 이미 확고했다.

「논쟁하기엔 때가 너무 늦었네.」 나는 노인에게 말했다. 「난 가야만 하네. 가지 않을 수가 없다네. 슬퍼하지 말게 사벨리치. 하느님께서는 자비로우시니 다시 만나게 될걸세! 괜히 눈치 보거나 돈 몇 푼 아낄 생각 말고 뭐든 필요한 것 있으면 사서 쓰게나. 가격이 세 곱절이라도 해도 말일세. 그 돈은 내가 자네한테 선물로 주는 거니까. 만일 사흘 후에도 내가 돌아오지 않으면…….」

「지금 뭐 하시는 겁니까, 도련님?」 사벨리치가 내 말을 가로막았다. 「제가 도련님을 혼자 가시게 할 것 같습니까? 꿈에라도 그런 생각일랑 마십시오. 정 가시겠다면 걸어서라도 쫓아가겠습니다. 도련님을 버릴 수는 없습니다. 도련님도 안 계신데

저 혼자 돌담 안에 앉아 무얼 하겠습니까! 제가 뭐 정신이라도 나갔는 줄 아십니까? 하여튼 도련님 마음대로 하세요. 저는 절대로 도련님 곁을 떠나지 않을 테니까요.」

나는 사벨리치와 입씨름을 하는 것은 아무 소용이 없다는 걸 알고 있었으므로 그에게 떠날 채비를 하라고 일렀다. 반 시간 뒤 나는 내 훌륭한 말에 올라타고 사벨리치는 성 안에 사는 누군가가 사료 먹일 여력이 없다고 그에게 거저 떠넘긴 비쩍 마른 절름발이 말에 올라탔다. 우리는 성문 앞에 다다랐다. 보초들이 우리를 통과시켜 주었다. 우리는 그렇게 해서 오렌부르그를 떠나갔다.

날이 저물기 시작했다. 나는 뿌가쵸프의 은신처 중의 하나인 베르다 마을을 지나가게 되었다. 곧게 뻗은 길은 눈에 덮여 있었지만 초원에는 날마다 새롭게 찍히는 말 발자국이 사방에 어지럽게 널려 있었다. 나는 속보로 말을 몰았다. 사벨리치는 저만치 뒤에 떨어져 간신히 따라오면서 계속 소리를 질렀다.

「좀 천천히요, 도련님, 제발 좀 천천히 가세요. 이놈의 못난 망아지로는 도련님의 그 잘난 말을 따라갈 수가 없사옵니다요. 뭐 땜에 그렇게 빨리 가십니까? 잔칫집에 가는 것도 아니고 기껏 도끼날이나 맞으러 가는 걸 텐데……. 뾰뜨르 안드레이치…… 뾰뜨르 안드레이치 도련님……! 제발 살려 주세요……. 어이구 하느님, 이러다가 나리댁 아드님이 돌아가시게 생겼네요!」

얼마 지나지 않아 베르다 마을의 불빛이 아른거리기 시작했고 우리는 천연의 보루처럼 마을을 막아 주는 골짜기에 이르렀다. 사벨리치는 불평 섞인 애원을 계속해 가면서 나를 따라왔다. 나는 무사히 마을을 피해 지나가기를 기대하고 있었다. 그런데 갑자기 어둠 속에서 몽둥이를 든 농부 다섯 명이 바로 내 눈앞에 나타났다. 그들은 뻬기초프 은신처의 신초 부대였던 것이다. 그들은 우리에게 멈추라고 소리쳤지만 나는 그들의 암호를 몰랐기 때문에 그냥 조용히 지나쳐 가려 했다. 그러나 그들은 즉각 나를 포위했고 그 중 한 놈은 내 말의 고삐를 낚아챘다. 나는 칼을 꺼내 놈의 머리를 후려쳤다. 놈은 모자 덕분에 간신히 목숨을 구했지만 아무튼 휘청거리는 바람에 고삐를 놓치고 말았다. 나머지 놈들은 당황하여 흩어졌다. 나는 이 순간을 이용하여 말에 박차를 가해 달아났다.

깊어 가는 밤의 어둠이 나를 일체의 위험으로부터 보호해 줄 수도 있었다. 그러나 불현듯 뒤를 돌아보니 사벨리치가 보이지 않았다. 절름발이 말을 탄 저 불쌍한 노인은 강도들의 마수에서 벗어나지 못한 것이다. 이제 어떻게 하나? 나는 몇 분간 기다렸다가 그가 잡힌 것이 분명하다는 확신이 서자 말을 돌려 그를 구하러 달려갔다.

골짜기에 다가가자 멀리서 웅성대는 소리와 비명 소리, 그리고 우리 사벨리치의 음성이 들려 왔다. 나는 더욱 빨리 말을 달렸고 어느 틈에 몇 분 전에 나를 제지했던 그 전초 부대 농부들에게 되돌아갔다. 그들은 사벨리치를 말에서 끌어내려 막 결박을 지으려다가 내가 나타나자 뛸 듯이 좋아했다. 그들은 괴성을 지르며 나에게 달려들어 순식간에 말에서 끌어내렸다. 그들 중 대장으로 보이는 사내가 우리를 당장 폐하께 끌고 가겠노라고 선언했다. 그리고는 덧붙여 말했다.

「그러면 우리 폐하께서 알아서 하실 거다. 네놈들을 당장 목매달지 아니면 내일 아침까지 기다리게 할지 말이다.」

나는 저항하지 않았다. 사벨리치도 내가 하는 대로 따랐다. 전초 부대는 위풍당당하게 우리를 끌고 갔다.

우리는 골짜기를 건너 마을로 들어갔다. 오두막마다 불이 환히 밝혀져 있었고, 사방에서 시끄럽게 떠드는 소리가 들려왔다. 길에는 사람들이 많이 나와 있었지만 어둠 속에서 우리에게 눈길을 주는 사람도 없었고, 내가 오렌부르그에서 온 장교라는 것을 알아보는 사람도 없었다. 우리는 곧바로 네거리 한쪽 모퉁이에 있는 오두막으로 끌려갔다. 문 앞에는 술통 몇 개와 두 문의 대포가 서 있었다.

「자 여기가 궁전이다. 네놈들이 온 것을 바로 보고해야겠다.」

농부 중의 한 사람이 말했다. 그는 오두막 안으로 들어갔다. 사벨리치를 흘긋 돌아다보니 노인은 기도문을 읊조리며 성호를 긋고 있었다. 한참을 기다리고 있으려니 농부가 되돌아와서 말했다.

「들어와. 우리 폐하께서 장교를 들게 하라 이르셨다.」

나는 오두막, 아니 농부들의 표현을 빌어 궁전에 들어갔다. 집 안에는 두 개의 수지 촛불이 밝혀져 있었고 벽에는 황금빛 종이가 발라져 있었다. 그러나 의자며 탁자, 밧줄에 매달아 놓은 세수통, 못에 걸린 수건, 구석에 놓인 부젓가락, 냄비가 잔뜩 올려진 넓은 선반 등, 다른 모든 것은 보통의 오두막과 똑같았다. 뿌가쵸프는 새빨간 까프딴에 뾰족한 모자를 쓰고는 양손을 허리에 댄 채 성상 아래에 떡 하니 버티고 앉아 있었다. 그의 주위에는 몇몇 대장들이 짐짓 굽실거리는 표정을 지으며 서 있었다. 오렌부르그에서 장교가 왔다는 소식에 폭도들은 분명

강한 호기심을 느낀 것 같았으며 그들은 또 위엄 있게 나를 맞이하려고 준비한 것 같았다. 뿌가쵸프는 첫눈에 나를 알아보았다. 꾸미고 있던 위엄은 그의 얼굴에서 순식간에 사라졌다.

「아, 장교 양반!」 그는 활기찬 음성으로 내게 말했다. 「어떻게 지내나? 무슨 일로 여기까지 왔지?」

나는 사적인 용무로 가고 있었는데 그의 부하들이 나를 제지하였노라고 대답했다.

「그 사적인 용무란 게 뭔가?」

그가 물었지만 나는 무어라 대답을 해야 할지 몰랐다. 뿌가쵸프는 내가 그의 부하들이 있어 설명을 꺼린다고 생각했는지 그들을 향해 나가 있으라고 명령했다. 모두들 그의 말을 따랐지만 두 명의 사내만은 제자리에서 꼼짝도 하지 않았다. 뿌가쵸프가 입을 열었다.

「이 친구들은 상관 말고 어서 얘기해 보게. 이 친구들한테는 숨기는 게 아무것도 없다네.」

나는 참칭자의 동지들을 곁눈으로 훑어보았다. 그 중의 하나는 허연 수염을 기른 바짝 마르고 구부정한 노인네였는데 회색 외투의 어깻죽지에 푸른 견장을 두른 것 이외에는 이렇다 할 특색이 없었다. 그러나 그의 동료는 죽을 때까지 잊을 수 없을 것 같은 인물이었다. 훤칠한 키에 어깨는 떡 벌어진, 마흔다섯 정도 되는 거구의 사내였다. 숱이 많은 붉은 턱수염, 번쩍이는 회색 눈동자, 콧구멍도 안 보이게 뭉개진 코, 이마와 뺨에 난 불그레한 반점은 곰보 자국이 난 그의 넓적한 얼굴에 이루 형언할 수 없는 기이한 표정을 더해 주었다. 그는 붉은 셔츠 위에 끼르기즈 식 실내복을 걸치고 까자끄 식의 통이 넓은 바지를 입고 있었다. 첫 번째 사내는(나중에 알게 된 사실이지만) 탈주한 하사 벨로보로도프였고, 두 번째 사내는 시베리아 광산에서 세 번이나 탈출한 유형수로 이름은 아파나시 소꼴로프(일명 홀로뿌샤)라고 했다. 나는 극도로 긴장된 상태에 있었음에도 불구하고 나와 우연히 자리를 같이하게 된 이 사람들로 인해 한껏 상상의 날개를 펼 수 있었다. 그러나 뿌가쵸프의 질문에 나는 퍼뜩 제정신을 차렸다.

「자 말해 보라고. 무슨 용무로 오렌부르그를 떠나왔는가?」

이상한 생각이 내 머릿속에 떠올랐다. 요컨대 나를 두 번씩이나 뿌가쵸프 앞으로 데려다 주신 신의 섭리가 나의 계획을 실현시킬 기회를 제공해 줄지도 모른다는 생각이 들었던 것이다. 나는 이 기회를 이용하기로 결심을 했고 내 결심을 재고해 볼 겨를도 없이 뿌가쵸프의 질문에 대답했다.

「나는 극심한 수모를 당하고 있는 고아 소녀를 구하기 위해 벨로고르스끄로 가는 길이었습니다.」

뿌가쵸프의 눈에서 불똥이 번쩍 튀었다.

「내 부하 중에서 감히 어떤 놈이 고아를 괴롭힌단 말인가?」 그가 소리를 버럭 질렀다.「그런 놈은 제아무리 똑똑한 척해도 내 심판을 면치 못할 것이다. 말하라, 그 고약한 놈이 누군가?」

「쉬바브린입니다. 그자는 당신이 사제관에서 보신 그 병든 아가씨를 붙잡아 두고서 자기와 결혼해 줄 것을 강요하고 있습니다.」내가 대답했다.

「쉬바브린 놈에게 맛을 보여 주겠어.」뿌가쵸프가 역정을 내며 외쳤다.「내 밑에서 제멋대로 굴거나 양민을 학대하면 어떻게 되는지 보여 줄 테다. 놈을 목매달아야겠다.」

「한 말씀 올리게 해주십시오.」 홀로뿌샤가 쉰 목소리로 말했다. 「대장님이 쉬바브린을 요새 사령관으로 임명한 것도 경솔했지만 지금 그자를 목메다는 것 또한 경솔한 일입니다. 대장님은 귀족놈을 우두머리 자리에 올려 놓아 이미 까자끄들의 마음을 상하게 했습니다. 그런데 또 고발이 한 번 들어왔다고 해서 귀족을 처형한다면 이번엔 귀족들이 겁에 질리게 될 겁니다.」

「귀족놈들한테는 동정도 자비도 베풀 필요가 없습니다!」 푸른 견장을 두른 노인도 말참견을 했다. 「쉬바브린을 처형하는 것은 대수로운 일이 아닙니다. 그렇지만 이 장교 선생을 제대로 심문해 보는 것도 나쁘진 않을 것입니다. 어째서 고발하러 왔는지 알아보아야겠지요. 만일 이자가 대장님을 황제로 인정하지 않으면 더 이상 선처고 뭐고 없겠지요. 만일 인정한다면, 대체 왜 지금까지 오렌부르그에 대장님의 적들과 함께 눌러앉아 있었을까요? 이자를 구치소로 끌고 가 환하게 불 밝히고 심문해 보도록 허락해 주십시오. 제 생각엔 아무래도 오렌부르그 사령관들이 이 친구를 밀파한 것 같습니다.」

이 늙은 악당의 논리는 상당히 설득력 있게 들렸다. 내가 누구의 손아귀에 있는가를 생각해 보니 전신에 소름이 쭉 끼쳤다. 뿌가쵸프는 내가 놀라서 어쩔 줄을 모르고 있는 것을 눈치챘다.

「어떤가, 장교 양반?」 그가 내게 눈짓을 하며 말했다. 「우리 장군의 말씀에도 일리가 있는 것 같은데. 자네 생각은 어떤가?」

뿌가쵸프의 조롱이 내게 담력을 되돌려주었다. 나는 침착하게 내 운명은 그의 손에 달렸으니 무어든 처분대로 하겠다고 대답했다.

「좋아, 그럼 말해 보게. 지금 그쪽 성안의 상황은 어떤지.」 뿌가쵸프가 말했다.

「다행스럽게도, 만사 순조롭습니다.」 내가 대답했다.

「순조롭다고?」 뿌가쵸프가 내 말을 되뇌었다. 「백성들이 배고파 죽어가는데도!」

참칭자의 말은 사실이었다. 그러나 나는 국가에 대한 사명감이 있었으므로 그런 것은 모두 유언비어에 불과하며 오렌부르그에는 여러 가지 물자가 충분히 비축되어 있다고 강변했다.

「거 보십시오.」 늙은이가 끼어들었다. 「저놈은 대장님 면전에서 거짓말을 지껄여대고 있습니다. 오렌부르그는 기근과 역병에 시달리고 있고, 백성들은 썩은 고기만 먹을 수 있어도 감지덕지한다고들 탈주병들이 입을 모아 떠들어대는 판인데 저치는 모든 게 풍족하다고 허풍을 떨고 있습니다. 쉬바브린을 목매다실 작정이라면 저 애송이 녀석도 나란히 매달도록 하십시오. 그러면 서로 부러워할 일도 없을 겁니다.」

고약한 노인네의 말에 뿌가쵸프는 마음이 흔들리는 것 같았다. 그러나 다행스럽게도 흘로뿌샤가 동료를 반박하고 나섰다.

「그만 두라고, 나우미치.」 그가 늙은이를 향해 내뱉었다. 「자네는 그저 모조리 목매달고 베어 버리라는 얘기뿐이군. 자기가 뭐 대단한 영웅인 줄 아는가 보지? 제 목숨도 간당간당한 주제에. 숨넘어갈 날 받아 놓은 노인네가 남 죽일 생각만 하고 있으니. 그래 자네는 피도 눈물도 없는가?」

「그러는 너는 성인 군자냐? 그 알량한 동정심은 어디서 주워 왔냐?」벨로보로도프가 대들었다.

홀로뿌샤가 대꾸했다.「물론, 나도 죄 많은 놈이야. 이 손(그는 뼈마디가 불거진 주먹을 불끈 쥐고 소매를 걷어 올려 털이 무성한 팔을 내보였다), 그래 이 손으로 기독교인의 피를 흘리게 했어. 하지만 내가 죽인 건 역적놈들이지 손님이 아니야. 확트인 교차로나 깜깜한 숲속에서 죽였지 집 안에서, 뻬치까 앞에서 죽이진 않았어. 곤봉이나 도끼로 죽인 적은 있어도 여편네들처럼 뒷구멍으로 쏙닥거려 죽인 적은 없어.」

노인은 얼굴을 돌리며 〈코 떨어진 놈……!〉이라고 중얼거렸다.

홀로뿌샤가 버럭 소리를 질렀다.「이런 늙다리야, 뭘 중얼거리는 거야? 네놈의 코도 베어 주마. 기다리라고, 때가 되면 네놈도 망나니 불집게 냄새를 맡게 될 거야……. 그렇지만 우선은 내가 네놈의 수염을 다 뽑아 버릴 테니까 조심하라구!」

「이보게, 장군들! 그만들 싸우게. 오렌부르그의 개새끼들이 몽땅 같은 대들보에 매달려 다리를 버둥거리는 건 상관없지만 우리 쪽 사내들이 서로 물어뜯는 건 볼썽사납다고. 자 그만 화해들 하게.」뿌가쵸프가 거드름을 피우며 한마디 했다.

홀로뿌샤와 벨로보로도프는 한 마디 말도 없이 떫은 표정으로 서로를 노려보았다. 이러한 대화는 나에게 매우 불리하게 끝날 수도 있었으므로 나는 화제를 바꾸어야 할 필요성을 절감했다. 그래서 뿌가쵸프에게로 고개를 돌리고는 명랑한 표정으로 그에게 말했다.

「아, 참! 하마터면 잊을 뻔했습니다. 말과 외투를 주셔서 고맙습니다. 당신이 아니었다면 오렌부르그까지 가지도 못하고 길바닥에서 얼어죽었을 겁니다.」

나의 계략은 적중했다. 뿌가쵸프는 기분이 좋아졌다.

「인정도 품앗이라고 하지 않던가.」 그는 눈을 한번 찡긋하더니 실눈을 뜨면서 말했다. 「자 이젠 말해 보게. 자네는 쉬바브린이 괴롭힌다는 그 처녀와 어떤 관곈가? 우리 젊은 도령께서 사랑에 빠진 거로군? 그렇지?」

「그 처녀는 제 약혼녀입니다.」 나는 분위기가 화기애애하게 바뀌는 것을 보고 이제 사실을 감출 필요가 없겠구나 싶어 뿌가쵸프에게 실토했다.

「약혼녀라고?」 뿌가쵸프가 소리를 질렀다. 「그럼 왜 진작 그렇다고 얘기하지 않았나? 우리가 자네 장가를 보내 주겠네. 피로연 때는 한바탕 마셔야겠는걸!」 그러더니 그는 벨로보로프를 향해 말했다. 「이보게 장군! 이 장교 양반하고 나는 오랜 친구 사이일세. 같이 식사나 하세. 저녁보다는 아침에 머리가 더 맑은 법이니까 이 친구 일은 내일 생각하기로 하지.」

나는 나에게 제공된 이 영광스런 자리를 거절하고 싶었지만 그럴 처지가 아니었다. 오두막 주인집 딸들인 두 명의 까자끄 처녀가 탁자 위에 흰 식탁보를 깔고 빵과 생선 수프, 그리고 몇 병의 맥주와 포도주를 가져왔다. 이렇게 해서 나는 두 번째로 뿌가쵸프와 그의 무시무시한 동지들이 앉아 있는 식탁에 끼어들게 된 것이다.

내가 부득이 합석하게 된 주연은 밤이 깊도록 계속되었다. 마침내 좌중에 술기운이 돌기 시작했다. 뿌가쵸프는 앉은 채로 졸기 시작했다. 그의 동료들은 자리에서 일어나 나에게 나가자는 눈짓을 했으므로 나는 그들과 함께 밖으로 나왔다. 홀로 뿌샤의 지시에 따라 보초가 나를 구치소로 데려갔다. 사벨리치도 거기 있었다. 나는 사벨리치와 함께 감금되었다. 노인은 이 모든 사건에 너무도 놀란 나머지 나에게 아무 것도 묻지소자 않았다. 그는 어둠 속에서 벌렁 드러누워 한참 동안 한숨을 푹푹 내쉬다가 마침내 코를 골기 시작했다. 그렇지만 나는 이 궁리 저 궁리 하느라고 밤새도록 한잠도 자지 못했다.

다음날 아침 뿌가쵸프가 나를 부른다는 전갈을 받고 나는 그에게 갔다. 문가에는 따따르 말 세 필이 끄는 포장마차가 서 있었다. 거리에는 사람들이 모여 웅성대고 있었다. 나는 현관에서 뿌가쵸프와 만났다. 그는 외투에 끼르기즈 모자까지 갖춘 여행복 차림이었다. 어제의 그 동지들이 그를 호위하고 있었다. 그들은 어젯밤 내가 보았을 때와는 딴판으로 비굴한 표정을 띠고 있었다. 뿌가쵸프는 밝은 얼굴로 나에게 아는 척을 하며 포장마차에 자기와 함께 타자고 말했다.

우리는 마차에 올라탔다.

「벨로고르스끄 요새로 가자!」 뿌가쵸프가 어깨가 떡 벌어진 따따르 인 마부에게 지시했다. 내 가슴은 무섭게 고동치기 시작했다. 말들이 움직이고 방울 소리 울리며 막 마차가 출발하려는 찰나에······.

「잠깐! 잠깐!」 나에게는 너무도 귀에 익은 음성이 들려 왔다. 그리고는 우리 쪽을 향해 달려오는 사벨리치가 보였다. 뿌가쵸프는 마차를 멈추라고 명령했다.

「뾰뜨르 안드레이치 도련님! 그래, 이 늙은이를 버려 두고 가시다니······. 이 악당놈들 사이에······.」 노인이 소리쳤다.

「아, 그 영감쟁이로구먼! 또 만났네 그려. 마부석에 올라타게.」 뿌가쵸프가 그에게 말했다.

「감사합니다, 폐하, 감사합니다, 아버님! 이 늙은이를 보살펴 주신 공로로 하느님이 보호하사 만수무강하시기를 비나이다. 폐하를 위해 두고두고 기도 올리겠사오며 이제부터 토끼 가죽 외투는 입에 담지도 않겠사옵니다.」 사벨리치가 마차에 올라타며 너스레를 떨었다.

토끼 가죽 외투 얘기는 이번에야말로 뿌가쵸프의 울화를 터뜨리게 할 수도 있었다. 그러나 다행스럽게도 참칭자는 그 얘기를 못 들었거나 아니면 미련한 헛소리라고 무시해 버린 것 같았다. 말들이 뛰기 시작했고 거리에 나와 있던 군중은 걸음을 멈추고 허리 굽혀 절했다. 뿌가쵸프는 좌우를 번갈아 보며 고개를 끄덕였다. 잠시 후 우리는 마을을 빠져나와 평평대로를 질주해 갔다.

내가 그때 어떤 느낌이었는지 상상하기란 어려운 일이 아닐 것이다. 몇 분 뒤면 나는 잃어버린 것으로 치부했던 여성과 만나게 될 터였다. 나는 우리가 재회하는 순간을 상상해 보았다……. 그리고 또한 내 운명을 쥐고 있는 사내, 기이한 우연으로 나와 비밀스런 인연을 맺게 된 사내에 관해 생각해 보았다. 내 사랑하는 여인의 해방자가 되겠다고 나선 이 사내의 포악한 습성과 극악무도함을 되새겨 보았다! 뿌가쵸프는 그녀가 미로노프 대위의 딸이라는 사실을 모르고 있었다. 악에 받친 쉬바브린이 그에게 모든 것을 폭로할 가능성도 있었고 뿌가쵸프가 다른 방법으로 진상을 알게 될지도 몰랐다……. 그럴 경우 마리야 이바노브나의 운명은 어떻게 될 것인가? 전신에 소름이 쭉 끼치고 머리털이 곤두서는 것 같았다…….

갑자기 뿌가쵸프가 나에게 질문을 던지는 바람에 나의 상념은 중단되었다.

「장교 양반, 무슨 생각을 그렇게 골똘히 하는가?」

「어찌 생각이 없을 수 있겠습니까?」 나는 그에게 대답했다. 「나는 장교이자 귀족입니다. 어제까지만 해도 당신에게 대항하여 싸우고 있었는데 오늘은 이렇게 같은 마차를 타고 갑니다. 게다가 내 일생의 행복은 당신에게 달려 있습니다.」

「그래서 뭐? 겁이 나는가?」 뿌가쵸프가 물었다.

나는 이미 그의 은혜를 받았지만 지금은 사면뿐 아니라 도움을 기대하고 있노라고 대답했다.

「자네 말이 맞아, 아무렴 맞고 말고! 자네도 알다시피 내 부하들은 자네를 못 잡아먹어 안달이거든. 그 노인네는 오늘도 자네가 첩자임에 틀림없으니까 고문을 한 다음 목을 매다는 게 상책이라고 우겨댔다네. 그렇지만 나는 들은 척도 안 했지.」 참칭자가 대답했다. 그는 사벨리치와 따따르 인이 듣지 못하도록 목소리를 낮추며 덧붙였다. 「자네가 사준 술 한 잔과 토끼 가죽 외투 생각이 나서 말이야. 어떤가, 나는 자네 동포들이 말하는 것처럼 그렇게 흉악한 놈은 아닌가 보이.」

나는 벨로고르스끄 요새의 함락을 되새겨 보았다. 그러나 그와 입씨름할 필요는 없다는 생각에서 잠자코 있었다.

「오렌부르그에서는 나에 관해 뭐라고들 하는가?」 뿌가쵸프가 잠시 입을 다물고 있다가 물었다.

「당신과 대적하는 건 보통 힘겨운 일이 아니라고들 합니다. 당신이 실력을 보여 주었으니 당연한 거죠.」

참칭자의 얼굴에 무척이나 흐뭇한 표정이 떠올랐다.

「그럼! 나는 싸웠다 하면 이기거든. 오렌부르그에서는 유제예바 전투에 대해 알고들 있나? 장군 40명이 죽어 넘어지고 네 개 군단이 포로가 되었지. 어떤가, 프로이센의 왕 정도면 내 적수가 될 수 있겠나?」 그가 명랑하게 말했다.

이 도둑의 과대망상에 나는 웃음이 절로 나왔다. 그래서 슬쩍 떠보았다.

「당신 자신은 어떻게 생각하십니까? 당신이라면 프리드리히 대왕[2]을 무찌를 수 있겠습니까?」

「표도르 표도로비치 말인가? 왜 못 이겨? 자네 쪽 장군들이 그 녀석을 물리쳤고 나는 자네 쪽 장군들을 물리쳤지 않은가. 지금까지 나의 무기에는 행운이 따라 주었네. 모스끄바에 쳐들어갈 때도 그럴지 한번 지켜봄세.」

「모스끄바까지 진격할 생각입니까?」

참칭자는 잠깐 생각하는 듯하다가 조그만 목소리로 말했다.

「나도 몰라. 나는 운신의 폭이 좁다네. 내 마음대로 할 수 있는 일이 별로 없다고. 내 부하놈들은 잘난 척만 하고 게다가 모두 도적놈들 아닌가. 그래서 한시도 방심할 수가 없어. 전세가 역전되면 제 목숨 살리겠다고 당장에 내 모가지를 갖다 바칠걸세.」

「내 말이 그 말이라니까요!」 나는 뿌가쵸프에게 맞장구를 쳤다. 「차제에 그자들과 손을 끊고 우리 여제 폐하의 자비심에 매달리는 쪽이 낫지 않을까요?」

뿌가쵸프는 씁쓸한 미소를 지으며 말했다.

---

2 프로이센의 왕(1712~1786).

「그건 안 될 거야. 참회하기엔 너무 늦었어. 나 같은 놈을 용서해 줄 턱이 없지. 어차피 시작한 일, 끝까지 밀고 가보지, 뭐. 혹시 또 알아? 성공할지도 모르잖아! 그리쉬까 오뜨레삐예프도 한때 모스끄바를 다스렸었지.」

「하지만 그자의 말로가 어땠는지 아십니까? 사람들이 그자를 창 밖으로 동댕이치고 참수한 다음 불에 태워 그 재를 대포에 넣고 쏘았지요!」

「이보게.」 뿌가쵸프는 무슨 기이한 영감이라도 떠오른 것처럼 입을 열었다. 「내 어렸을 적에 깔미끄 할멈이 해준 얘기를 들려줌세. 어느 날 매가 까마귀에게 물었다네. 〈여보게 까마귀, 자네는 이 세상에 태어나 3백 년이나 사는데 나는 어째서 30년밖에 못 사는가?〉 까마귀가 이렇게 대답했네. 〈그건요, 당신은 산 짐승의 피를 마시고 저는 죽은 짐승의 고기를 먹기 때문이랍니다.〉 매는 그렇다면 나도 한번 똑같은 걸 먹어 봐야지 하고 생각했네. 그리하여 까마귀와 매는 하늘을 날아다니다가 죽은 말을 발견하고는 말고기 위에 내려앉았지. 까마귀는 아주 맛있게 말고기를 쪼아 먹었지. 매는 한두 번 쪼아 보다가 날개를 저으며 까마귀에게 말했다네. 〈여보게 까마귀, 안되겠어. 3백 년 동안 썩은 고기를 먹느니 한 번이라도 산짐승의 피를 쭉 들이키는 게 낫겠어. 나중 일은 내가 알 바 아니지!〉 이 깔미끄 얘기에 대해 어떻게 생각하나?」

「재미있군요. 그렇지만 살인과 도둑질로 살아가는 건 죽은 짐승을 쪼아먹는 거나 마찬가지란 생각이 듭니다.」 내가 대답했다.

뿌가쵸프는 놀라서 나를 쳐다보더니 더 이상 아무 말도 하지 않았다. 우리는 둘 다 자기 생각에 잠겨 침묵을 지켰다. 따따르 인은 구슬픈 노래를 부르기 시작했고 사벨리치는 마부석에서 꾸벅꾸벅 졸았다. 마차는 매끄러운 겨울길을 날 듯이 달렸다……. 문득 가파른 야이끄 강 기슭에 있는 작은 마을이 눈에 들어왔다. 울타리와 종각도 보였다. 15분 후 우리는 벨로고르스끄 요새에 도착했다.

제12장
고아

우리네 사과나무엔
가지도 없고 우듬지도 없다네,
우리네 공주님한테는
엄마도 없고 아빠도 없다네.
시집보내 줄 이도 없고
축복해 줄 이도 없다네.
— 혼례가

마차는 사령관 사택 앞에 도착했다. 주민들은 뿌가쵸프의 방울 소리를 알아듣고는 떼를 지어 우리 뒤를 따라왔다. 쉬바브린이 현관 앞 층계에서 참칭자를 맞아 주었다. 까자끄 옷에 수염까지 기른 배신자는 비굴한 말투로 반가움과 충성심을 표현하며 뿌가쵸프가 마차에서 내리는 것을 도와주었다. 나를 발견하자 그의 얼굴에 당황한 빛이 떠올랐으나 그는 곧 냉정을 되찾고는 내게 손을 내밀며 말했다.

「자네도 우리 편이로군? 진작에 그럴 것이지!」

나는 아무 말도 없이 그에게서 얼굴을 돌렸다.

오래 전부터 낯익은 방에 들어서자 내 가슴은 미어질 것만 같았다. 벽에는 아직도 죽은 사령관의 임명장이 지나간 세월의 서글픈 묘비명처럼 걸려 있었다. 뿌가쵸프는 이반 꾸즈미치가 앉아서 아내의 잔소리를 자장가 삼아 졸곤 했던 바로 그 의자에 앉았다. 쉬바브린은 손수 그에게 보드까를 가져왔다. 뿌가쵸프는 단숨에 잔을 비우더니 나를 가리키며 말했다.

「이 친구한테도 한잔 따라 주게.」

쉬바브린은 쟁반을 들고 나에게 다가왔지만 나는 또다시 얼굴을 돌렸다. 그는 제정신이 아닌 것 같았다. 워낙에 눈치가 빠른 인간이므로 틀림없이 뿌가쵸프가 자기를 못마땅하게 생각한다는 걸 알아차렸을 것이다. 그는 뿌가쵸프 앞인지라 벌벌 떨면서 나에게 의혹에 가득 찬 시선을 던졌다. 뿌가쵸프는 요새의 상황이라든가 적군의 동정 등등에 관해 묻더니 갑자기 질문의 방향을 돌렸다.

「이보게, 자네가 감금해 두고 있는 아가씨가 누구인지 말해 보겠나? 그 아가씨를 좀 보아야겠네.」

쉬바브린은 죽은 사람처럼 새하얗게 질렸다.

「폐하.」 그가 떨리는 목소리로 말했다……. 「폐하, 저, 그러니까, 그 처녀는 감금당한 게 아닙니다……. 병이 났기 때문에…… 침실에 누워 있습니다.」

「그럼 그쪽으로 안내하게나.」 참칭자가 자리에서 일어서며 말했다.

그의 명령에 불복한다는 것은 불가능한 일이었다. 쉬바브린은 뿌가쵸프를 마리야 이바노브나의 방으로 안내했다. 나도 그들의 뒤를 따라갔다.

쉬바브린은 층계에서 걸음을 멈추고 말했다.

「폐하! 폐하께서는 저에게 무슨 요구라도 다 하실 수 있습니다. 그렇지만 제 아내의 침실에 외부인이 들어가는 것은 금해 주십시오.」

나는 부르르 몸을 떨었다.

「네놈이 결혼을 했다고!」 나는 그를 찢어 놓을 듯한 태세로 외쳤다.

「잠자코 있게! 이건 내 소관이니까.」 뿌가쵸프가 나를 말렸다. 그리고는 쉬바브린을 향해 말했다.「그리고 자네는 공연히 잔머리 굴리거나 고집 피울 생각은 말라고. 자네 부인이건 아니건 간에 나는 누구든 내 마음대로 데려갈 테니까. 여보게 친구, 날 따라오게.」

침실 문 앞에서 쉬바브린은 또다시 걸음을 멈추더니 더듬더듬 말했다.

「폐하, 미리 말씀드립니다만, 아내는 열병에 걸려 벌써 사흘째 계속해서 헛소리만 하고 있습니다.」

「문이나 열어!」 뿌가쵸프가 말했다.

쉬바브린은 호주머니를 뒤지더니 열쇠를 가져오지 않았다고 말했다. 뿌가쵸프가 방문을 발로 걷어차자 자물쇠가 퉁겨져 나갔다. 우리는 안으로 들어갔다.

방안을 둘러본 나는 심장이 터질 것만 같았다. 바닥에는 핏기 없이 뼈만 앙상하게 남은 마리야 이바노브나가 머리는 산발을 하고 갈가리 헤진 농부의 옷을 입은 채 앉아 있었다. 그녀 앞에는 빵 조각을 얹은 물항아리가 놓여 있었다. 나를 보자 그녀는 부르르 몸을 떨고는 외마디 소리를 질렀다. 그때 내 심정이 어떠했는지는 기억조차 나지 않는다.

뿌가쵸프는 쉬바브린을 지긋이 노려보고는 쓴웃음을 지으

며 말했다.

「근사한 병실이로구먼!」 그런 다음 그는 마리야 이바노브나에게 다가가 물었다. 「이봐요, 무엇 땜에 남편한테 이렇게 시달리는 거요? 무슨 죽을 죄를 지었소?」

「남편이라니요!」 그녀가 외쳤다. 「저 사람은 제 남편이 아니에요. 저는 절대로 저런 인간의 아내가 되지 않을 거예요! 제가 풀려나지 않는다면 저는 차라리 죽는 길을 택하겠어요, 아니, 반드시 죽을 거예요.」

뿌가쵸프는 쉬바브린을 잡아먹을 듯이 노려보며 말했다.

「네놈이 감히 나를 속여? 이 망할 놈아, 네 죄를 네가 알겠지?」

쉬바브린은 털썩 쓰러져 무릎을 꿇었다……. 그 순간 내 안에서 그를 향한 경멸이 증오와 분노의 감정을 억눌렀다. 나는 탈옥한 까자끄의 발 아래 엎드린 귀족에게 혐오에 찬 시선을 던졌다. 뿌가쵸프의 기분은 다소 누그러졌다.

「이번만은 용서해 주지.」 그가 쉬바브린에게 말했다. 「그렇지만 다음에 또 그러면 두 배로 벌을 주겠어.」 그러더니 그는 마리야 이바노브나에게 고개를 돌리며 상냥하게 말했다. 「어여쁜 아가씨, 여기서 나가게. 내 아가씨한테 자유를 줌세. 나는 황제라네.」

마리야 이바노브나는 흘끗 그를 보더니 그가 자기 부모님을 살해한 자라는 걸 알아차렸다. 그녀는 두 손으로 얼굴을 가리고는 정신을 잃고 쓰러졌다. 나는 그녀에게 달려갔다. 그러나 그 순간 우리의 오랜 친구 빨라샤가 용감하게 방안으로 달려들어와 주인 아가씨를 간호하기 시작했다. 뿌가쵸프는 방에서 나갔고 우리 세 사람은 객실로 내려갔다.

「어떤가, 장교 양반?」 뿌가쵸프가 웃으며 말했다. 「결국 예쁜 아가씨를 구출해 냈군 그래! 그럼 신부를 불러 오게 해서 소카딸 결혼식을 올리게 해야 하지 않을까? 내가 아버지 대신 나서고 쉬바브린이 들러리를 서면 되겠군. 집 안에 오붓하게 틀어박혀 실컷 먹고 마셔 보자고!」

그러나 그 순간 결국 내가 두려워하던 일이 일어나고 말았다. 뿌가쵸프의 제안을 듣고 있던 쉬바브린이 너무도 약이 오른 나머지 이성을 잃고만 것이다.

「폐하!」 그가 극도로 격앙된 목소리로 악을 썼다. 「폐하께 거짓말을 했으니 저는 죽을죄를 지었습니다. 그렇지만 그리뇨프도 폐하를 속이고 있습니다. 그 아가씨는 이 마을 사제의 조카딸이 아닙니다. 이 요새가 함락될 때 처형당한 이반 미로노프의 딸입니다.」

뿌가쵸프는 이글거리는 시선을 나에게 못 박았다.

「이건 또 무슨 소린가?」 그는 의아해 하며 나에게 물었다.

「쉬바브린의 말이 사실입니다.」 나는 단호하게 대답했다.

「자네는 나한테 그런 얘기 한 적이 없지 않은가.」

뿌가쵸프는 낯빛을 흐리며 따지고 들었다.

「한번 생각해 보십시오.」 나는 대답했다. 「당신의 부하들이 있는 앞에서 미로노프의 딸이 살아 있다는 말을 어찌 할 수 있겠습니까. 그 사람들이 당장 그 처녀를 물어 버렸을 겁니다. 처녀의 목숨을 구하기란 도저히 불가능했을 겁니다!」

「그건 그래. 우리 술주정뱅이 놈들이 그 불쌍한 처녀를 그냥 놔두었을 리가 없어. 신부 마누라가 그놈들한테 거짓말한 건

잘한 거야.」 뿌가쵸프가 피식 웃으며 말했다.

나는 그의 기분이 좋아진 걸 보고 말을 계속했다.「제 말씀을 들어 주십시오. 저는 당신을 어떻게 불러야 할지 모릅니다, 그리고 알고 싶지도 않습니다……. 그렇지만 하늘에 맹세코 당신이 저에게 베풀어주신 은혜를 갚기 위해서라면 제 목숨이라도 달게 바치겠습니다. 단, 저의 명예와 기독교인으로서의 양심에 위배되는 일만은 요구하지 말아 주십시오. 당신은 저의 은인이십니다. 기왕에 베푸신 은혜, 끝까지 선처 부탁드립니다. 저 불쌍한 고아 처녀를 데리고 신께서 가라고 하시는 곳으로 떠나가게 허락해 주십시오. 우리는 당신이 어디에 있든, 당신한테 무슨 일이 일어나든 당신의 죄 많은 영혼을 구해 주십사고 날마다 하느님께 기도 드리겠습니다…….」

뿌가쵸프의 사나운 영혼도 내 말에 감동을 받은 것 같았다.

「좋도록 하게! 죽일 놈은 죽이고 살릴 놈은 화끈하게 살려줘야지. 그게 내 신조니까. 그 예쁜이를 데리고 어디든 마음대로 가게나. 서로 아끼고 사랑하며 오순도순 살기 바라네!」

그러더니 그는 쉬바브린을 향해 자기 수중에 들어온 모든 초소와 요새의 통행증을 나에게 내주라고 명령했다. 쉬바브린은 완전히 기가 죽어 멍하니 서 있었다. 뿌가쵸프는 요새 안을 둘러본다며 쉬바브린을 대동하고 나갔다. 나는 여행 준비를 한다는 핑계를 대고 그대로 남았다.

나는 침실로 달려갔다. 문은 잠겨 있었다. 나는 마구 두들겼다.

「누구세요?」빨라샤가 물었다.

나라고 대답하자 마리야 이바노브나의 다정한 음성이 문 안

쪽에서 들려 왔다.

「잠깐만 기다리세요, 뾰뜨르 안드레이치. 지금 옷을 갈아입는 중이랍니다. 아끌리나 빰필로브나 댁에 먼저 가 계세요. 저도 곧 그리로 갈 거니까요.」

나는 그녀의 말대로 게라심 신부의 집으로 갔다. 신부와 그의 부인이 나를 맞으러 달려나왔다. 사벨리치가 미리 그들에게 기별을 해두었던 것이다.

「안녕하세요, 뾰뜨르 안드레이치.」 신부의 부인이 말했다. 「하느님께서 보호하사 다시 만나게 되었군요. 그래 어떻게 지내셨어요? 우리는 날마다 당신 얘기를 했답니다. 우리 불쌍한 마리야 이바노브나는 당신이 없는 동안 고생이 말도 아니었어요! 그런데 참 뿌가쵸프하고는 어떻게 그렇게 친한 사이가 되었어요? 그놈이 용케 당신 목숨은 살려 주었네요? 뭐, 잘됐지요, 그것만큼은 그 악당놈한테 고마워해야겠어요.」

게라심 신부가 그녀의 말을 막았다. 「수다 좀 작작 떨어요, 마누라. 아무것도 속에 담아 두질 못하니 원. 수다쟁이는 구원받기 힘들어요. 뾰뜨르 안드레이치! 어서 들어와요. 정말 정말 오랜만이구려.」

신부의 부인은 집 안에 있는 모든 음식을 가져다 나에게 대접했다. 그러면서도 잠시도 쉬지 않고 수다를 떨었다. 그녀는 어떤 식으로 쉬바브린이 마리야 이바노브나를 자기네들한테서 강제로 빼앗아갔는지, 마리야 이바노브나가 자기네들과 헤어지는 게 싫어서 얼마나 울어댔는지, 마리야 이바노브나가 빨라샤(이 계집애는 어찌나 영리한지 그 하사 녀석을 제멋대로 주물렀다)를 통해 어떻게 자기와 수시로 연락을 취했는지, 자기가 어떻게 해서 마리야 이바노브나로 하여금 나한테 편지를 쓰도록 했는지 등등에 관해 모조리 알려 주었다. 나는 또 나대로 그 동안의 사정을 간략하게 들려주었다. 신부와 신부의 부인은 뿌가쵸프가 자기들의 속임수를 알아냈다는 애기를 듣고는 성호를 그었다.

「십자가의 권세가 저희와 함께 하소서! 이 먹구름이 어서 지나가게 해주소서. 어쨌든 잘됐어, 알렉세이 이바니치란 놈, 한 방 먹은 셈이니까!」 아꿀리나 빰필로브나가 말했다.

바로 그때 문이 열리더니 마리야 이바노브나가 창백한 얼굴에 미소를 머금고 들어왔다. 그녀는 농사꾼의 옷을 벗어버리고 전처럼 단정하고 귀여운 옷을 입고 있었다.

나는 그녀의 손을 덥석 잡은 채 한동안 아무 말도 못하고 서 있었다. 우리는 둘 다 가슴이 미어져 한마디도 할 수 없었던 것이다. 주인 집 내외는 눈치껏 자리를 비켜 주었다. 우리는 단둘이 남겨졌고 다른 모든 것은 기억에서 사라졌다. 우리의 이야기는 해도 해도 끝나지 않았다. 마리야 이바노브나는 요새가 함락될 때부터 겪은 일들을, 그러니까 자기한테 닥친 끔찍한 상황이며 그 추악한 쉬바브린 때문에 당한 모든 시련을 소상하게 이야기했다. 우리는 또한 지난날의 행복했던 시절도 회상했다……. 우리는 함께 울었다……. 마침내 나는 내 계획을 그녀에게 설명해 주었다. 뿌가쵸프의 통치권 안에 들어간, 그리고 쉬바브린이 행정을 맡고 있는 이 요새에 그녀가 남아 있다는 것은 생각도 못할 일이었다. 그렇다고 적에게 포위당해 온갖 환란을 다 겪고 있는 오렌부르그로 갈 수도 없는 노릇이었다. 그녀에게 일가친척이라곤 이 세상에 한 사람도 없었다. 그래서 나는 그녀에게 나의 부모님이 계신 시골로 가자고 제안했다. 처음에 그녀는 머뭇거렸다. 우리 아버지가 자기를 탐탁지 않게 여긴다는 것을 알기 때문에 십이 나는 모양이었다. 그러나 나는 그녀를 안심시켜 줄 수 있었다. 아버지는 조국을 지키다가 장렬하게 전사한 군인의 딸을 당연하게, 그리고 기꺼이 집안에 맞아들이실 분임을 믿어 의심치 않았기 때문이다.

「사랑스런 마리야 이바노브나!」 나는 이야기를 마무리지으며 말했다. 「당신을 내 아내라고 생각하고 있소. 기적 같은 상황이 우리를 단단히 결합시켜 주었소. 이제 이 세상의 그 무엇도 우리를 갈라놓지 못할 것이오.」

마리야 이바노브나는 공연히 수줍은 체하거나 체면치레하는 일 없이 담담하게 내 말을 경청했다. 그녀 역시 자신과 나의 운명이 하나로 결합되었다는 것을 느끼고 있었다. 그러나 그녀는 내 부모님의 동의 없이는 결혼할 수 없다는 입장을 다시 한 번 반복했다. 나는 그녀의 말을 반박하지 않았다. 우리는 뜨겁고 진실한 입맞춤을 했고 이로써 우리 사이의 모든 일은 결정되었다.

한 시간 뒤 하사가 나에게 뿌가쵸프의 서투른 서명이 들어간 통행증을 가져다 주면서 뿌가쵸프가 나를 부른다고 전해 주었다. 그에게 갔더니 그는 떠날 준비를 다 마친 뒤였다. 나 한 사람을 제외한 모든 이들에게 악당이자 폭군인 이 끔찍한 사내와 이별을 하면서 내가 어떤 감정을 느꼈는지 정확하게 설명할 길은 없다. 그러나 진실을 말하지 못할 이유가 있겠는가? 그 순간 강한 연민의 감정이 나를 그에게로 잡아끌었다. 그가 지휘하는 폭도의 무리에서 그를 떼어 내어 더 늦기 전에 그의 목숨을 구해 주고 싶다는 것이 내 진실한 소망이었다. 그러나 우리 주위에 몰려든 군중과 쉬바브린 때문에 나는 내 가슴을 가득 채운 생각을 말할 수가 없었다.

우리는 다정한 친구처럼 헤어졌다. 군중 속에서 아꿀리나 빰필로브나를 발견한 뿌가쵸프는 손가락으로 위협하는 시늉을 하더니 의미심장하게 눈을 한번 찡긋했다. 그는 마차에 올라앉아 베르다 마을로 가라고 명령했다. 그러나 말이 움직이기 시작하자 다시 한 번 마차 밖으로 몸을 쑥 내밀고는 나에게 소리쳤다.

「잘 가게 장교 양반! 언젠가 다시 만나게 될걸세.」

우리는 실제로 다시 만나게 되었다. 그러나 그때의 상황이란……!

뿌가쵸프는 떠나갔다. 나는 오랫동안 그의 뜨로이까가 휩쓸고 지나간 백설의 초원을 바라보았다. 군중은 흩어졌고 쉬바브린도 어디론가 사라졌다. 나는 사제관으로 돌아갔다. 우리가 떠날 준비는 완전히 되어 있었다. 한시라도 지체하고 싶지 않았다. 우리의 짐은 모조리 사령관이 쓰던 낡은 수레에 실려 있었다. 마부들이 순식간에 수레에 말을 매었다. 마리야 이바노브나는 교회 뒤편에 묻힌 부모님 무덤에 작별 인사를 하러 갔다. 나는 그녀를 데려다 주고 싶었지만 그녀는 혼자 가게 해달라고 했다. 몇 분 후 그녀는 말없이 눈물만 흘리며 돌아왔다. 마차가 준비되었다. 게라심 신부와 그의 부인이 현관 앞 층계까지 나왔다. 마리야 이바노브나, 빨라샤, 나, 이렇게 세 사람은 마차에 타고 사벨리치는 마부석에 올라앉았다.

「잘 가요 마리야 이바노브나, 우리 귀염둥이 아가씨! 잘 가요 뾰뜨르 안드레이치, 우리 용감한 도련님!」 마음씨 착한 신부의 부인이 말했다. 「조심해서 가요, 두 사람 모두 행복하기를 빌이요!」

우리는 떠났다. 나는 사령관 사택의 창가에 서 있는 쉬바브린을 보았다. 그의 얼굴에는 음울한 악의가 서려 있었다. 나는 패배한 적에게 의기양양한 태도를 보이고 싶지 않았으므로 시선을 딴 데로 돌렸다. 마침내 우리는 성문 밖으로 나와 벨로고르스끄 요새에 영원히 작별을 고했다.

제13장
체포

「노여워 마십시오, 각하. 저의 의무에 따라
각하를 지금 당장 감옥으로 보내야겠습니다.」
「마음대로 하게. 각오는 되어 있으니까.
그러나 먼저 해명할 기회를 주었으면 하네.」
— 끄냐쥐닌[1]

아침까지만 해도 내가 그렇게 죽도록 염려했던 사랑하는 여인과 이렇게 뜻하지 않게 재회하고 보니 나 스스로를 믿을 수가 없었고 나한테 생긴 일이 모두 덧없는 꿈처럼만 여겨졌다. 마리야 이바노브나도 멍하니 나를 보았다가 길바닥에 눈을 주었다가 하는 것이 아직 제정신이 돌아오지 않은 것 같았다. 우리는 아무 말도 하지 않았다. 우리의 마음은 너무도 지쳐 있었다. 그럭저럭 두 시간 가량이 흘러가고 우리는 뿌가쵸프의 통치하에 있는 다음 요새에 도착했다. 거기서 우리는 말(馬)을 갈았다. 신속하게 말을 갈아 매는 것하며 뿌가쵸프가 요새 사령관으로 임명한 텁석부리 까자끄가 부산스레 시중드는 걸로 보아 우리를 데려다 준 마부가 허풍을 떠는 바람에 그쪽에서들

---

[1] 뿌쉬낀은 끄냐쥐닌의 글에서 인용한 것처럼 꾸미고 있으나 사실은 뿌쉬낀 자신이 지은 글이다.

은 내가 참칭자의 총신인 줄 아는 것 같았다.

우리는 계속 마차를 달렸다. 날이 저물기 시작했다. 조그만 도시가 가까이 다가오고 있었다. 넙석부리 사령관의 말에 따르면 거기에는 참칭자와 합류할 태세를 갖춘 강력한 분견대가 주둔하고 있다는 것이었다. 보초가 우리에게 정지 명령을 내렸다. 누구냐고 묻는 말에 마부는 큰소리로 〈폐하의 친구분 내외시다〉라고 대답했다. 그러자 갑자기 경기병의 무리가 무서운 욕설을 퍼부으며 우리를 에워쌌다.

「어서 내려, 이 악마의 친구놈아!」 콧수염을 기른 기병 상사가 외쳤다. 「네놈과 네놈 마누라한테 뜨거운 맛을 보여 주마!」

나는 마차에서 내려 대장에게 안내해 줄 것을 요구했다. 내가 장교라는 걸 알게 되자 그들은 욕설을 멈추었다. 상사가 나를 소령에게 데리고 갔다. 사벨리치는 내 뒤를 바짝 따라오며 중얼거렸다.

「폐하의 친구 좋아하시네! 갈수록 태산이라더니……. 아이고 하느님! 대체 저희를 어떡하실 작정이십니까?」

마차는 천천히 우리를 따라왔다. 5분 뒤 우리는 불을 환하게 밝힌 작은 집에 도착했다. 기병 상사는 나에게 감시병을 붙여 놓은 다음 상부에 보고하기 위해 갔다. 그는 금방 되돌아와서 소령의 명령을 전달했다. 각하께서는 나를 만날 시간이 없으니 그냥 감방에 처넣고 부인만 자기한테 데려오라고 명령했다는 것이다.

「그게 무슨 소리야?」 나는 화가 나서 소리를 버럭 질렀다. 「소령이란 작자 머리가 돈 것 아니야?」

「저로서는 알 수 없습니다, 소위보님.」 상사가 대답했다. 「다만 각하께서는 소위보님을 감방에 넣고 사모님만 데려오라고 명령하셨습니다!」

나는 현관 층계로 달려갔다. 보초들은 나를 제지할 생각조차 하지 않았으므로 나는 여섯 명 정도의 경기병 장교가 카드 게임을 하는 방안으로 곧장 들어갈 수 있었다. 물주 노릇을 하고 있는 소령을 보고 나는 그만 입을 떡 벌리고 말았다. 그는 언젠가 심비르스끄 여관에서 내 돈을 우려먹은 이반 이바노비치 주린이었던 것이다!

「이게 어쩐 일인가?」 나는 외쳤다. 「이반 이바니치, 당신이었군요?」

「아니, 세상에, 뾰뜨르 안드레이치! 이게 무슨 인연이람! 대체 어디서 오는 길인가? 그 동안 잘 지냈겠지. 어때, 한판 끼여 보지 않겠나?」

「고맙네. 하지만 그것보다는 숙소를 마련해 주게나.」

「숙소는 왜? 나하고 같이 자면 될걸.」

「그럴 수가 없어. 나는 혼자가 아니네.」

「그럼 그 친구도 이리 데려오게.」

「그것이 그러니까 친구가 아니라…… 숙녀가 되어 놔서.」

「숙녀라! 대체 어디서 낚았나? 이 친구 보통내기가 아닐세!」

(이 말을 하면서 주린은 의미심장한 표정으로 휘파람을 불기 시작했으므로 모두들 킥킥거리며 웃어 댔다. 나는 무척 당혹스러웠다.)

주린이 말을 계속했다. 「그럼 그렇게 하게나. 숙소를 마련해 주지. 유감이로군……. 옛날처럼 한바탕 마시려고 했는데……. 이봐! 사병! 뿌가쵸프의 여자 친구인지 뭔지는 왜 안 데려오는 거야? 그 계집이 앙탈이라도 부리는 거야? 겁낼 것 없다고 해 줘. 나리는 점잖은 분이시니 아무 짓도 안 할 거라고 하면서 슬쩍 넌지시 집어오라고.」

「자네 그게 무슨 말인가? 뿌가쵸프의 여자 친구라니? 그 여성은 작고한 미로노프 대위의 따님일세. 포로로 잡혀 있는 걸 구해 가지고 지금 우리 아버지 영지로 데려가는 중일세. 거기 맡겨 두려고 말이야.」 내가 주린에게 말했다.

「그랬었구먼! 그러면 방금 잡혀 왔다던 사람이 자네였었나? 원 세상에! 어쩌다가 그렇게 된 거지?」

「나중에 자초지종을 얘기해 줌세. 지금은 우선 그 불쌍한 아가씨를 좀 달래 주게. 자네 부하들이 잔뜩 겁을 주었거든.」

주린은 즉시 필요한 조치를 취했다. 직접 밖으로 나가 마리야 이바노브나에게 본의 아니게 오해가 생겨 그런 것이니 용서해 달라고 사죄를 한 뒤 상사에게는 읍내에서 가장 좋은 방으로 그녀를 안내해 드리라고 일렀다. 나는 주린의 숙소에 묵기로 했다.

저녁 식사를 마치고 단둘이 남게 되었을 때 나는 주린에게 저간의 사정을 얘기해 주었다. 주린은 주의 깊게 내 말을 경청하더니 내가 이야기를 마치자 고개를 저으며 말했다.

「다 좋아, 친구, 한 가지만 빼놓고 말이야. 자네 대체 어쩌자고 결혼을 하려는 건가? 나는 명예로운 장교로서 자네에게 추호의 거짓도 없이 말하는걸세. 내 말을 믿게, 결혼이란 어처구니없는 바보짓일세. 대체 무엇 때문에 마누라 눈치나 보고 애새끼들 코나 닦아 주며 산단 말인가? 그만두고 내 말 듣게. 그 대위의 딸이란 여자는 떨쳐 버리게. 심비르스끄까지 가는 길은 내가 안전하게 조처해 놓았으니까 내일 그 여자만 자네 부모님댁으로 보내 버리라고. 자네는 우리 분대에 남고. 오렌부르그로 돌아갈 이유는 없네. 이번에 또다시 폭도들 손에 걸리면 빠져나오기가 쉽지 않을 테니까. 뭐 이럭저럭 하다 보면 바보 같은 애정 소동 같은 건 저절로 사라지고 모든 게 제대로 풀릴걸세.」

나는 그의 의견에 전적으로 동의할 수는 없었지만 군인으로서의 나의 의무를 생각하면 의당 여제 폐하의 군대에 남아 있어야 할 것 같았다. 그래서 나는 주린의 조언을 따르기로 결심했다. 즉 마리야 이바노브나는 영지로 보내고 나는 그의 군대에 남기로 한 것이다.

그때 사벨리치가 옷시중을 들기 위해 나타났다. 나는 그에게 내일 당장 마리야 이바노브나와 함께 길 떠날 준비를 하라고 일렀다. 그러나 그는 통 말을 들으려 하지 않았다.

「무슨 말씀이세요, 도련님? 어떻게 저 혼자 가란 말입니까? 도련님 시중은 누가 들지요? 부모님께선 뭐라고 하실까요?」

나는 그의 고집을 익히 알고 있던 터라 상냥한 말로 잘 다독거려서 설득하기로 작정했다. 「아르히쁘 사벨리치, 자네는 내 친구나 다름없네! 그러니 내 부탁을 저버리지 말게나. 여기선 시중들 사람이 꼭 필요하진 않을걸세. 그렇지만 마리야 이바노브나가 자네 없이 혼자 떠난다면 내 마음은 편치가 못할걸세. 자네가 그 아가씨를 보살펴 주는 것은 나를 보살피는 것과 다름없다네. 나는 사정이 허락하는 대로 곧 그 아가씨와 결혼하기로 단단히 결심했기 때문이라네.」

그러자 사벨리치는 무척이나 놀랐다는 표정으로 손을 내저었다.

「결혼을 하신다고요!」 그는 내 말을 그대로 되풀이했다. 「우리 도련님이 결혼을 하시겠다고요! 아버님께서는 뭐라고 하실까요, 그리고 어머님께서는 또 어떻게 생각하실까요?」

「허락하실걸세. 마리야 이바노브나가 어떤 아가씨인지 알게 되면 틀림없이 허락하실걸세.」 내가 대답했다. 「나는 자네만 믿겠네. 어머니 아버지도 자네 말이라면 곧이 들으실 테니까 우리 얘기 좀 잘해 주게나. 그럴 거지?」

노인은 내 말에 감동했다.

「아무렴요, 뾰뜨르 안드레이치 도련님!」 그가 대답했다. 「결혼을 생각하시기엔 아직 좀 이른 감이 없지 않지만, 그래도 마리야 이바노브나같이 좋은 색시를 놓치는 것도 죄가 되는 일이죠. 도련님 말씀대로 하지요! 저는 천사 같은 아가씨를 모시고 가서 부모님께 이런 색시라면 지참금도 가져올 필요가 없다고 공손히 말씀드리겠습니다.」

나는 사벨리치에게 고맙다고 말하고 주린과 나란히 잠자리에 들었다. 나는 극도의 흥분 상태에서 이말 저말 주절거렸다. 주린도 처음에는 신이 나서 척척 대꾸를 해주더니 점차 심드렁해져서 두서없는 말만 몇 마디 내뱉다가 마침내 무슨 얘기를 해도 대답 대신 코만 드르렁드르렁 골기 시작했다. 나는 입을 다물었고 곧 그의 뒤를 따라 잠이 들었다.

다음 날 아침 나는 마리야 이바노브나에게 가서 내 계획을 털어놓았다. 그녀는 현명한 생각이라고 하면서 즉각 찬성했다. 주린의 부대는 바로 그날 도시를 떠나 행군하기로 되어 있었다. 꾸물거릴 여유가 없었다. 나는 사벨리치에게 마리야 이바노브나를 부탁하고 부모님께 보내는 편지와 함께 그녀에게 작별의 말을 건넸다. 마리야 이바노브나는 울음을 터뜨리며 가라앉은 음성으로 말했다.

「안녕, 뾰뜨르 안드레이치! 우리가 다시 만나게 될지는 오로지 하느님만이 아시겠지요. 그렇지만 당신을 영원히 잊지 못할 거예요. 당신만이 제 마음속에 죽을 때까지 남아 있을 거예요.」

나는 아무런 대꾸도 할 수 없었다. 사람들이 우리를 에워싸고 있었고 내 안에서 소용돌이치는 감정들을 그들이 있는 자리에서 드러내고 싶지 않았던 것이다. 마침내 그녀는 떠났다. 나는 서글픈 심정으로 말없이 주린에게 돌아갔다. 그는 내 기분을 북돋아 주고 싶어했고 나 역시 뭔가 다른 일에 정신을 쏟고 싶었다. 그래서 우리는 하루 종일 진탕 먹고 마시며 놀다가 저녁 무렵에 행군에 나섰다.

때는 2월도 끝나 갈 무렵이었다. 군사 행동을 어렵게 만들었던 겨울은 지나갔고 우리측 장군들은 이제 합동 작전을 준비하고 있었다. 뿌가쵸프는 아직도 오렌부르그 성 밖에 진을 치고 있었다. 그러는 사이에 우리 편 분견대가 결성되어 사방에서 폭도들의 진지를 향해 속속 거리를 좁혀 오고 있었다. 우리 군대가 보이기만 하면 폭동을 일으켰던 마을들은 항복을 했고 도둑의 무리는 삼지 사방으로 줄행랑을 쳤다. 전세는 우리 측의 완전한 승리가 멀지 않았음을 예고해 주고 있었다.

얼마 후 골리찐 공작이 따찌쉬체바 요새 근처에서 뿌가쵸프를 격파하여 그의 도당을 분산시키고 오렌부르그를 해방시켰다. 이로써 폭도들은 최후의 결정적인 타격을 입은 것 같았다. 그때 주린은 반란을 일으킨 바쉬끼르 일당을 토벌하기 위해 출동하였는데 그들은 우리가 도착하기도 전에 흩어져 버렸다. 그러나 봄이 되자 우리는 어느 따따르 마을에 꼼짝없이 갇히게 되었다. 강물이 범람하여 교통이 두절되었던 것이다. 하릴없이 빈둥거리는 우리에게 위안이 된 것은 이제 곧 도둑이나 야만인 들과의 지루하고 무의미한 싸움이 끝날 거라는 생각이었다.

그러나 뿌가쵸프는 좀처럼 잡히지 않았다. 그는 시베리아의 산업 지대에 나타나서는 새로운 도둑의 세력을 규합하여 잔악한 행각을 재개하였다. 그가 승리를 거두고 있다는 소문이 다시 퍼져 나갔다. 우리는 시베리아의 여러 요새가 함락되었다는 걸 알게 되었다. 곧 참칭자가 까잔을 점령하고 모스끄바까지 진격해 가고 있다는 소식이 들려 와 그 동안 폭도 두목이 완전히 세력을 잃었거니 믿으며 태평스레 잠자고 있던 군 지휘부의 경각심을 일깨워 주었다. 주린은 볼가 강을 건너라는 명령을 받았다.

우리의 진격과 전투의 종결에 관해서는 여기서 기술하지 않겠다. 다만 전쟁의 참화가 극에 이르고 있었다는 것은 간략하게나마 말해 두고 싶다. 우리는 폭도들에게 약탈당한 마을을 지나가면서 주민들이 몰래 감춰 놓은 얼마 안 되는 식량이나마 부득이 징발하지 않을 수 없었다. 행정은 어느 곳 할 것 없이 마비 상태였고 지주들은 숲속으로 피신해 갔다. 강도의 무리가 도처에서 만행을 일삼았다. 각 부대의 지휘관들은 제멋대로 사람들을 처형하기도 하고 사면해 주기도 했다. 전란의 화염이 휩쓸고 지나간 저 광활한 지역의 상황은 처참했다……. 신이여 다시는 이렇게 무의미하고 무자비한 폭동이 일어나지 않게 해주소서!

뿌가쵸프는 이반 이바노비치 미헬손[2]의 추격을 받으며 도주

---

[2] I. Mikhelson(1740~1807). 뿌가쵸프에게 결정적인 타격을 입힌 러시아의 장군.

하고 있었다. 얼마 지나지 않아 우리는 그가 완전히 격파되었다는 것을 알게 되었다. 마침내 주린은 참칭자가 체포되었다는 소식과 함께 더 이상 진군하지 말라는 명령을 받았다. 전쟁은 끝난 것이다. 나는 드디어 고향집으로 돌아갈 수 있게 되었다! 부모님을 얼싸안을 수 있다는 생각, 그리고 그 동안 연락이 두절되었던 마리야 이바노브나와 다시 만난다는 생각은 나를 환희로 들뜨게 해주었다. 나는 어린아이처럼 깡충깡충 뛰어다녔다. 주린은 싱긋 웃더니 어깨를 으쓱하며 말했다.

「아니야, 자네 그러다 큰코다치지. 일단 결혼만 했다 하면 그걸로 인생은 끝나는 거야!」

그런데 한편으로 이상한 느낌이 나의 기쁨을 방해했다. 그토록 많은 무고한 희생자의 피를 흘리게 한 악당에 대한 생각, 그를 기다리고 있는 처형에 대한 생각에 내 마음은 자꾸만 심란해 졌다.

「예멜랴, 예멜랴!」 나는 분노까지 느끼며 속으로 외쳤다. 「당신은 어째서 칼 아래 쓰러지지 않았소? 왜 포탄 앞에 몸을 던지지 않았소? 차라리 그랬더라면 훨씬 좋았을 텐데.」

내가 어찌 달리 생각할 수 있었겠는가? 나에게 있어 그는 자기 생애에서 가장 높은 자리에 오른 순간에 내 목숨을 살려 준 사람, 내 약혼녀를 쉬바브린의 손에서 구해 준 사람이었고, 나는 그 사실을 떠나서는 그를 생각할 수 없었다.

주린은 나에게 휴가를 주었다. 며칠만 있으면 나는 다시 가족과 함께 지내고 다시 마리야 이바노브나를 만나게 될 터였다……. 그러나 그때 갑자기 천만 뜻밖의 비운이 나에게 덮쳐 왔다.

떠나기로 예정된 날, 내가 막 출발을 하려는 순간에 주린이 잔뜩 근심 어린 표정을 지으며 서류 한 장을 들고 내 숙소에 들어왔다. 무언가가 나의 심장을 콕 찌르는 것 같았다. 나는 이유도 모르면서 가슴이 철렁 내려앉았다. 그는 당번병을 밖으로 내보내고는 나한테 할 얘기가 있다고 말했다.

「무슨 일인가?」 나는 조마조마한 마음으로 물었다.

「약간 문제가 생긴 모양이야. 방금 받은걸세. 한번 읽어 보게.」 그는 나에게 서류를 내밀며 말했다.

그것은 각 부대장 앞으로 발송된 비밀 지령서로, 어디서건 나를 발견하는 대로 체포하여 즉시 까잔에 설치된 뿌가쵸프 반란 진상 조사 위원회에 감금 호송하라는 내용이었다.

나는 하마터면 서류를 떨어뜨릴 뻔했다.

「어쩔 수가 없네!」 주린이 말했다. 「명령에 따르는 게 나의 의무니까. 자네가 뿌가쵸프와 화기애애하게 어울려 다녔다는 소문이 아무래도 상부에 들어간 모양이야. 위원회에 가서 무죄를 증명하고 별 탈 없이 이 일을 마무리짓기 바라네. 너무 걱정하지 말고 어서 출발하게.」

내 양심에 거리끼는 일은 없었다. 그러므로 재판 같은 것은 두렵지 않았다. 그렇지만 달콤한 재회의 순간이 어쩌면 몇 달 연기될지도 모른다는 생각은 나를 두렵게 했다. 마차가 준비되었다. 주린은 내게 다정한 작별의 인사를 건넸다. 나는 마차에 태워졌다. 칼을 뽑아 든 두 명의 경기병을 대동한 채 나는 널따란 도로를 따라 떠나갔다.

제14장
심판

세간의 풍문은 —
바다의 물결.
— 속담

나는 오렌부르그에서 내 멋대로 빠져나간 것이 나의 유일한 잘못이라고 믿고 있었다. 그러나 그 점은 쉽게 해명할 수 있을 것 같았다. 기병의 유격은 결코 금지된 적이 없었으며 오히려 적극적으로 권장되기까지 했기 때문이다. 지나치게 성급했다는 비난이라면 또 모를까 명령 불복종은 나와 상관이 없었다. 그러나 뿌가쵸프와의 친밀한 관계는 여러 사람에게 목격된 바 있으므로 적어도 엄청난 의혹을 불러일으킬 것 같았다. 나는 가는 동안 내내 앞으로 있을 심문에 관해 생각하면서 대답할 말을 궁리해 보다가 모든 것을 있는 그대로 솔직하게 털어놓기로 작정했다. 법정에서는 그것이 가장 단순하면서도 가장 확실한 해명 방법이라는 생각에서였다.

나는 불에 타 폐허가 된 까잔에 도착했다. 집들이 있던 자리에는 숯더미만 수북이 쌓여 있고 새까맣게 그을은 담벼락이 지붕도 창문도 없이 솟아 있었다. 이것이 뿌가쵸프가 남겨 놓고 간 흔적이었다! 나는 불타 버린 도시 가운데 온전한 채 남아 있는 요새로 끌려갔다. 기병들은 나를 위병 장교에게 인도했다. 그는 대장장이를 불러오라고 명령했다. 내 발목에는 족쇄가 단단히 채워졌다. 그런 다음 나는 감옥으로 끌려가 쇠창살로 막힌 작은 창문과 맨 벽만 보이는 좁고 어두운 독방에 감금되었다.

처음부터 이런 식이고 보니 별로 예감이 좋지 않았다. 그러나 나는 용기와 희망을 잃지 않았다. 나는 순수한, 그러나 갈가리 찢어진 가슴에서 우러나오는 기도의 달콤함을 생전 처음 맛보았고 모든 고통당하는 이들을 생각하며 스스로를 위로했다. 그리하여 앞으로 내게 닥칠 일은 접어 둔 채 평화롭게 꿈속으로 빠져 들었다.

다음날 간수가 나를 깨우며 위원회에 출두하라는 명령을 전달해 주었다. 두 명의 병사가 마당을 가로질러 사령관 사택으로 나를 끌고 가더니 현관에서 걸음을 멈추고 나 혼자만 안으로 들여보냈다.

나는 상당히 넓은 홀 안으로 들어갔다. 서류로 뒤덮인 탁자 앞에는 두 명의 사내가 앉아 있었다. 한 사람은 나이 지긋한 장군으로 엄격하고 냉혹하게 보였다. 다른 사내는 젊은 근위 대위로 나이는 한 스물여덟쯤 되었을까, 서글서글한 외모에 민첩하고 활달해 보이는 인상이었다. 창가에 따로 마련된 책상 앞에는 귀에다 펜을 꽂은 서기가 나의 진술을 기록하기 위해 서류 위에 고개를 숙인 채 앉아 있었다. 심문이 시작되었다. 나는 관등 성명부터 진술했다. 장군은 내가 혹시 안드레이 뻬뜨로비치 그리뇨프의 아들이 아니냐고 물었고 그렇다고 대답하자 엄격한 말투로 쏘아붙였다.

「그렇게 훌륭하신 분이 자네 같은 망나니 자제를 두셨다니 안타까운 일이로군!」

나는 나에게 씌워진 혐의가 어떤 것이건 간에 진실을 솔직히 고백함으로써 그것들을 털어 버릴 수 있게 될 것으로 믿는다고 침착하게 대답했다. 그러나 그는 나의 확신에 찬 태도가 못마땅한 것 같았다.

「이 친구 제법 머리가 좋구먼. 하지만 우리도 자네 같은 친구들은 많이 다루어 보았지!」 그가 눈살을 찌푸리며 말했다.

그 다음에는 젊은 장교가 언제, 어떤 상황에서 내가 뿌가쵸프 군에 가담했으며 그에게서 어떤 임무를 부여받았는지 물었다.

나는 화를 벌컥 내며 장교이자 귀족인 내가 뿌가쵸프의 군에 가담하고 게다가 무슨 임무를 부여받는 따위의 일은 있을 수 없다고 딱 잘라 말했다. 그러자 심문관이 내 말을 반박했다.

「그렇다면, 어떻게 해서 다른 동료들은 모두 무자비하게 학살되는 판에 이 장교이자 귀족인 사람만이 참칭자의 사면을 받을 수 있었을까요? 어떻게 해서 이 장교이자 귀족인 사람은 폭도들과 어울려 신나게 술을 마시고, 두목한테서 외투며 말이며 50꼬뻬이까 은전 같은 선물을 받을 수 있었을까요? 그것이 반역이 아니라면, 아니 적어도 비열하고 범죄적인 소심함이 아니라면, 대체 그런 이상한 우정을 뒷받침해 주는 것이 무엇일까요?」

나는 근위 장교의 말에 심한 모욕감을 느꼈다. 그래서 열을 올리며 나 자신의 정당함을 항변하기 시작했다. 나는 눈보라

몰아치는 초원에서 뿌가쵸프와 처음 알게 되었으며 벨로고르스끄 요새가 함락되었을 때 그가 내 얼굴을 알아보고 살려 주었다고 말했다. 나는 또 참칭자한테서 빌나른 양심의 가책도 없이 외투며 말을 받은 것은 사실이지만 그 대신 벨로고르스끄 방어전에서 적에 항거하여 끝까지 싸웠다고 진술했다. 마지막으로 나는 그 참혹했던 오렌부르그 봉쇄 기간 동안 내가 얼마나 충성스러웠는가는 그곳 책임자인 장군이 증언해 줄 것이라고 말했다.

그러자 냉엄한 노인이 개봉된 편지를 탁자에서 집어들고 큰 소리로 읽기 시작했다.

군의 기강을 무시하고 군인으로서의 의무에 역행하여 적의 괴수와 내통하고 금번 폭동에 가담한 그리뇨프 소위보와 관련하여, 각하의 조회에 다음과 같은 답신을 송부합니다.
그리뇨프 소위보는 오렌부르그에서 지난 1773년 10월 초부터 금년 2월 24일까지 복무했습니다. 2월 24일에 소위보는 성 밖으로 이탈하였으며 그 이후로는 본인의 지휘권 하에서 사라졌습니다. 투항자들의 말에 의하면 소위보는 뿌가쵸프의 진지에 있다가 그와 함께 자기가 한때 근무했었던 벨로고르스끄 요새로 갔다고 합니다. 그의 행동과 관련하여 말씀드리자면, 저로서는……

그는 여기서 읽기를 멈추고 험상궂은 표정으로 말했다.
「어떤가, 이젠 무어라고 변명할 텐가?」
나는 기왕에 시작한 일을 계속한다는 의미에서, 마리야 이바노브나와의 관계도 있는 그대로 진술할 작정이었다. 그러나 불현듯 억누를 수 없는 혐오감이 느껴졌다. 만일 그녀의 이름을 언급한다면 위원회가 그녀를 소환할 것이라는 생각이 머릿속에 떠올랐던 것이다. 악당들의 추잡한 비방에 그녀의 이름이 연루되고 그들과의 대질 심문에 그녀가 출석해야 할 것이라는 끔찍한 생각에 나는 너무도 당혹스러워 우물거리며 말을 더듬었다.

호의를 가지고 답변을 듣고 있던 심문관들은 나의 당황하는 모습을 보고 다시 내게 불리한 편견을 품게 되었다. 근위 장교는 나와 주요 고발인 간의 대질 심문을 요구했다. 장군은 〈어제의 역적〉을 불러오라고 명했다. 나는 나를 고발한 자의 등장을 기대하며 재빨리 문 쪽으로 얼굴을 돌렸다. 몇 분 뒤 족쇄가 절그렁거리는 소리가 들리고 문이 열리더니 누군가 들어왔는데 — 그것은 다름 아닌 쉬바브린이었다. 나는 그의 변해 버린 모습에 경악했다. 그는 무섭게 여위고 창백했다. 얼마 전까지만 해도 칠흑처럼 새까맣던 머리털은 완전히 백발이 되었고 길게 자란 수염은 아무렇게나 헝클어져 있었다. 그는 힘없는, 그러나 담대한 목소리로 나에 대한 고발 내용을 되풀이 말했다. 그에 의하면 나는 뿌가쵸프의 명령에 따라 오렌부르그로 파견된 첩자였다는 것이다. 또 내가 날마다 접전에 참가한 것은 성 안의 동정을 적에게 서면으로 낱낱이 전달하기 위해서였으며, 결국에는 공개적으로 참칭자 편으로 넘어가 그와 함께 여러 요새를 전전하며 어떻게 해서든 동료였던 변절자들을 제거하려 했는데 그것은 그들의 자리를 차지하고 참칭자의 포상을 독식하려는 야심 때문이었다는 것이다. 나는 잠자코 그의 말을 경청했다. 자기를 경멸에 차서 거부한 여성의 생각이 그의 자존심을 상하게 해서 그런 건지, 아니면 나를 침묵하게 만든 깃과 똑같은 감성의 불꽃이 그의 가슴속에도 숨겨져 있어서 그런 건지는 모르지만 좌우지간 이 비열한 악당이 마리야 이바노브나의 이름을 언급하지 않아서 그나마 다행이었다. 어쨌든 벨로고르스끄 사령관 딸의 이름은 위원회가 배석한 자리에서 한 번도 거론되지 않았다. 나는 내 생각을 밀고 나가기로 더욱 굳게 결심했다. 그래서 심문관들이 쉬바브린의 진술을 반박할 논거가 있느냐고 물었을 때도 여태껏 얘기한 것이 전부이며 무죄를 증명하기 위해 더 이상 할 말은 없다고 대답했다. 장군은 우리를 데리고 나가라고 명령했다. 우리는 함께 밖으로 나왔다. 나는 평온한 눈길로 그를 바라보았지만 아무 말도 하지 않았다. 그는 악의에 찬 웃음을 씩 웃더니 족쇄를 집어들고는 나를 앞질러 총총 사라져 갔다.

지금부터 내가 독자에게 하려는 이야기는 내가 직접 목격한 것이 아니다. 그러나 나는 그 이야기를 하도 많이 들어 아주 사소한 세부 사항까지도 내 기억 속에 뚜렷하게 담아 두고 있다. 마치 내가 보이지 않게 현장에 있었던 것 같은 느낌까지 든다.

우리 부모님은 마리야 이바노브나를 따뜻하게 맞아 주셨다. 그것은 구시대 사람들한테서나 볼 수 있는 인정 넘치는 환대였다. 그들은 불쌍한 고아를 맞아들여 보살필 기회를 갖게 된 것을 하느님의 은혜라고 생각했다. 얼마 안 가서 부모님은 진심으로 그녀를 귀여워하게 되었다. 누구라도 그녀의 인간성을 알고 난 후에는 좋아하지 않을 수가 없었으리라. 아버지는 나의 사랑이 덧없는 불장난이란 생각을 더 이상 하지 않게 되었고 어머니는 당신의 아들인 뻬뜨루샤가 저 귀여운 대위의 딸과 결혼하기만을 고대하고 계셨다.

내가 체포되었다는 소식은 온 가족에게 충격을 주었다. 마리야 이바노브나가 부모님께 나와 뿌가쵸프와의 기묘한 관계에 관해 너무도 솔직 담백하게 이야기를 했으므로 그분들은 조금도 걱정을 하지 않았을 뿐만 아니라 오히려 하도 재미가 있어 몇 번씩이나 웃음보를 터뜨리셨다. 아버지는 황실의 전복과 귀족 계급의 몰살을 목표로 삼았던 그 추악한 폭동에 내가 가담했으리라고는 도저히 믿을 수가 없었다. 그는 사벨리치를 엄하게 추궁했다. 노인은 도련님이 예멜까 뿌가쵸프의 접대와 호의를 받았다는 사실을 숨기지 않았다. 그러나 그 어떤 변절의 말도 들은 바가 없노라고 맹세했다. 늙은 부모님은 이 말에 다소 안심이 되어 좋은 소식이 오기만을 초조하게 기다리고 계셨다. 마리야 이바노브나도 속으로는 걱정이 되어 죽을 지경이었지만 원래가 극도의 겸손과 자제력을 겸비한 여성이었으므로 침묵을 지킬 따름이었다.

몇 주가 흘러갔다……. 어느 날 아버지는 뻬쩨르부르그에 사는 친척 B 공작에게서 편지를 한 통 받았다. 공작의 편지는 나에 관한 것이었다. 그는 의례적인 인사말을 쓴 뒤 다음과 같은 사실을 전해 주었다. 즉, 반란 음모와 관련하여 나에게 씌워졌던 혐의가 불행하게도 너무나 명백한 사실로 밝혀져 죄인들에 대한 본보기 삼아 나를 극형에 처하는 것이 마땅한 일이었다. 그러나 여제 폐하께서 부친의 공로와 나이를 참작하시어 죄 많은 아들을 용서해 주시기로 결정하셨다. 그래서 수치스러운 사형 대신 시베리아 벽촌에서의 종신 유배로 감형시켜 주셨다는 것이었다.

느닷없이 날아온 이 충격적인 소식에 아버지는 거의 돌아가실 뻔했다. 그는 평소의 사세턱을 잃고 애처롭게 한탄을 하며 자기의 슬픔(보통 때는 표현된 적이 없는)을 토로했다. 그는 미친 사람처럼 정신없이 되뇌었다.

「어떻게 그럴 수가! 어떻게 내 아들이 뿌가쵸프의 음모에 가담할 수 있단 말인가! 정의로우신 하느님, 제가 너무 오래 살아서 못 볼 꼴을 봅니다! 여제 폐하께서 사형을 면해 주셨다! 그래서 내 속이 더 편해질 줄 알고? 사형이 무서운 게 아니야. 우리 고조할아버지의 아버지는 신성한 양심을 끝까지 지키기 위해 사형대에 올라가셨고 우리 아버님은 볼린스끼, 흐루시초프[1]와 함께 수난을 당하셨어. 그런데 귀족의 자식놈이 맹세를 저버리고, 도둑놈, 살인범, 도망친 노예들과 한패가 되다니······! 이 무슨 가문의 수치란 말인가······!」

아버지의 푸념에 놀란 어머니는 아버지 앞에서는 감히 눈물 한 방울 흘리지 못하고, 소문이란 믿을 만한 게 못 된다, 사람들의 의견이란 것도 확실한 게 아니다 운운하시며 아버지의 원기를 돌려 드리려고 애썼다. 그러나 아버지는 그 무엇으로도 위로할 길이 없었다.

그러나 그 누구보다도 괴로워한 것은 마리야 이바노브나였다. 그녀는 내가 원하기만 했다면 무죄를 입증할 수도 있었을 거라고 믿었으므로 대충 사건의 진상을 짐작할 수 있었고 또 그래서 자기야말로 내 불행의 원인이라고 생각하였던 것이다.

---

[1] 안나 여제 때의 궁신들. 뾰뜨르 대제의 딸 옐리자베따를 제위에 올리려고 했다가 처형되었다.

그녀는 자기의 슬픔과 괴로움을 아무에게도 이야기하지 않았지만 그러면서도 한편으로는 끊임없이 나를 구할 방법만 궁리하고 있었다.

어느 날 저녁, 아버지는 소파에 앉아 『궁중 연감』을 뒤적거리고 계셨다. 그러나 생각은 다른 곳에 가 있었기 때문에 『궁중 연감』도 전과 같은 효력은 발하지 못했다. 그는 옛날의 행진곡을 휘파람으로 불었고 어머니는 말없이 털실로 스웨터를 짜고 있었는데 눈물방울이 이따금씩 뜨개질 감 위로 떨어지곤 했다. 그런데 갑자기 그 자리에 같이 앉아 뜨개질을 하고 있던 마리야 이바노브나가 뻬쩨르부르그에 다녀와야겠으니 여비를 마련해 달라고 말하는 게 아닌가. 어머니는 몹시 속이 상하셨다.

「뻬쩨르부르그에는 뭐 하러 간단 말이냐? 설마 너마저 우릴 버릴 셈은 아니겠지?」 어머니가 물었다.

그러자 마리야 이바노브나는 이번 여행에 자기의 미래가 걸려 있다고 대답하면서 자기가 떠나는 것은 명예롭게 전사한 군인의 딸로서 유력한 사람들의 비호와 조력을 구하기 위해서라고 설명했다.

아버지는 고개를 푹 숙였다. 아들의 누명을 상기시키는 말 한마디 한마디가 그에게는 가시 돋친 비난의 말처럼 고통스럽게 들렸던 것이다. 그는 한숨을 푹 쉬며 말했다.

「다녀오려무나! 네 행복을 방해할 생각은 없다. 비열한 반역자보다는 더 나은 신랑감을 구하게 되기 빈다.」

아버지는 벌떡 일어나 방에서 나갔다.

어머니와 단둘이 남게 된 마리야 이바노브나는 자기의 계획을 부분적으로나마 털어놓았다. 어머니는 눈물을 흘리며 그녀를 포옹하고는 좋은 결과가 있게 해주십사고 하느님께 빌었다. 마리야 이바노브나는 여행 준비를 마쳤고 며칠 후에는 충실한 빨라샤며 충실한 사벨리치를 데리고 출발했다. 나와 생세로 헤어지다시피 한 사벨리치는 나 대신 내 약혼녀라도 보살펴 준다는 생각으로 다소나마 위안을 삼았다.

마리야 이바노브나는 무사히 소피야[2]에 도착했다. 현재 황실은 짜르스꼬예 셀로에 모셔져 있다는 얘기를 역참에서 듣고는 그곳에 머물기로 했다. 그녀에게는 칸막이로 막은 방 모서리가 배당되었다. 역참지기의 아내는 곧 그녀와 수다를 떨기 시작했는데 자기는 궁중 난방 화부의 조카딸이므로 궁중 생활의 전모를 환히 알고 있다고 떠벌렸다. 그녀는 여제 폐하께서는 보통 몇 시에 기침하시는지, 커피는 언제 드시며 산책은 언제 하시는지, 요즈음 어떤 귀족들이 측근에 있는지, 어제 저녁 진지를 잡수실 때는 무슨 말씀을 하셨는지, 저녁에는 누구를 접견하셨는지 등등에 관해 소상히 가르쳐 주었다. 한 마디로 말해서, 안나 블라시예브나의 수다는 역사책의 몇 페이지를 장식할 만한 가치가 있었다. 그것은 어쩌면 후세인들에게 소중한 사료가 될 수도 있었을 것이다. 마리야 이바노브나는 그녀의 말을 열심히 들었다. 그들은 함께 궁궐에 딸린 공원으로 갔다. 안나 블라시예브나는 오솔길이며 다리에 얽힌 사연을 일일이 설명해 주었고 산책을 마친 두 사람은 서로에 대해 몹시 흡족한 마음을 가지고 역참으로 돌아왔다.

다음날 마리야 이바노브나는 아침 일찍 일어나 옷을 입고 아

---

2 짜르스꼬예 셀로(현재의 뿌쉬낀 시) 근처의 역참.

무도 몰래 공원으로 나갔다. 아름다운 아침이었다. 태양은 청아한 가을 바람을 받아 벌써 노랗게 물든 보리수 꼭대기를 비추고 있었다. 드넓은 호수는 잔잔히 빛나고 잠에서 깬 백조의 무리가 호숫가의 울창한 덤불 아래서 위엄 있게 미끄러져 나왔다. 마리야 이바노브나는 얼마 전에 준공된 뾰뜨르 알렉산드로비치 루미얀쩨프[3] 백작의 승전 기념비가 서 있는 아름다운 잔디밭을 걸어갔다. 그때 갑자기 영국산의 하얀 개 한 마리가 짖어 대며 그녀를 향해 달려왔으므로 마리야 이바노브나는 겁에 질려 그 자리에 우뚝 서버렸다. 그때 기분 좋은 여성의 목소리가 들려 왔다.

「겁내지 말아요. 물지 않으니까.」

마리야 이바노브나의 눈에 기념비 건너편 벤치에 앉아 있는 부인의 모습이 들어왔다. 마리야 이바노브나는 벤치의 다른 쪽 끝에 앉았다. 부인은 그녀를 유심히 살펴보았다. 마리야 이바노브나도 곁눈으로 그녀를 흘끔흘끔 쳐다보면서 머리끝부터 발끝까지 세심하게 관찰했다. 그녀는 나이트캡을 쓰고 흰색 모닝 드레스 위에 털조끼를 입고 있었다. 나이는 마흔 살쯤 되어 보였다. 통통하고 혈색 좋은 얼굴에는 위엄과 평온함이 깃들여 있었고 푸른 눈과 보일 듯 말 듯한 미소는 형언할 수 없는 매력을 발산하고 있었다. 부인 쪽에서 먼저 입을 열었다.

「이곳 분이 아니신 것 같은데요?」 그녀가 물었다.

「맞습니다. 어제 막 시골에서 올라왔어요.」

「부모님과 함께 왔나요?」

---

3 Petr Aleksandrovich Rumiantsev(1725~1795). 터키 군을 격파한 러시아 장군.

「웬걸요. 혼자 왔어요.」

「저런! 아직 어려 보이는데.」

「부모님은 다 돌아가셨거든요.」

「그렇다면 틀림없이 볼일이 있어 왔겠군요?」

「네 그렇습니다. 여제님께 진정서를 올리러 왔어요.」

「고아라고 하셨으니까 부당한 일이나 억울한 일을 호소하러 왔군요?」

「그건 아니에요. 무슨 공정한 재판을 청하러 온 게 아니고요. 그저 여제님께 자비를 구하러 왔어요.」

「실례지만 댁이 누군지 물어도 될까요?」

「저는 미로노프 대위의 딸입니다.」

「아, 미로노프 대위! 오렌부르그 지역의 요새를 지휘했던 바로 그분 말인가요?」

「맞았어요.」

부인은 감동을 받은 것 같았다.

「실례인 줄 압니다만, 제가 댁의 사정을 좀 알면 안 될까요. 저는 궁중에 종종 출입하기 때문에 댁의 진정서 내용을 말해 주면 제가 혹 도움이 될지도 모른답니다.」 부인은 더욱 상냥한 음성으로 말했다.

마리야 이바노브나는 자리에서 일어나 정중하게 감사하다는 인사를 했다. 그녀는 자기도 모르는 사이에 이 낯선 부인에게 마냥 이끌리면서 신뢰감까지 느끼게 되었다. 마리야 이바노브나는 주머니에서 정성껏 접은 편지를 꺼내 이 미지의 수호자에게 건네 주었다. 부인은 조용히 읽기 시작했다.

그런데 호감 어린 표정으로 주의 깊게 읽기 시작하던 부인이 갑자기 낯빛을 바꾸었다. 그녀의 동작 하나 하나를 눈으로 좇던 마리야 이바노브나는 조금 전까지만 해도 그토록 상냥하고 평화롭던 얼굴에 떠오른 엄격한 표정을 보고 소스라쳐 놀랐다.

「당신은 그리뇨프의 사면을 청원하는 건가요?」 부인은 쌀쌀맞은 음성으로 물었다. 「여제님께서는 용서해 주시지 않을 거예요. 그 사람이 뿌가쵸프에게 넘어간 것은 무식하거나 경솔해서가 아니라 워낙에 파렴치하고 사악한 무뢰한이기 때문이니까요.」

「아, 그렇지 않아요!」 마리야 이바노브나가 외쳤다.

「뭐가 그렇지 않단 말인가요!」 부인도 발칵 화를 내며 언성을 높였다.

「사실이 아니에요, 하느님께 맹세코 사실이 아니에요! 전 다 알고 있어요. 모조리 말씀드릴게요. 그 사람은 오로지 저 하나 때문에 이 모든 수모를 당하게 된 거예요. 재판정에서 자기의 결백을 밝히지 않은 것은 오로지 저를 이 일에 연루시키고 싶지 않아서 그런 걸 거예요.」

여기서 마리야 이바노브나는 독자들이 이미 알고 있는 모든 사실을 열심히 이야기했다.

부인은 주의 깊게 다 듣고 나서 물었다. 「지금 어디 묵고 계시나요?」

마리야 이바노브나가 안나 블라시예브나 네 집에 묵고 있다고 대답하자 그녀는 미소를 지으며 말했다. 「아! 알겠어요. 그럼 잘 가요, 나와 만났다는 얘기는 아무한테도 하지 말고요. 머지않아 진정서에 대한 답신을 받게 될 걸로 믿어요.」

이 말을 마치고 그녀는 자리에서 일어나 차양으로 덮인 오솔

길로 들어갔다. 마리야 이바노브나는 행복한 희망에 가득 차서 안나 블라시예브나의 집으로 돌아왔다.

안주인은 가을 아침에 산책을 나가는 것은 젊은 처녀의 건강에 좋지 않다며 마리야 이바노브나를 나무랐다. 그녀가 사모바르를 가져와 차를 한잔 따른 후 궁중 생활에 관한 끝없는 이야기를 막 풀어놓기 시작하는데 황실 전용 마차가 현관 앞에 닿더니 시종이 들어와 여제 폐하께서 미로노프 대위의 따님을 부르신다고 말했다.

안나 블라시예브나는 대경실색하여 부산을 떨기 시작했다. 그녀가 외쳤다.

「아아, 세상에! 여제님께서 댁을 궁궐로 부르셨대요. 댁의 얘기를 어떻게 아셨을까? 그런데 참 어떻게 폐하 앞에 나설 생각이유? 보아하니 궁궐 안에서 걷는 법도 잘 모르는 것 같은데…… 내가 따라 가는 게 좋지 않을까? 여하한 경우엔 내가 귀띔이라도 해줄 수 있을 테니까. 그리고 참, 그런 여행복 차림으로 갈 거유? 산파한테 사람을 보내 노란 드레스라도 빌려 오게 할까?」

시종은 여제 폐하께서 마리야 이바노브나 한 사람만, 입고 있는 옷 그대로 들라 하셨다고 전했다. 그렇다면 더 이상 준비하고 말고도 없었다. 마리야 이바노브나는 마차에 올라 안나 블라시예브나의 조언과 축복을 받으며 궁궐로 향했다.

마리야 이바노브나는 우리 두 사람의 운명이 곧 결정되리라는 걸 직감했다. 심장이 무섭게 고동치며 당장이라도 숨이 넘어갈 것 같았다. 몇 분 뒤 마차는 궁궐 앞에 섰다. 마리야 이바노브나는 부들부들 떨며 층계를 올라갔다. 그녀가 다가서기만

하면 문들은 활짝 열렸다. 그녀는 화려하게 꾸며진 빈 방들을 여러 개 지나갔다. 시종이 길을 안내해 주었다. 이윽고 꼭 닫힌 문 앞에 다다르자 시종은 여제님께 알리고 오겠다며 그녀를 혼자 놔두고 들어가 버렸다.

여제님을 직접 뵐 생각을 하니 너무도 두려워 그녀는 거의 쓰러질 지경이었다. 잠시 후 문이 열리고 그녀는 여제 폐하의 사실(私室)로 들어갔다.

여제는 화장대 앞에 앉아 있었다. 몇 명의 시녀가 그녀를 에워싸고 있다가 마리야 이바노브나에게 공손히 길을 내주었다. 폐하는 상냥한 표정으로 그녀를 향해 얼굴을 돌렸다. 마리야 이바노브나는 조금 전에 자기가 그토록 허심탄회하게 속 얘기를 털어놓았던 부인이 바로 여제였다는 것을 그제야 알게 되었다. 여제는 그녀를 가까이 부르더니 미소를 지으며 말했다.

「약속대로 당신의 청원을 들어줄 수 있게 되어 기쁘군요. 당신의 문제는 해결되었어요. 당신의 약혼자가 결백하다는 걸 믿어요. 여기 편지가 있으니 장래 시아버님 되실 분에게 당신이 직접 전해 주세요.」

마리야 이바노브나는 떨리는 손으로 편지를 받고는 왈칵 울음을 터뜨리며 여제의 발 아래 몸을 던졌다. 여제는 그녀를 일으켜 세워 입맞춤을 해주고는 그녀와 이런저런 얘기를 나누었다.

「당신이 가난하다는 걸 잘 알고 있어요. 그러나 미로노프 대위의 딸에게 나는 빚을 지고 있답니다. 그러니 앞날에 대해 걱정하지 말아요. 내가 알아서 당신을 보살펴 주겠어요.」

여제는 불쌍한 고아를 위로해 준 뒤 돌려보냈다. 마리야 이바노브나는 올 때 탔던 황실 마차를 타고 돌아갔다. 마리야 이바노브나가 돌아오기만을 초조하게 기다리던 안나 블라시예브나는 온갖 질문을 다 퍼부었지만 그녀는 그저 내숭 대답을 해주었다. 안나 블라시예브나는 그녀의 형편없는 기억력에 실망했지만 시골에서 올라와 얼이 빠져서 그러려니 하고 너그러이 용서해 주었다. 마리야 이바노브나는 뻬쩨르부르그 쪽으로는 눈길 한번 주지 않고 그날 당장 시골로 돌아갔다…….

 뾰뜨르 안드레예비치 그리뇨프의 수기는 여기서 끝났다. 그의 가문에서 전해져 오는 이야기에 의하면 그는 1774년 말 특사로 석방되었으며 뿌가쵸프의 처형식에도 참석했다고 한다. 뿌가쵸프는 군중 틈에 섞여 있는 그를 알아보고는 1분 후면 피투성이가 되어 사람들에게 전시될 머리를 끄덕여 보였다는 것이다. 그 뒤 얼마 지나지 않아 뾰뜨르 안드레예비치는 마리야 이바노브나와 결혼했다. 그들의 자손은 심비르스끄 현에서 행복하게 살고 있다. *** 마을에서 30베르스따 정도 떨어진 곳에 열 명의 지주가 소유한 마을이 있다. 그곳의 어느 귀족 댁 곁채에는 예까쩨리나 2세의 친필 서한이 유리 액자에 넣어져 걸려 있다. 그 편지는 뾰뜨르 안드레예비치의 부친에게 보내진 것으로, 거기에는 아들의 결백을 인정하고 미로노프 대위의 딸이 겸비한 지혜와 심성을 칭찬하는 내용이 담겨 있다. 뾰뜨르 안드레예비치 그리뇨프의 수기는 그의 손자가 우리에게 넘겨준 것이다. 그는 할아버지가 기술한 시대에 관하여 우리가 저

서를 편찬 중이라는 것을 알고는 원고를 보내 왔다. 그리하여 우리는 친척들의 동의하에 각 장마다 적절한 제사를 붙이고 일부 이름을 자의로 변경하여 그리뇨프의 수기를 단행본으로 출판하기로 결정한 것이다.

발행인
1836년 10월 19일

뿌쉬낀의 삶과 작품 세계

짧은 삶, 긴 죽음

알렉산드르 세르게예비치 뿌쉬낀Aleksandr Sergeevich Pushkin은 1799년 5월 26일[1] 모스끄바에서 태어났다. 그의 아버지 세르게이 르보비치Sergei L'vovich는 해묵은 귀족 가문 출신이었고, 어머니 나제쥬다 오시뽀브나 간니발Nadezhda Osipovna Gannibal은 뿌쉬낀이 훗날 「뾰뜨르 대제의 흑인 Arap Petra Velikogo」에서 자랑스럽게 설명했다시피 콘스탄티노플에 포로로 잡혀갔다가 1706년에 뾰뜨르 대제의 황실로 이송된 아비시니아 — 현재의 에티오피아 — 황태자의 후손이었다. 뿌쉬낀의 검은 피부와 이국적인 용모는 외가쪽 혈통 때문이라 할 수 있다. 이즈마일로프스끼 연대에 근무하다가 소령으로 은퇴한 세르게이 르보비치는 손님 접대와 살롱 출입을 유일한 낙으로 삼은 한량이었으며, 나제쥬다 오시뽀브나 또한 미모를 자랑하며 향락을 마다 않는 변덕스러운 유한마담이었

---

[1] 모든 날짜는 구력(舊曆)임.

다. 날마다 명사들과 어울리느라, 또 끊임없이 부부 싸움을 해 대느라 언제나 바빴던 그들은 아이들의 교육에는 별반 관심이 없었다. 유창한 프랑스어 구사 능력과 선막한 유머 감각 말고는 이렇다 하게 자랑할 것이 없었던 부친은 어린 알렉산드르의 자립심과 고집을 몹시 싫어하였다. 모친 역시 육아는 나 몰라라 하면서도 아이들 — 즉 뿌쉬낀과 동생 레프, 누이 올가 — 의 체벌에만 관심을 기울였고 알렉산드르의 고집 센 기질을 혐오하였다. 이런저런 이유로 어린 뿌쉬낀의 교육은 전적으로 프랑스에서 이민 온 가정 교사들에게 맡겨졌다.

어린 시절의 뿌쉬낀은 집 안에서 오로지 프랑스어만을 듣고 말하였으며 또한 당시의 습작 시 모두 프랑스어로 씌어졌다. 부모의 무관심은 그러나 다른 한편으로 아버지의 장서와 손님들에 의해 상쇄되었다. 그는 부친의 서재에 산더미처럼 쌓여 있는 프랑스 소설들, 플루타르코스 영웅전, 볼테르의 저작, 18세기 역사물, 연애시와 우화 등을 탐독할 수 있었으며, 부모를 방문한 많은 문인들 — 그 중에는 시인인 큰아버지 바실리 뿌쉬낀Vasilii Pushkin을 비롯하여 까람진N. Karamzin, 드미뜨리예프I. Dmitriev, 바쮸쉬꼬프K. Batiushkov 등이 있었다 — 의 대화를 귀동냥할 수 있었다. 게다가 현명한 외할머니 마리야 알렉세예브나Mariia Alekseevna와 구수한 이야기 솜씨가 일품인 유모 아리나 로지오노브나Arina Rodionovna 덕분에 러시아 민담과 전통을 자연스럽게 습득할 수 있었다. 유모는 훗날 『예브게니 오네긴*Evgenii Onegin*』, 「겨울밤Zimnii vecher」을 통해 불멸의 형상을 얻게 된다. 그의 어린 시절은 이렇게 유럽적인 것과 러시아적인 것이 교묘하게 어우러진 세련된 문화적 분위기 속에서 흘러갔다.

1801년부터 1803년까지 뿌쉬낀 일가는 교양과 높은 미적 감각으로 유명한 귀족 유수뽀프N. Iusupov 공작의 아르한겔스꼬예 영지에서 지냈다. 그는 볼테르, 디드로, 보마르셰 등과 개인적인 친분을 유지했을 뿐만 아니라 그의 장원은 로마와 프랑스 건축의 정수를 본뜬 것으로 위용과 세련된 미를 자랑하였으며, 다양한 수집품들은 당대의 예술 애호가 사이에 널리 알려져 있었다. 1827년 아르한겔스꼬예를 방문한 뿌쉬낀은 「어느 귀족에게K vel'mozhe」라는 시를 통해 유수뽀프를 회상한 바 있다. 1805년부터 1810년까지 매년 여름을 뿌쉬낀은 모스끄바 인근 자하로보에서 할머니 마리야 알렉세예브나와 함께 지냈다. 자하로보 근처에 길게 펼쳐진 울창한 삼림은 할머니의 구수한 옛날이야기와 더불어 어린 뿌쉬낀의 정서 형성에 지대한 영향을 미쳤다. 지극히 러시아적인 뽀에마(장편 서사시) 「루슬란과 류드밀라Ruslan i Liudmila」의 씨앗은 이미 이 시기의 자하로보에 뿌려졌다. 여기서 그는 러시아 민담에 등장하는 영웅들의 이야기를 밤새워 들었으며 또한 보리스 고두노프 Boris Godunov와 참칭자 드미뜨리에 관한 이야기를 통해 러시아 역사와도 접할 수 있었다.

1811년에 알렉산드르 1세는 뻬쩨르부르그 외곽의 짜르스꼬예 셀로에 상류층 자제를 위한 리쩨이(귀족 학교)를 개설하였다. 황제와 황실 가족이 입회한 자리에서 10월 19일 성대한 개교식이 거행되었다. 뿌쉬낀의 시들 중 〈10월 19일〉이라는 제목이 붙은 것은 모두 이날을 회상하는 작품들이다. 리쩨이는 고위층 자녀들에게 최상의 교육을 제공하여 훗날 그들을 중요한 관직으로 유도하는 데 목적이 있었다. 뿌쉬낀은 그해에 리쩨이에 입학하여 6년간 수학하였으며 1812년의 조국 전쟁도 거기서 체험하였다. 리쩨이는 3년간의 저급반과 3년간의 고급반으로 나뉘어 있었는데 교과 과정에는 무도, 펜싱, 승마, 수영 등의 체육과 윤리학 같은 형이상학적 과목, 그리고 역사, 지리, 수학, 외국어 등이 포함되어 있었다. 게다가 꾸니쩐A. Kunitsin, 갈리치A. Galich 등 우수한 교수들의 강의를 통해 자유주의적이고 진보적인 사상이 어린 소년들에게 전수되고 있었다. 짜르스꼬예 셀로는 잘 다듬어진 정원과 산책로, 연못 등으로 유명했으며 그 사이사이에 러시아 승전을 기념하는 탑과 조각상과 기념비가 세워져 있었다. 소년 뿌쉬낀의 마음에 애국심과 미에 대한 감각을 불어넣어 준 그곳의 정경은 1815년 뿌쉬낀이 상급반으로 진학하기 위한 시험 때 원로 시인 제르쟈빈G. Derzhavin 앞에서 낭송한 「짜르스꼬예 셀로의 회상 Vospominanie v Tsarskom Sele」에 잘 나타나 있다.

리쩨이 시절 뿌쉬낀은 방만했고 게을렀으나 시적 재능으로 두각을 나타냈다. 당시 그의 학적부에는 그가 〈매우 섬세한 지성〉의 소유자이고 독서량도 상당히 많지만 〈그 나이에 맞는 책을 읽지 않는 것이 유감스러우〉며, 그의 지식은 〈피상적인〉 편이고 성격은 〈격하기〉 쉽지만 〈타인의 충고를 겸손하게 받아들일 줄 안다〉라고 적혀 있다. 물론 이 시기의 그의 작품들을 독창적이라고 보기는 어렵다. 대부분의 시들이 프랑스 시와 18세기 러시아 시의 모방에 불과하지만 그럼에도 뿌쉬낀의 나이를 고려해 본다면 지나치게 조숙하다는 인상을 준다. 어쨌든 이미 이 시기에 그는 학교 친구들과 기성 문인들 사이에서 탁월한 시적 재능을 인정받았다. 당대 최고의 시인 중 한 사람이었던 쥬꼬프스끼V. Zhukovskii는 소년 알렉산드르의 시를 읽고서 감격하여 뱌젬스끼P. Viazemskii에게 보내는 편지에 그를 〈기적을 만드는 소년〉이자 〈우리 문학의 희망〉이라 격찬하는 한편 〈우리 모두 힘을 합쳐 미래의 거인이 자라나는 것을 도와주자〉고 썼다. 원로 시인의 이러한 격찬 속에서 그는 불과 15세의 나이에 〈아르자마스Arzamas〉 협회의 회원이 되었다. 아르자마스란 쥬꼬프스끼, 바쮸쉬꼬프, 뱌젬스끼 등 당대의 쟁쟁한 문인들이 주축이 되어 1815년 결성한 문학 서클로서 까람진이 시작한 문학 및 문학어의 개혁을 활성화시키고 의고주의자인 쉬쉬꼬프A. Shishkov와 그의 〈러시아어 애호가 모임Beseda liubitelei russkogo slova〉의 활동을 방해하는 것을 주된 목표로 삼았다. 그 모임은 일체의 신조어와 외래어를 부정하였으며 러시아 문학어의 토대로서 고대 교회 슬라브어를 사용할 것을 주장하였으므로 그들의 극단적 보수주의는 빈번한 조롱의 대상이 되었다.

뿌쉬낀은 초기부터 세월의 무상성과 죽음에 대한 사색을 테마로 하는 엘레지풍의 시, 삶에 대한 사랑을 구가하는 아나크레온풍의 시, 황제의 총신 아락체예프를 빗대어 쓴 「리키니우스에게Litsiniiu」처럼 신랄한 정치시, 당시 그와 친했던 뿌쉬친I. Pushchin, 젤비그A. Del'vig, 뀨헬베께르V. Kiukhel'beker 등을 회상하는 우정에 관한 시 등, 다양한 테마와 형식을 섭렵하였다. 이 시기의 시들은 문학적 가치라는 점에서보다는 오히려 기존의 문학적 관례를 빠르게 습득하는 한 조숙한 소년 시인의 모습을 극명하게 보여 준다는 점에서 그 의의가 있다고

할 수 있다.

1817년에 리쩨이를 졸업한 뿌쉬낀은 뻬쩨르부르그의 외무성에 들어갔다. 그가 읽은 관식은 이름뿐인 것으로 그때부터 약 3년간 그는 방탕한 생활에 젖어 들게 된다. 그러나 음주와 무절제한 생활 속에서도 그는 연애시와 풍자시 경구 등을 써 내려갔는데 이 시기를 대표하는 작품으로는 무엇보다도 장편 서사시 「루슬란과 류드밀라」를 들 수 있을 것이다. 1817년에 리쩨이에서 쓰기 시작하여 1820년 3월에 탈고한 이 작품은 진실로 러시아적인 영웅시를 써야겠다는 일종의 사명감에서 나온 것으로, 러시아 동화와 전설, 서구의 기사 문학이 절묘하게 결합되었다는 평가와 함께 뿌쉬낀의 시적 독창성을 최초로 입증해 준 작품이자 러시아 낭만주의의 도래를 알리는 효시라는 문학사적 평가를 받게 되는 작품이다. 뿌쉬낀의 전기에서 항상 전설처럼 언급되어 온 쥬꼬프스끼의 반응을 여기서도 반복하자면, 그것을 읽은 쥬꼬프스끼는 자신의 초상화에 〈승리한 제자에게 패배한 스승이〉라는 구절을 적어 젊은 후학에게 선물했다고 한다. 그러나 당시의 독자들, 특히 보수적인 구세대의 눈에 이 작품은 지나치게 방만하고 경박하고 심지어 부분적으로 외설스럽게까지 여겨졌고, 따라서 그에게 쏟아진 비난은 칭찬 못지 않게 심각한 것이었다.

당시 뿌쉬낀은 비밀 정치 조직에 직접적으로 관련된 많은 문인들과 친분을 맺고 있었으며 진보적 문학 단체인 〈푸른 램프 Zelenaia lampa〉의 회원으로 가입했다. 그는 무르익어 가고 있는 자유주의의 분위기 속에서 「자유Vol'nost'」, 「차아다예프에게K Chaadaevu」, 「시골Derevnia」 등, 소위 저항시와 농노제의 실상을 고발하는 경향의 시들을 썼다. 그러나 그의 모든 〈혁명적인〉 시들에도 불구하고 그가 비밀 조직에 실질적으로 가입했던 적은 없었다. 친구들은 그의 수다스러움과 경박함을 불신했으며 또한 정치적인 중대한 임무를 수행할 만한 배짱이 없다고 생각하여 정말 중요한 정보는 그에게 비밀로 했기 때문이다. 그러나 그의 시들은 어마어마한 영향력을 행사하였다. 대부분의 지식인들이 그의 시를 암송하였으며 젊은이들은 그의 시를 통해 자유사상을 고취하였다. 필사본 형태로 손에서 손을 거쳐 유포된 그의 시들은 당연히 정부의 주목을 받게 되었는데, 그는 영향력 있는 선배들, 이를테면 까람진, 글린까 F. Glinka의 중재 덕분에 간신히 투옥을 모면하고 대신 러시아 남부의 예까쩨리노슬라프 ─ 현재의 드네쁘로뻬뜨로프스끄 ─ 로 추방되었다. 1820년 5월의 일이었다.

그의 〈남부 유배〉 생활은 상당히 순조롭게 시작되었다. 그는 명목상으로나마 공직을 유지할 수 있었고 다행스럽게도 그의 상관인 인조프 I. Inzov 장군은 관대한 사람이었다. 따라서 유배당한 러시아 작가들에게 공통적인 축복인 글쓰기의 여가가 그에게도 찾아왔다. 그는 폭넓은 독서와 시작(詩作)으로 대부분의 시간을 보냈으며 아이러니컬하게도 그의 전 생애를 통해 가장 완벽하게 자유를 숨쉴 수 있었다. 더욱 다행스러운 사실은, 그가 병을 빙자하여 라예프스끼 N. Raevskii 장군 일가와 함께 까프까즈로 떠나게 되었다는 것이다. 이국적인 까프까즈는 그에게 여러 면에서 시적 영감의 원천이 되었다. 천혜의 절경과 다채로운 풍속, 거친 원주민들과 접하면서 그는 영국 낭만주의의 상징적 시인인 바이런의 시를 탐독할 기회를 가지게 되었고, 게다가 장군의 딸 마리야는 그에게 달콤한 사랑의 감정을 불러일으켰다. 여기서 뿌쉬낀의 소위 〈바이런 시대〉가 열리게 된 것은 매우 자연스러운 일이었다.

1820년 9월에 뿌쉬낀은 상관인 인조프 장군이 베사라비아의 수도 끼쉬뇨프로 전근됨에 따라 함께 그곳으로 옮겨 갔다. 끼쉬뇨프는 기묘한 고장이었다. 주민들은 여러 국적의 사람들이었으며, 문화니 교양이니 하는 것보다는 명랑함과 방종함과 여러 가지 사회악이 자유라는 이름으로 그곳을 지배하고 있었다. 그러나 이곳 역시 나름대로 흥미 있는 곳이었다. 여기서 그는 오를로프M. Orlov, 라예프스끼V. Raevskii, 오호뜨니꼬프 K. Okhotnikov 등 비밀 조직의 핵심 멤버들과 알게 되었고 또 터키의 지배에 반대하여 봉기를 준비하는 그리스 혁명 대장 이프실란티A. Ypsilanti와도 교분을 맺게 되었다. 끼쉬뇨프의 방종한 분위기에 응수라도 하듯 그는 성모 수태 고지를 패러디한 불경하고 외설스럽기 짝이 없는 「가브릴리아다Gavriliada」를 집필하였다. 이 작품에서 그가 패러디하고 있는 것이 진정한 기독교가 아닌 사이비 신앙과 위선적인 경건주의라 해석한다 해도 그것은 여전히 예술적 가치 측면에서 뿌쉬낀의 명성에 큰 기여를 하지는 못했다고 보여진다. 여기서 그는 또한 바이런풍의, 그렇지만 강렬한 흡인력에 있어서는 바이런을 능가하지는 못하는 장편 서사시 「까프까즈의 포로Kavkazskii Plennik」 — 소위 〈남부 뽀에마〉들 중 최초의 것 — 와 이국적인 공간을 배경으로 하는 「바흐치사라이의 분수Bakhchisaraiskii fontan」 등을 집필하였다.

뿌쉬낀은 베사라비아에 머무는 동안 제까브리스뜨들의 주요

센터들 중 하나가 된 까멘까, 끼예프 및 몰다비아 등지를 여행하였다. 그러다가 1823년 그는 끼쉬뇨프보다 훨씬 문화적 전통이 깊은 오데사로 이송되었다. 바로 여기서 시인으로서의 그의 진면목이 유감없이 발휘되는데, 이때 씌어진 「집시Tsygany」는 비로소 바이런에 대한 단순한 모방 차원이 아닌 진정한 뿌쉬낀식의 명료함과 개성을 보여 주는 작품이다. 그는 또 이곳에서 운문 소설 『예브게니 오네긴』의 집필을 시작하였다. 오데사에서 뿌쉬낀은 그의 일생에서 매우 중요한 위치를 차지하는 두 명의 여성을 만나게 되는데, 아말리야 리즈니치Amaliia Riznich라는 이탈리아 여성 — 그녀는 세르비아 거상의 부인이었다 — 과 뿌쉬낀의 상관인 보론쪼프M. Vorontsov 장군의 아내 엘리자베따 보론쪼바 백작 부인이 그들이다. 전자는 그 아름다운 용모로, 후자는 지적인 감수성으로 뿌쉬낀을 매혹시켰다. 당연한 일이겠지만 보론쪼프 장군에게 뿌쉬낀은 눈엣가시 같은 존재였고 그를 없애기 위해 온갖 수단을 강구하던 장군은 마침내 빌미를 잡게 되었다. 즉 뿌쉬낀의 서한을 검열하던 중 분명하게 무신론적인 구절을 발견하였던 것이다. 그리하여 불경죄의 오명을 쓰게 된 뿌쉬낀은 이번에는 쁘스꼬프 현의 미하일로프스꼬예 마을로 추방되었다. 그곳에는 어머니의 영지가 있었다. 오데사를 떠나면서 뿌쉬낀은 남부에서 그를 사로잡았던 낭만주의와도 작별하였다. 사실 그는 낭만주의에 걸맞은 성격은 아니었다. 그 모든 방만함과 자유에 대한 광적인 집착과 무절제한 연애에도 불구하고 그의 정신은 다른 한편으로 고전주의적 질서의 지배를 받고 있었던 것이다.

미하일로프스꼬예 마을에서 뿌쉬낀은 1824년 7월부터 2년

정도 체류하였다. 뿌쉬낀의 서한에 의하면 그를 감독하는 임무를 부여받은 감독관은 그의 아버지에게 그를 감시할 것을 은근히 부탁했다. 뿌쉬낀의 추방에 뿌리깊이 노여워했던 부친은 그와 일체의 의사 소통을 거부하였고, 심지어 아들을 괴물이라 부르기까지 했다. 그러나 부친과의 불화에도 불구하고 미하일로프스꼬예는 그에게 또 다른 독서의 즐거움을 부여했다. 이번에는 셰익스피어였다. 그는 남부 유배기에 시작했던 『예브게니 오네긴』의 집필을 계속하는 한편 셰익스피어를 탐독하였고 그 영향을 받아 사극 「보리스 고두노프 Boris Godunov」를 집필하였다. 범속한 지주의 일상성을 소재로 한 소극적(笑劇的) 뽀에마 「눌린 백작 Graf Nulin」도 1825년 12월에 완성하였다. 한편 미하일로프스꼬예에서의 생활을 좀 더 견딜 만하게 만들어 준 것은 인근 뜨리고르스꼬예 마을에 거주하던 오시뽀바 부인 P. Osipova과 그녀의 두 딸, 그리고 유모 아리나였다. 유모에 대한 애틋한 사랑을 담고 있는 유명한 「겨울 저녁」은 이 시기에 씌어졌다.

1825년 1월에는 리쩨이 시절의 친구 뿌쉬친이, 그리고 4월에는 젤비그가 미하일로프스꼬예에 있는 뿌쉬낀을 방문했다. 여러 가지 정황으로 미루어 이들은 뿌쉬낀을 방문하여 러시아에 전제 정치에 반대하는 비밀 결사가 존재하고 있음을 말해 주었던 것 같다. 뿌쉬친은 훗날에 〈제까브리스뜨〉 ― 12월 당원 ― 라고 불리게 될 비밀 결사의 북부 지부 대장이었던 릴레예프 K. Ryleev의 호전적인 서한과 그리보예도프 A. Griboedov의 「지혜의 슬픔 Gore ot uma」을 가져왔다. 당대를 풍미하던 문인과 귀족 장교들로 구성된 이 비밀 조직은 1825년 12월 14일 뻬쩨르부르그에서 분연히 궐기하였으나 그들의 봉기는 니꼴라이 1세에 의해 즉시 진압되었다. 적극 가담자 다섯 명은 교수형에 처해졌고 나머지는 시베리아와 까프까즈로 유배되었다. 문학사적으로 볼 때 제까브리스뜨 봉기 실패의 가장 큰 손실은 훌륭한 문인들이 집필을 중단해야 했다는 점일 것이다. 뿌쉬낀은 뻬쩨르부르그에서 일어난 봉기와 대부분 자신의 친구들이었던 제까브리스뜨들의 체포 유배 소식을 미하일로프스꼬예에서 들었다. 비록 자신은 형을 받지 않았지만 친구들의 비극적인 운명에 가슴 아파하면서 그는 『예브게니 오네긴』의 5장과 6장을 완성했으며 미하일로프스꼬예에서의 마지막 날은 시인의 숭고한 사명을 노래한 시 「예언자Prorok」를 쓰는 데 바쳤다.

뿌쉬낀은 미하일로프스꼬예에서의 체류 덕분에 제까브리스뜨의 반란에 직접 가담할 수 없었고 결과적으로는 체포의 위험에서 벗어날 수 있었다. 물론 그의 시는 여전히 불온 문서에 해당되었고, 체포된 제까브리스뜨의 소지품에서는 손으로 쓴 뿌쉬낀의 시가 예외 없이 발견되었다. 그러나 반란 현장에서 멀리 떨어져 있던 그를 체포할 충분한 증거가 없었기에 당국은 그저 의심에 찬 눈길로 그를 감시하는 수밖에 없었다. 마침내 1826년 9월 짜르 니꼴라이 1세는 추방된 시인을 모스끄바로 불러들이라는 명령을 내렸다. 짜르의 속셈은 자기가 앞으로 펴게 될 반동 정치의 입막음으로 가장 우수한 시인을 이용하려는 것이었다. 그리하여 시의 제왕은 권력의 제왕과 단독으로 만나게 되었다. 미하일로프스꼬예에서, 뿌쉬낀 자신의 말을 빌리면, 〈옷을 갈아입을 겨를도 없이〉 곧바로 짜르 앞에 대령한 뿌쉬낀에게 짜르는 〈앞으로는 분별 있게 행동하기를 바란다〉고 따끔하게 일침을 놓은 다음 이제부터는 자신이 뿌쉬낀의 검열관이 되겠노라고 공언했다고 전해진다. 동시에 그는 시인에게 앞으로 민주적인 행정을 펴겠노라는 공약도 잊지 않았다. 짜르의 의도는 분명해졌다. 직접 시인의 검열관이 됨으로써 이 위대한 시인을 사전에 묶어 두고 또 그에게 은밀한 회유의 추파를 던짐으로써 대중의 눈에 시인이 자기 편이라는 인상을 주고 싶었던 것이다. 짜르는 또한 저 악명 높은 〈제3부서〉의 의장 벤껜도르프 A. Benkendorf 백작에게 뿌쉬낀의 감시를 명하였고 이 변덕스럽고 무지한 짜르의 심복은 짜르와 시인의 중재자로서의 본분을 다하기 위해 뿌쉬낀의 일거수일투족을 감시하였다. 이중의 감시 체계하에 놓인 뿌쉬낀은 표면상으로는 자유인이었으나 수인과 마찬가지의 삶을 영위할 수밖에 없었다.

그러나 짜르의 회유 정책이 아니었다 해도 뿌쉬낀은 제까브리스뜨들처럼 기존 정치 질서에 반기를 들 의도는 없었다고 여겨진다. 물론 그는 자유를 그 누구보다도 희구한 시인이었지만, 엄밀히 말해서 그의 자유에 대한 관념은 혁명이라든가 정치적 행동과 맞물리는 것은 아니었다. 미하일로프스꼬예에서부터 시작된 그의 역사 탐구는 점차 혁명의 불가피성에 대한 의혹으로 발전하였다. 그는 어찌 되었건 러시아의 해묵은 귀족 집안 출신의, 시와 문화와 예술을 사랑한 시인이었다. 그에게 정치적 자유와 평준화와 민주화는 방만한 문화의 하향 조정을 의미할 수도 있었고 따라서 그는 점차 정치적 자유보다는 개인적 자유에 집착하게 되었다. 아마도 그가 저항 정신과 정치적 열정을 점차 누그러뜨리게 된 것은 미하일로프스꼬예에서 체류할 때부터일 것이다. 비록 황제와 단독 면담하는 자리에서 그는 〈당신이 반란 현장에 있었더라면 당신도 거기 참가했을 거냐〉는 황제의 질문에 〈물론 그렇다〉라고 단호하게 대답하였고 까브리스뜨에 동조하는 시들을 발표하기도 했지만, 그의 낭만주의적이고 정열적인 시가 점차 보다 냉정한 시로 바뀌어 갔듯이 그의 혁명적 기질과 진보적 자유주의 또한 시들해져 갔다. 그렇게 된 원인은 여러 가지가 있겠지만 무엇보다도 제까브리스뜨 봉기가 실패했고, 그의 문학관이 제까브리스뜨 시인들의 문학관과 전혀 달랐다는 점이 주된 이유였을 것이다. 시와 예술의 자유가 그에게는 정치 이데올로기보다 더 중요했던 것이다.

모스끄바에서 초반의 나날은 시인에게 제법 우호적으로 지나갔다. 민중은 위대한 시인을 환호하며 맞았다. 새로운 작품들이 출판되었고 옛날 작품들은 재판되기 시작했다. 비평가들은 그에게 자못 친절했고 그의 명성은 점점 더 커졌다. 그는 「예언자」, 「시인Poet」, 「아리온Arion」 등의 작품에서 피력한 바 있는 시인의 소명에 충실하려고 노력하는 한편 자기의 외증조부인 아브람 간니발Abram Gannibal에 관한 소설을 쓰기 시작했고 또 절대 군주를 찬양하는 「뽈따바Poltava」를 썼다. 그러나 이 시기의 뿌쉬낀은 정서적으로 상당히 불안한 상태였고 마치 모든 세속적인 일을 잊으려는 듯 수시로 모스끄바와 뻬쩨르부르그를 오갔으며 미하일로프스꼬예와 까프까즈를 방문하는 등 쉼 없는 여행을 계속하였다.

자유에 대한 뿌쉬낀의 열망에 결정적으로 먹구름을 드리운 것은 1828년 모스끄바의 한 무도회에서 만난 16세의 미녀 나딸리야 곤차로바Nataliia Goncharova였다. 라파엘로의 〈마돈나〉와 놀랍도록 유사한 그녀의 미모에 감전되다시피 한 뿌쉬낀은 이듬해 봄에 그녀에게 청혼한다. 곤치로바의 어머니는 이렇다 저렇다 대답을 하지 않은 채 그 청혼을 유보시켰고 나딸리야는 뿌쉬낀의 열렬한 구애에 지속적으로 냉담하게 대했다. 전기 작가들은 허영심 많고 냉혹하고 속물적인 나딸리야가 뿌쉬낀을 매혹시킨 것은 다름 아닌 그녀의 냉정함이었을 것이라고 추측한다. 그 동안 뿌쉬낀을 사랑했던 무수한 여인들이 언제나 그의 구애에 적극적으로 반응하였던 반면 나딸리야는 시종일관 냉담했고 바로 이 점이 뿌쉬낀을 더욱 애타게 했을 것이라는 얘기다. 이래저래 낙담한 뿌쉬낀은 기분 전환도 할 겸 1829년 까프까즈로 떠났다. 그는 그곳에서 터키 마을 아르즈룸을 방문했는데, 이때의 여행은 훗날 패러디적 기행문 「아르즈룸 여행Puteshestvie v Arzrum」에 기록되어 있다.

여행에서 돌아왔을 때에도 사정은 나아지지 않았다. 곤차로바 부인은 냉담하게 그를 맞아들였다. 더욱이 메쉬체르스끼 공작이 나딸리야에게 은밀하게 애정을 표현하고 있던 상황이었으므로 부인은 오만하기 그지없었고, 이에 뿌쉬낀은 여행 전보다도 더욱 낙담하였다. 그리하여 해외 여행을 결심한 그는 감독관인 벤껜도르프에게 자기의 소망을 피력하였지만 그의 간청은 받아들여지지 않았다. 그러는 사이에 메쉬체르스끼 공작의 구애는 시들해졌고 게다가 나딸리야에게는 지참금이 없었던 까닭에 더 나은 구혼자가 나타날 조짐도 보이지 않았으므로 곤차로바 부인은 뿌쉬낀을 사위로 맞기로 결정했다. 마침내 뿌쉬낀의 소망이 이루어지게 된 것이다. 그러나 그들의 약혼은 그의 삶을 더욱 복잡하게 만들었다. 뿌쉬낀은 위선적이고 천박한 예비의 장모와 심각한 의사소통의 장애를 경험했고 그들 사이의 말다툼은 끊어질 새가 없었다. 게다가 경제적인 문제도 만만치가 않았다. 곤차로바는 그야말로 무일푼인 데다가 허영심과 낭비벽까지 있었으므로 결혼 전에 뿌쉬낀은 어느 정도의 재산을 마련해야만 했던 것이다. 사실 뿌쉬낀이 결혼을 결정한 것은 나딸리야의 범접하기 어려운 차가운 미모 때문이기도 했지만 그때까지의 여성 편력에 종지부를 찍고 안정된 가정생활을 영위하고자 하는 내면의 소망 때문이기도 했다. 그러나 그들의 결혼은 안정과는 거리가 먼 것이었다.

뿌쉬낀의 결혼 결정을 들은 부친은 비로소 안도하며 니즈니 노브고로드의 볼지노에 있는 영지를 결혼 자금으로 대주었다. 장모와의 말다툼 끝에 뿌쉬낀은 머리도 식힐 겸 재정 상태를 점검할 겸 1830년 가을에 볼지노를 방문하였다. 그는 그곳에서 며칠만 머무를 예정이었으나 콜레라가 창궐하는 바람에 석 달 가량 머무르게 되었다. 그리하여 전기 작가들이 말하는 〈놀라운 볼지노의 가을〉이 시작되었다. 여기서 그는 『예브게니 오네긴』의 초고를 완성했을 뿐 아니라 「꼴롬나의 작은 집Domik v Kolomne」, 〈작은 비극들Malen'kie tragedii〉, 「엘레지Elegiia」, 「잠 안 오는 밤에 쓴 시Stikhi sochinennye noch'iu vo vremia bessonnitsy」, 「나의 가문Moia radoslovnaia」 등 탁월한 서정시들과 「고 이반 뻬뜨로비치 벨낀의 이야기Povesti Pokoinogo Ivana Petrobicha Belkina」, 「고류히노 마을의 이야기Istoriia sela Goriukhina」, 「사제와 그의 하인 발다 이야기Skazka o pope i o rabotnike ego Balde」 등의 산문을 집필하였던 것이다. 〈볼지노의 가을〉은 창작의 신비를 보여 주는 훌륭한 예라 할 수 있다. 미래에 대한 불안과 전염병의 위협 속에서 뿌쉬낀은 그 어느 때보다도 치열하게 창작의 열정을 불태울 수 있었다. 〈볼지노의 가을〉의 특징은 모든 작품이 장르 면에서 각양각색이라는 점이다. 서정시, 장편 서사시, 소설, 희곡 등 그의 가을은 화려한 장르의 색실로 수놓였다. 특히 서정시 위주였던 그의 작품이 산문과 드라마의 양극적 대립으로 유도되었다는 사실은 주목을 끈다. 이미 1821년에 산문에 관한 의견 — 정확성과 간결성은 산문의 가장 중요한 미덕이다 — 을 피력한 바 있는 뿌쉬낀은 10년 후에야 비로소 볼지노에서 자신의 의견을 「고 이반 뻬뜨로비치 벨낀의 이야기」와 「고류히노 마을의 이야기」를 통해 예술적으로 실현할 수 있었다. 그는 또한 일상적인 삶과 고상한 이상, 정열과 윤리로 대비되는 이중성의 문제를 파고든 일련의 소비극을 창작함으로써 러시아 드라마 사에 지울 수 없는 한 획을 긋게 되었다.

이곳에서 그는 약혼녀와 떨어져 있음을 아쉽게 생각하기보다는 오히려 다행스럽게 생각했을 것이라고 추측된다. 그는 결혼을 하나의 숙명으로 생각했다. 나딸리야가 미모밖에는 취할 것이 없다는 것을 잘 알면서도 이미 구르기 시작한 수레바퀴처럼 결혼을 향해 치닫는 운명의 발길을 멈추게 할 수는 없었다. 볼지노에서 쓴 연애시가 나딸리야가 아닌 이탈리아에서 사망한 예전의 연인 아말리야 리즈니치에게 헌정되었다는 것은 결혼에 대한 그의 비전이 얼마나 허망했는가를 말해 준다.

1831년 2월에 뿌쉬낀은 마침내 모스끄바에서 혼인식을 올렸다. 신혼부부는 모스끄바에서 며칠을 보낸 뒤 짜르스꼬예 셀로로 옮겨가 여름을 보냈다. 문학적 고향이라 할 수 있는 짜르스꼬예 셀로에서 그는 「오네긴의 편지」를 집필함으로써 마침내 운문 소설에 종지부를 찍었다. 그리고 그해 가을에 뻬쩨르부르그에 정착하였다. 신혼 생활은 처음엔 그다지 나쁘지 않았다. 그는 심지어 〈행복하다〉고 느끼기까지 했다. 1832년 5월에는 첫딸 마리야가 태어났고 1833년 7월에는 둘째 딸 알렉산드라가 태어났다. 그러나 신혼의 행복은 나딸리야의 사치와 남편의 시적 천재성에 대한 무관심으로 인해 점차 악몽으로 바뀌어 갔다. 나딸리야는 그 미모로 사교계의 여왕이 되었고 날이면 날마다 야회와 무도회를 전전하며 명사들에게 교태를 부렸다. 물론 이 모든 사치에 대한 비용은 뿌쉬낀이 충당해야 했다. 그는 돈을 벌기 위해 집필을 해야 했지만 집필을 하기 위한 시간적 여유도, 정신적 안정도 그에겐 주어지지 않았고, 빚쟁이의 독촉은 날이 갈수록 심해졌다. 그러는 와중에도 그는 새로이 샘솟는 18세기 러시아 역사에 대한 지적 호기심을 충족시키려 애썼다. 1831년에 그는 고문서국에서 작업해도 좋다는 허락을 받았으며 〈사료 편찬관〉이라는 관직을 받아 뽀뜨르 시대의 역사 편찬에 손을 댔다. 짜르는 이러한 특혜를 통해 더 더욱 뿌쉬낀을 자신에게 예속시키고자 했다.

1831년은 정치적으로 매우 불안한 해였다. 콜레라 창궐로 인한 민중 봉기가 심각한 사회 문제가 되었으며, 폴란드와의 분쟁은 유럽과 러시아 간의 관계를 악화시켰다. 이러한 상황에 직면하여 뿌쉬낀은 오로지 강력한 정부만이 러시아의 구원을 보장해 줄 수 있다고 생각했으며 그러한 사상을 반영하는 「성스러운 무덤 앞에 서서 Pered grobnitseiu sviatoi」와 「러시아를 비방하는 이들에게Klevetnikam Rossii」를 썼다. 이들 시는 독자들에게 시인의 정치적인 변절로 받아들여졌고 유럽과 러시아에서 뿌쉬낀이 인기는 곤두박질쳤다. 아이러니컬하게도 뿌쉬낀은 다른 한편에서 언론인 불가린F. Bulgarin으로부터 젊어서부터 자유주의와 급진주의 사상을 품고 있었다는 비난을 받았다. 신문「북방의 벌Severnaia pchela」과 잡지『조국의 아들Syn Otechestva』의 발행인이 었던 불가린은 뿌쉬낀이 잡지를 발행할지도 모른다는 불안감에서, 그리고 그가 젤비그의 「문학 신문Literaturnaia gazeta」에 참여하고 있는 것이 못마땅해서 그를 비방했다. 어용 언론인이었던 그는 뿌쉬낀과 정부의 관계가 우호적인 것에 경각심을 느꼈던 것이다. 뿌쉬낀은 「나의 가문」 및 일련의 경구를 통해 불가린의 철면피한 행동에 일침을 놓았다.

1830년대는 뿌쉬낀에게 있어 산문의 시대라 할 수 있다. 서정시보다는 산문이 그의 창작을 지배하기 시작했다. 앞에서 말한 「벨낀 이야기」를 비롯해 전통적인 모험 소설의 골격을 갖춘 미완성 소설 『두브로프스끼Dubrovskii』(1832~1833)가 이때 씌어졌으며 또한 뿌가쵸프 반란에 관한 역사 소설을 쓰려는 생각이 그를 강력하게 사로잡았다. 그리하여 그는 자신의 산문적 비전에 근거를 제공하기 위해 1833년 볼가 강 유역과 우랄 지방을 여행했다. 이곳에서 그는 책으로 접할 수 없었던 생생한 현장 정보를 얻었을 뿐 아니라 18세기 농민 전쟁(1773~1775)에 참가했던 사람들을 직접 만나 볼 수 있었고, 뿌가쵸프 반란에 관한 민간 전승과 야사 등도 들을 수 있었다. 그는 그 해 가을 뻬쩨르부르그로 돌아오는 길에 다시 볼지노에 들렀다. 여기서 그는 오랜만의 평화와 고독을 만끽할 수 있게 되었고 또다시 창작에 몰두하였다. 볼지노에서 보낸 10월부터 11월까지의 약 6주간은 그의 생애에서 마지막으로 주어진 온전한 집필 시간이었다. 그 시기는 비록 짧았지만 1830년의 볼지노의 가을 못지않게 생산적인 〈제2의 볼지노의 가을〉이었다. 그는 단편소설의 정수라 할 수 있는 「스페이드의 여왕Pikovaia dama」을 쓰기 시작했고 뿌가쵸프 반란에 관한 역사물인 「뿌가쵸프 반란사 Istoriia pugachevskogo bunta」를 탈고하는 한편, 민담 「어부와 물고기 이야기Skazka o rybake i rybke」를 썼으며 뽀에마 「안젤로Andzhelo」와 서사적 뽀에마의 절정이라 할 수 있는 「청동 기마상Mednyi vsadnik」의 초고를 완성하였다. 이 시기의 창작열과 시인의 심리적 상태는 연작시 「가을Osen'」에 반영되어 있다.

1833년 11월 뿌쉬낀은 뻬쩨르부르그로 돌아왔다. 뻬쩨르부르그는 그에게 환멸만을 주었다. 1826년에 그를 단독으로 면담하는 자리에서 황제가 그에게 약속했던 정치 개혁과 농민 문제의 해결은 이행되지 않았고, 귀족들은 안이한 삶을 영위하고 있었다. 뿌쉬낀의 마지막 3년은 환멸과 절망, 그리고 지적인 의사소통의 단절로 점철되었다. 그의 불안한 삶을 더욱 불안하게 만들기라도 하듯이 경박한 아내의 새로운 연인으로 이번에는 황제가 등장하였다. 황제는 나딸리야의 미모에 노골적인 추파를 보내기 시작했으며 그녀를 궁중에 잡아 놓기 위해 1834년 1월 1일자로 뿌쉬낀을 〈시종보〉에 임명하였다. 10대 소년에게나 합당한 이 직책은 30대의 위대한 시인에게는 명백한 모욕이었다. 그의 임무란 광대 같은 제복을 입고서 아름다운 부인을 궁정 연회에 모시고 가는 일이었으므로 누구의 눈에도 그가 황제의 어릿광대로 전락한 것이 확실해졌다. 이 사건에서 황제의 역할은 이중적이었다. 그는 아름다운 나딸리야를 코앞에서 감상하는 한편 반동 정책을 강화시키기 위해 젊은 급진주의자들의 우상이 될 수도 있었을 뿌쉬낀을 시종으로 전락시켰던 것이다. 그러는 사이에도 빚은 눈덩이처럼 불어났다. 그는 친지들과 고리대금업자의 돈을 빌려 썼을 뿐 아니라 국고의 돈까지 차용했다. 따라서 시종보의 자리가 아무리 치욕스러워도 관직에서 떠나기 어려운 처지가 되고 말았다. 그에 대한 정부의 눈초리는 점점 사나워져 「청동 기마상」은 출간이 금지되었고 고문서국에서의 작업 허가는 취소되었다. 그는 전업 작가로서 돈을 벌어야 했고 따라서 1834년 말부터 1835년 초까지 『예브게니 오네긴』의 완결본과 시집, 단편집 등을 출간하였다. 그러나 비평가들은 입을 모아 뿌쉬낀의 재능이 퇴화했음을, 이제 그의 시대는 지나갔음을 외쳐 댔다. 실제로 볼지노에서 보낸 1834년 가을 — 세 번째이자 마지막인 〈볼지노의 가을〉 — 과 미하일로프스꼬예에서 보낸 1835년 가을은 신통치 않아 보였다. 그러나 비평가들은 뿌쉬낀이 새로운 국면에 접어들고 있음을 눈치채지 못했다. 그들은 뿌쉬낀이 장르와 형식의 실험을 꾀하고 있으며 또 다른 위대한 작품을 준비 중에 있다는 사실을 모르고 있었던 것이다.

한편 오랫동안 꿈꿔 오던 문학 잡지의 발행이 1836년에 허가되었다. 그러나 정치적 뉴스는 다룰 수 없고 월간지가 아닌 계간지여야 한다는 단서가 붙어 있었다. 그는 잡지의 제목을 『현대인 Sovremennik』으로 정하고 창간호에 일종의 우회적인 제스처로서 「뾰뜨르 1세의 주연Pir Petra Pervogo」을 게재하여 황제에게 정치범의 석방을 호소하였다. 뿌쉬낀의 모든 노력에도 불구하고 잡지는 실패했다. 수준 높은 문학지에 대중은 냉담했다. 잡지 발행을 통해 재정난을 완화시키려 했던 뿌쉬낀에게 잡지는 출판 비용과 원고료도 마련해 주지 못했다. 그래서 뿌쉬낀은 잡지의 반 이상을 자신의 작품으로 채워야 했다. 역사 소설과 민담을 절묘하게 결합시킨 그의 장편 『대위의 딸 Kapitanskaia dochka』도 『현대인』지에 처음으로 발표되었다. 1836년에 씌어진 「시간이 되었소 친구여, 시간이……!Pora moi drug, pora……!」는 이 시기의 그의 마음을 가장 잘 표현한 것으로 보인다.

한편 사교계의 여왕으로서 그 명성이 절정에 이른 나딸리야는 새로운 염문으로 뿌쉬낀을 괴롭히기 시작했다. 뻬쩨르부르그 주재 네덜란드 공사 헤케른L. Heckeren 남작의 양자로 입적된 프랑스인 단테스G. d'Anthès는 잘생긴 용모를 무기 삼아 뻬쩨르부르그 살롱계를 휘젓고 다녔는데, 자신의 여성 편력에 화려한 장식을 더해 주고 싶었던지 나딸리야에게 집요하게 구애하고 있었던 것이다. 단테스와 나딸리야의 염문은 여러 가지 억측을 불러일으켰지만 고전적인 해석은 두 가지로 요약된다. 우선 그의 양부인 헤케른이 양아들의 인기를 질투한 나머지 나딸리야에 대한 그의 구애를 은근히 부추겼다는 설이 있다. 그의 속셈은 간단했다. 나딸리야의 남편이 그 사실을 알게 되어 자신의 양아들을 제거해 주기 바랐던 것이다. 두 번째 추측은 두 사람의 염문이 교묘하게 조작된 시나리오라는 것이다. 즉 나딸리야와 황제의 불륜을 덮어 주기 위한 일종의 눈가림이었다는 얘기다.

어찌 되었건 아내의 불륜을 은밀히 암시하는 익명의 투서가 뿌쉬낀과 그의 친지들에게 날아들기 시작했다. 단테스를 이전부터 의심해 오던 뿌쉬낀은 그에게 결투를 신청했다. 헤케른은 사태가 심상치 않음을 인식하고 아들에게 의심을 불식시키기 위한 미봉책으로 나딸리야의 동생 까쩨리나와 결혼할 것을 종용했다. 마침내 단테스는 까쩨리나와 결혼했지만 머지않아 그 결혼은 나딸리야에게 더욱 가까이 접근하려는 의도를 덮어 준 또 다른 눈가림이었음이 밝혀졌고 그와 나딸리야의 밀회를 알게 된 뿌쉬낀은 다시 결투를 신청했다. 이번에는 그 어떤 눈가림도 결투를 저지할 수 없었다. 1837년 1월 26일 그는 헤케른에게 그들 부자의 〈불미스럽고 철면피한〉 행동을 준엄하게 나무라면서 더 이상 그들의 방종을 묵과할 수 없다는 내용의 편지를 프랑스어로 써서 보냈다. 그리고 다음 날인 1837년 1월 27일 결투는 거행되었다. 그날 아침 뿌쉬낀은 여느 때와 마찬가지로 창작과 잡지 편집에 관한 일들로 분주했으나 그의 심신은 평온하였다. 그날 아침에 그는 최후의 서한이라 할 수 있는 이쉬모바A. Ishimova에게 보낸 편지에서 『현대인』에 게재할 영국 작가 배리 콘월Barry Cornwall의 작품을 번역해 달라고 요청하기까지 했다. 그는 자신의 죽음을 전혀 예상하지 못하고 있었던 것이다.

그러나 결투는 그에게 치명적인 상처를 입혔고, 부상당한 그는 즉시 집으로 옮겨졌다. 유명한 의사 아렌트가 달려왔다. 진실을 알려 달라는 시인의 요청에 의사는 그가 죽을 것임을 솔직히 말해 주었다. 그의 동료 문인들인 쥬꼬프스끼, 뱌젬스끼,

오도예프스끼V. Odoevskii, 비엘고르스끼Biel'gorskii, 뚜르게네프A. Turgenev가 소식을 듣고 달려왔으며 그의 아내는 여성다움을 과시라도 하듯 수시로 기절하였다. 수천 명의 시민이 그의 집 주변에 모여들었으며 쥬꼬프스끼가 문에 붙여 놓은 병세에 관한 용태서를 읽느라 아우성을 쳤다. 뿌쉬낀은 리쩨이 시절의 친구인 뿌쉬친에게 작별 인사를 하지 못함을 아쉬워했으며, 임종을 앞에 두고 무고함을 믿는다는 말로 아내를 위로해 주었다. 황제는 그에게 종부 성사를 받을 것과 기독교인으로서 이승을 고할 것을 명하는 지령서를 보냈다. 1837년 1월 29일 오후 2시 45분 경에 러시아가 낳은 가장 위대한 시인 알렉산드르 세르게예비치는 조용히 눈을 감았다.

시인과 마지막 인사를 나누려는 사람들로 그의 집은 인산인해를 이루었다. 뿌쉬낀의 죽음이 단순한 개인의 죽음이 아닌 심각한 민족적 손실로 받아들여질 기미가 보이자 짜르 정부는 긴장했다. 그의 죽음에 대한 책임을 추궁하며 단테스 ― 그는 어쨌든 외국인 아닌가! ― 를 비난하는 지식층의 목소리에 사교계는 전전긍긍했으며 황제 또한 불안을 느꼈다. 황제는 거국적 시위를 두려워한 나머지 그의 장례식을 성 이삭 성당도 아니고 부고장에 기록된 해군성 부속 성당도 아닌 황실 마구간 부속 성당에서 치르도록 명령했다. 결국 민중의 집결은 이루어지지 않았다. 가족과 친지, 그리고 경비병과 관리들만이 참석한 초라한 장례식이었다. 그날 밤 고인의 시신은 옹색한 썰매에 실려 지푸라기로 덮인 채 삼엄한 경비 속에서 비밀리에 쁘스꼬프 현 미하일로프스꼬예 근방의 스뱌또고르스끼 수도원으로 이송되어 즉시 매장되었다. 황제의 명에 따라 그의 서재는

샅샅이 수색되었고 조금이라도 불미스러운 기미가 보이는 기록들은 〈고인에게 누를 끼칠지도 모른다〉라는 이유로 모조리 압수, 파기되었다. 안타깝게도 쥬꼬프스끼는 고인과 가까웠다는 이유로 이 치욕스런 압수 수색 과정에 배석해야만 했다.

황제는 뿌쉬낀의 미망인과 자식들에게 섭섭하지 않은 금전적 보상을 해주었다. 몇 해 후 나딸리야는 란스꼬이 장군과 재혼하여 비교적 행복한 여생을 보냈다고 전해진다. 헤케른과 그의 양아들은 러시아를 떠나 오히려 전보다 훨씬 명예스러운 삶을 영위하였다. 헤케른은 외교관으로서 승진을 거듭했으며 단테스 또한 파리에서 정치가로 이름을 날렸다.

시인의 죽음은 엄청난 결과를 초래했다. 경솔하고 천박한 사교계 명사들을 제외한 모든 학생들, 문인들, 지식인들, 예술가들이 그의 죽음을 애도하였다. 시인 오도예프스끼는 〈러시아 시의 태양은 지고 말았다〉라는 내용의 추도문을 발표했고 그로 인해 문화상의 질책을 받아야 했다. 당시 아직 무명의 시인이었던 레르몬또프M. Lermontov는 「시인의 죽음에 부쳐Na smert' poeta」를 통해 그의 죽음에 책임이 있는 사교계와 궁정을 준엄하게 비난한 결과 체포되어 까프까즈로 유배당했다. 정부는 혹시라도 유언비어나 시인의 죽음에 관한 모종의 불온 문서가 유포될까 봐 촉각을 곤두세웠다. 정부의 축소 및 은폐 정책에도 불구하고 『예브게니 오네긴』은 순식간에 매진되었고, 사람들은 『예브게니 오네긴』의 마지막 행들을 새로운 시각으로 이해하게 되었다. 그의 시는 입에서 입으로 전 러시아에 전해져 암송되기 시작했고, 그의 삶과 죽음에 대한 새로운 해석과 주석이 전국에 물결쳤다. 그의 생전에 실패를 거듭했던 『현대인』지는 그의 친구인 쁠레뜨노프P. Pletnev의 손으로 넘어갔다가 나중에 유명한 시인 네끄라소프N. Nekrasov가 편집장이 되면서부터 19세기 러시아의 가장 영향력 있는 문학지로 성장하였다. 벨린스끼V. Belinskii, 체르니셰프스끼N. Chernyshevskii 등의 급진적 사상가들이 『현대인』지의 성격 형성에 가담했으며 똘스또이L. Tolstoi, 곤차로프I. Goncharov, 뚜르게네프I. Turgenev, 오스뜨로프스끼A. Ostrovskii 등 당대의 쟁쟁한 문인들이 대거 필진으로 참여했다.

뿌쉬낀이 러시아 문학과 예술에 끼친 영향을 제대로 설명하려면 한 권의 책으로도 부족할 것이다. 단지 피상적인 몇 가지 사례만을 거론하자면, 글린까F. Glinka의 「루슬란과 류드밀라」, 무소르그스끼M. Musorgskii의 「보리스 고두노프」, 차이꼬프스끼P. Chaikovskii의 「예브게니 오네긴」, 「스페이드의 여왕」, 스뜨라빈스끼I. Stravinskii의 「마브라Mavra」— 「꼴롬나의 작은 집」을 오페라로 만든 것임 — 는 음악을 통한 그의 불멸성의 확인이라고 할 수 있고, 짜르스꼬예 셀로에 붙여진 〈뿌쉬낀 시(市)〉, 뿌쉬낀 러시아 문학 연구소 — 일명 〈뿌쉬낀의 집〉 — 와 뿌쉬낀 박물관, 뿌쉬낀 거리, 뿌쉬낀 기념비와 동상들, 뿌쉬낀 학회 등은 뿌쉬낀의 존재를 가시적으로 느끼게 해주는 사례라 할 수 있다. 아직도 〈라디오 모스끄바〉에서는 뿌쉬낀의 시가 낭송되고 있고 어디선가 누군가는 뿌쉬낀을 읽거나 뿌쉬낀을 연구하고 있다. 뿌쉬낀의 작품에 나오는 많은 구절들이 러시아의 격언이 되었으며 여전히 사람들은 뿌쉬낀을 암송하는 것을 자연스럽게 생각한다. 그러나 뿌쉬낀이 가장 큰 영향을 미친 대상은 문인들이었다. 고골N. Gogol', 뚜르게

네프, 도스또예프스끼F. Dostoevskii 등 19세기의 대표적인 문인들이 정서적으로, 혹은 직접적인 텍스트 차용을 통해서 뿌쉬낀을 계승하였으며, 벨리A. Belyi를 비롯한 상징주의자들, 아흐마또바A. Akhmatova, 만젤쉬땀O. Mandel'shtam과 쯔베따예바M. Tsvetaeva, 심지어 모든 19세기 작가들을 〈현대성의 기선〉에서 던져 버리자고 외쳤던 마야꼬프스끼V. Maiakovskii까지, 또한 나보꼬프V. Nabokov, 소꼴로프S. Sokolov, 비또프A. Bitov 등 가장 실험적인 소설가들에 이르기까지 대부분의 현대 작가들이 뿌쉬낀을 자신의 정신적 지주이자 스승으로 간주하였다. 그가 「나는 내 기념비를 세웠다 Exegi Monumentum」에서 예언했던 모든 것이 단 한마디도 틀리지 않고 실현되었던 것이다.

> 나는 내 기념비를 세웠다. 기적의 손으로
> 하여 그리로는 군중의 발길 끊이지 않으니
> 알렉산드르 첨탑보다 더 높이
>   꼿꼿한 머리 치켜 들고 서 있다.
>
> 아니, 나는 죽지 않으리, 소중한 리라에 담긴 혼
> 내 육체보다 오래 살아 썩지 않으리
> 이 세상에 단 한 명의 시인이라도 살아 있는 한
>   나는 영광스레 빛나리.
>
> 나의 명성 위대한 러시아 곳곳에 퍼져
> 이 땅에 사는 모든 민족 제 언어로 나를 부르리

긍지에 찬 슬라브의 후예도 핀 족도
　　지금은 미개한 퉁구스 족도 초원의 벗 깔미끄 인도.

나 오래도록 민중의 사랑 받으리라
리라로 선한 감정 일깨우고
이 가혹한 시대에 자유를 찬양하고
　　스러진 자에게 자비를 베풀라 외쳤으므로.
오 뮤즈여, 신의 뜻에 따르라
모욕을 두려워 말고 월계관 청하지 말고
칭찬과 비방을 초연하고 무심하게 받아들이고
　　어리석은 자와 다투지 마라.

모든 것을 포용하는 보편성

　뿌쉬낀의 작품 세계는, 도스또예프스끼의 표현을 빌자면 〈모든 것을 포용하는 보편성〉으로 설명될 수 있다. 그는 약 20년 동안의 창작 기간에 7백여 편에 이르는 서정시, 「루슬란과 류드밀라」 같은 의사(擬似) 영웅시, 바이런적이고 낭만주의적인 소위 〈남부 뽀에마〉, 희극적인 뽀에마 「눌린 백작」, 영웅 서사시 「뽈따바」, 민담 「황금 수탉 이야기」, 단편 「스페이드의 여왕」, 단편 모음 「고 이반 뻬뜨로비치 벨낀의 이야기」, 장편소설 『대위의 딸』, 희곡 「보리스 고두노프」, 〈작은 비극들〉, 역사물 「뿌가쵸프 반란사」, 평론, 기행문 등 기존하는 모든 장르를 섭렵하였으며 거기에 그치지 않고 〈운문 소설〉이라는 새로운 장르를 개발하였다. 각 작품은 해당 장르의 영역에서 오늘날까지 전범으로 간주될 만큼 완벽한 예술적 가치와 시대를 앞서가는 작가의 실험 정신을 보여 준다. 그의 빛나는 창소 의식은 고정된 문체론적 규범과 장르적 경계선을 끊임없이 파괴하였고, 그리하여 개별적인 텍스트들은 항상 새로운 도전과 새로운 가능성을 향해 열려 있게 되었다.

뿌쉬낀의 〈보편성〉은 또한 문학적인 모든 주의(主義)와 사조의 수용에서 드러난다. 그의 작품 속에는, 당시에는 이미 낡은 사조가 되어 있었던 고전주의와 쥬꼬프스끼, 까람진 등이 러시아 문학에 이식시킨 서구적 낭만주의 그리고 19세기 중반부터 러시아 문학계를 지배하게 될 사실주의 모두가 스며들어 있다. 비록 그가 활동했던 시기가 문학사적으로 러시아 시의 황금시대, 낭만주의 시대 등으로 정의되긴 하지만 그는 한 가지 사조로는 설명될 수 없다. 고전주의적인 엄격한 질서와 단아한 문체, 낭만주의적인 열정, 사실주의적인 핍진성(逼眞性)은 모두 함께 어우러져 그의 작품 세계를 문자 그대로 문학의 소우주로 만들어 준다. 그러나 동시에 그는 이러한 문예 사조들을 끊임없이 패러디화하고 기존 문예 사조의 관례에 도전함으로써 사조 간의 경계선을 또다시 파괴한다. 고전주의적인 질서와 장엄한 수사가 수용되는 동시에 그 경직성은 조롱당하고, 낭만주의적인 감정의 폭발이 수용되는 동시에 그 진부함과 방만함은 배척당한다. 사실주의적인 명료함과 현실 인식은 수용되는 반면 그 정서적 척박함은 부정된다. 이렇게 그의 작품 세계는 모든 것을 받아들이는 동시에 모든 것을 부정하는 이중적인 보편성을 지향한다.

뿌쉬낀의 보편성을 말함에 있어 빼놓을 수 없는 것은 러시아적인 것과 외래적인 것의 절묘한 혼합이다. 러시아의 피와 아프리카의 피가 섞인 그의 혈통은 이러한 의미에서 상징적으로 여겨진다. 주지하다시피 그는 어려서부터 프랑스 문화를 받아들이며 자라났고 또 그의 습작시들은 프랑스어로 씌어졌다. 이러한 외래 문화와의 접촉은 점차 성숙되어 이후 뿌쉬낀의 작품에 반영된다. 그리스 로마 신화에서부터 영국 문학, 프랑스 문학, 독일 문학, 이탈리아 문학에 이르는 다양한 서구 문학과 전통은 때로는 패러디와 논쟁의 형태로, 때로는 영향사적 자취의 형태로 그의 작품 속에 깔려 있다. 그러나 이 모든 〈타자의 것〉은 뿌쉬낀의 독특한 변형 메커니즘을 거치면서 완벽하게 〈나의 것〉으로 재창조된다. 거기에 러시아 구전 문학에 대한 그의 애정이 혼합되면서 그의 문학은 가장 이국적인 것에서 가장 토속적인 것, 가장 고상한 것에서 가장 일상적인 것의 극과 극을 한꺼번에 수용할 수 있게 된다. 마치 『예브게니 오네긴』의 여주인공 따찌야나가 그 모든 서구 문학 작품을 읽었음에도 여전히 〈러시아적 정서로 가득 찬〉 여자인 것처럼 그의 작품은 그 모든 서구적 감화에도 불구하고 러시아의 혼으로 충만해 있는 것이다.

현대의 상호 텍스트성 이론의 관점에서 볼 때 뿌쉬낀의 텍스트는 다양한 문화적 미학적 담화들이 교차하는 공간이라 할 수 있다. 그는 끊임없이 제르쟈빈, 로모노소프M. Lomonosov, 드미뜨리예프I. Dmitriev, 쥬꼬프스끼, 젤비그 등 러시아의 선배 시인들 및 동시대 시인들과 대화하는 한편, 셰익스피어, 버니언, 바이런, 파르니, 셰니에, 괴테, 실러, 단테, 핀데몬테, 호라티우스, 호메로스, 오비디우스 등 서유럽의 과거와 현재에 존재하는 작가들과 자유자재로 논쟁하고 게임을 벌이고 한 수 배우기도 한다. 뿌쉬낀이 이러한 잉엉힌 내화는 후내의 삭가늘에게 전해져 그들에게 또 다른 대화의 가능성을 열어 준다. 약간의 과장을 허용한다면 뿌쉬낀 이후의 모든 러시아 문학 텍스트는 뿌쉬낀과의 대화라고 말할 수 있을 것이다.

『대위의 딸』

 뿌쉬낀의 유일한 장편 소설 『대위의 딸』은 1833년에 시작되어 1836년에 완성되었고 같은 해에 검열관의 수정을 거쳐 『현대인』지에 수록되었다. 1830년대에 들어오면서 고조된 산문에 대한 관심, 그리고 조국의 지나간 역사에 대한 관심은 그로 하여금 뿌가쵸프 반란을 소재로 한 소설 『대위의 딸』을 쓰게 하였는데 1833년 볼가 강 유역과 우랄 지방을 여행하면서 수집한 정보는 소설의 집필에 큰 도움이 되었다. 뿌쉬낀은 또한 소설을 쓰는 동안 순수한 역사물인 「뿌가쵸프 반란사」 — 원래는 〈뿌가쵸프의 역사〉라는 제목이었으나 황제의 명령에 따라 〈반란사〉란 단어로 바꾸었다 — 의 집필도 병행했다. 고골은 『대위의 딸』을 가리켜 〈리얼리티보다 더 리얼하고 진실보다 더 진실된〉 소설이라고 격찬하였지만 실제로 역사적 진실과 리얼리티는 「뿌가쵸프 반란사」에 담기고 오로지 문학적으로 걸러진 진실만이 소설에 담겼다고 보는 것이 더 정확할 것이다.
 그러면 독자의 이해를 돕기 위해 여기서 잠깐 소위 〈뿌가쵸프의 반란〉(1773~1775)에 대해 살펴보고 넘어가자. 18세기 후반부의 러시아 역사는 예까쩨리나 2세에 의해 주도되었다고 해도 과언이 아니다. 예까쩨리나는 독일계의 가난한 귀족이었는데 남편인 뾰뜨르 3세를 폐위시키고 1762년에 스스로 제위에 올랐다. 그녀의 남편 뾰뜨르 3세는 폐위되고 나서 얼마 지나지 않아 살해되었다. 계몽 군주임을 자처한 여제는 선정을 펼치는 것 같았지만 실제로 그녀가 도입한 모든 제도는 자기 자신과 귀족들만을 위한 것이었으며, 농노들의 삶은 그 어느 때보다도 참혹했다. 그녀의 민주적인 정책 또한 순전히 〈전시 효과〉를 노린 것이었으며 자신의 정적이라고 생각되는 사람들은 가차없이 처벌하였다. 따라서 그녀의 제위 기간에는 여기저기서 크고 작은 봉기가 끊이지 않았는데, 그 중에서도 예까쩨리나 행정부를 가장 위협했던 것은 뿌가쵸프의 반란이었다.

예멜리얀 뿌가쵸프는 돈 까자끄 출신의 무식한 농부로 러시아 정규군에 소속되어 무공을 세우기까지 한 사람이었다. 그러나 본의 아니게 탈옥범이 되어 전국을 떠돌아다니던 중 민중의 가혹한 삶과 유례없이 잔혹하게 진압된 야이끄 — 지금의 우랄 강 — 까자끄의 봉기(1772년)를 목격하고는 스스로가 농민 봉기의 선봉이 되었다. 그는 자신이 살해된 것으로 알려진 뾰뜨르 3세라고 주장하면서 수많은 추종자들을 불러 모았다. 17세기의 참칭자에 이어 또다시 나타난 이 참칭자의 주위에는 광산 인부들과 우랄 지방의 수공업자들, 농민들과 성직자들, 바쉬끼르 인들이 몰려들어 커다란 세력을 형성하였다. 그는 오렌부르그 요새를 함락시켰으며 한때 까잔과 사라또프까지 점령하였으나 1774년 수보로프 장군에게 크게 패하였다. 반란에 실패한 것을 깨달은 일부 야이끄 까자끄들은 그를 정부군에게 넘겨주었다. 뿌가쵸프는 모스끄바로 이송되었다가 1775년 1월에 처형되었다.

뿌쉬낀은 『대위의 딸』에서 이러한 사실들을 국사에서 가족사의 영역으로, 민족적 차원에서 개인적인 차원으로, 역사물에서 가정 소설과 연애 소설의 텍스트로 전이시켜 조망한다. 그는 반란의 주역이자 로마노프 왕조의 정통성을 뒤흔들어 놓은 당대 최대의 정치범을 안전하게 소설 속에 형상화시키기 위해 가정 소설과 연애 소설을 방패로 삼은 것이다. 또한 〈진실된 역사 읽기〉와 〈재미있는 소설 쓰기〉라고 하는 두 가지 중요한 일을 동시에 진행시키는 가운데 그가 져야할지도 모르는 일체의 책임으로부터 자유롭기 위해「벨낀 이야기」에서 사용했던 것과 같은 〈프레임〉 장치를 다시 사용한다. 뿌쉬낀은 소설의 마지막에 발행자를 등장시켜, 『대위의 딸』은 원래 그리뇨프라고 하는 화자 ─ 주인공의 수기로서 그것이 출판된 것은 그의 자손들이 편집자에게 원고를 보내왔기 때문이라고 말하게 한다. 가상의 인물이 쓴 수기, 가상의 발행인, 이러한 이중의 틀 속에 보존된 텍스트는 결과적으로 검열관으로부터 뿌쉬낀의 안전을 보장해 주는 보호막이었을 것이다.

그러나 뿌쉬낀은「벨낀 이야기」에서 그랬듯이 여기서도 텍스트와 자신과의 거리를 확보하는 동시에 자신의 흔적을 남겨놓는다. 저자, 즉 뿌쉬낀의 흔적은 각 장마다 첨부된 제사에서 나타난다. 주로 18세기의 작품을 언급하는 제사들 가운데 11장과 13장의 제사는 수마로꼬프와 끄냐쥐닌Ia. Kniazhnin에서 인용한 것으로 되어 있지만 사실은 뿌쉬낀의 창작이다. 앞에서도 말한 바 있듯이 뿌쉬낀은 〈역모방〉, 그러니까 실제로는 자기의 창작이면서 다른 사람의 글을 모방한 것처럼 보이게 하는 전략의 명수였다. 서정시 「뀐데몬테의 시에서」 같은 것은 〈역모방〉의 대표적인 예라고 할 수 있다. 『대위의 딸』에 사용된 역모방은 이 작품이 뿌쉬낀의 작품임을 말해 주는 징표로서 발행인의 가면 뒤에 숨은 저자의 정체를 밝혀 준다.

『대위의 딸』은 뾰뜨르 그리뇨프라는 귀족의 자제가 체험하는 뿌가쵸프의 반란을 가벼운 필치로 묘사한 소설이다. 그리뇨프는 벨로고르스끼 요새로 가는 도중 눈보라를 만나 길을 잃고 방황하는데 그때 어느 농부가 나타나 길을 안내해 준다. 그리뇨프는 하인 사벨리치의 만류에도 불구하고 길 안내자 농부에게 토끼털 외투를 선사한다. 요새에 도착한 그리뇨프는 사령관인 미로노프 대위의 가족과 친해지고 대위의 딸 마리야와 사랑하게 된다. 선임 장교 쉬바브린은 두 사람의 관계를 질투하여 여러 가지 방해를 한다. 그러던 중 뿌가쵸프의 반란군이 요새에 쳐들어와 사령관 부부는 처형되고 쉬바브린은 뿌가쵸프 편으로 넘어간다. 그리뇨프는 자기에게 길을 안내해 준 농부가 바로 뿌가쵸프였음을 알게 되고, 뿌가쵸프 역시 그리뇨프를 알아보고는 토끼털 외투에 대한 사례로 그의 목숨을 살려 준다. 뿌가쵸프의 도움으로 마리야와 그리뇨프는 위험에서 벗어나지만 반란이 진압된 뒤 쉬바브린의 무고로 그리뇨프에게는 반역자라는 낙인이 찍힌다. 마리야는 뻬쩨르부르그로 가서 예까쩨리나 여제에게 그리뇨프의 사면을 탄원하고 그리뇨프는 여제의 특사로 풀려난다. 두 사람은 결혼하여 행복하게 산다.

이 요약문에서 알 수 있듯이 『대위의 딸』은 해피 엔딩으로 끝난다. 게다가 전편에 일관되게 흐르는 어조는 끔찍한 반란을 소재로 하였다는 것이 믿기지 않을 정도로 가볍고 유쾌하고 유머러스하고 목가적이다. 그러므로 유일이 낭자한 장면을 기대했던 독자는 다시금 자기의 기대가 무너지는 것을 경험할 수밖에 없다. 똘스또이의 『전쟁과 평화』에서 전투 장면이 우스꽝스러울 정도로 미미하게 축소되듯이 여기서도 모든 폭력적인 장면 — 유일하게 끔찍한 장면은 미로노프 대위 부부의 처형 장면일 것이다 — 및 군대, 전투 등과 관련된 사건과 인물은 축소되거나 희화한다. 몇 가지 예를 들어 보자.

그리뇨프는 벨로고르스끄 요새로 가는 길에 〈무시무시한 능보와 탑, 그리고 바리케이드 등을 기대하면서〉 사방을 휘둘러 보지만 〈통나무 울타리에 둘러싸인 작은 촌락〉밖에 보이지 않는데 그것이 바로 요새이다. 이 요새의 사령관 미로노프는 정직하고 성실한 무골호인이지만 군의 기강 같은 것과는 아무 상관도 없다. 오히려 〈군대 일을 가사처럼 여기는〉 그의 아내가 실질적인 사령관이나 다름없다. 요새에는 딱 한 대의 대포밖에 없는데 그나마 대위의 딸이 무서워한다는 이유 때문에 지난 몇 년간 한 번도 사용해 본 적이 없다. 이 요새에는 사열도 연병도 초소 근무도 없다. 사령관은 심심풀이 삼아 이따금씩 사병들을 훈련시키지만 병사들은 오른쪽과 왼쪽도 제대로 구별하지 못한다. 또 뿌가쵸프의 군대가 벨로고르스끄 요새를 함락시키는 장면도 극도로 단순화되어 있다. 그리뇨프는 전투가 있기 전날 숭고한 사명감에 불타 요새를 사수하리라 다짐하지만 실제로 전쟁은 채 5분도 안 되어 싱겁게 끝나 버린다.

이렇게 패러디가 아닌가 하는 의심이 들 정도로 희화된 요새와 전투의 묘사는 뿌쉬낀의 역사 읽기를 단적으로 보여 준다. 뿌쉬낀에게 역사는 반드시 거창한 어떤 흐름을 의미하는 것이 아니다. 역사는 개인들의 일상적인 삶과 사랑과 질투와 화해, 그리고 무수하게 스쳐 지나가는 다른 개인들과의 만남, 우연의 일치들로 가득 차 있으며 역사를 조망한다는 것은 바로 이러한 사소한 일들로부터 의미를 찾아내는 것이다. 풍속화처럼 정겹고 민담처럼 소박한 일상의 모습, 이것을 무시한다면 역사 소설이란 것도 무의미해진다. 결국 『대위의 딸』에서 뿌쉬낀이 말하고자 하는 역사란 그리뇨프 일가와 미로노프 일가의 목가적이고 평범한 삶, 그리뇨프와 마리야의 순박한 사랑, 그리뇨프와 뿌가쵸프의 우연한 만남, 작은 선의와 그것에 대한 보답 같은 것으로 짜이는 피륙이다. 아이러니컬하게도 『대위의 딸』이 갖는 리얼리즘은 바로 이런 의미에서의 리얼리즘, 즉 리얼리티의 축소와 왜곡을 통해서 오히려 더 진솔하게 리얼리티의 본질을 드러내는 리얼리즘이라 할 수 있을 것이다.

한편 특정 시기의 역사에 대한 뿌쉬낀의 사색은 이보다 좀 더 은밀한 아이러니를 통해 나타난다. 뿌가쵸프에 대한 뿌쉬낀의 생각을 『대위에 딸』에서 정확하게 읽어 내기란 쉬운 일이 아니다. 뿌쉬낀은 예술가이지 역사가가 아니기 때문에 정확한 역사 해석이 그의 목적이었다고 보기도 어렵다. 그럼에도 우리는 『대위의 딸』에서 전제 정치에 대한 저자의 통렬한 비난을 엿볼 수 있다. 예까쩨리나의 위선에 가득 찬 계몽 정책과 귀족들의 학정은 뿌가쵸프의 반란을 부분적으로나마 정당화시켜 주었고 뿌쉬낀은 이 점을 전달하기 위해 여제와 반역자를 동일한 차원에서 묘사한다. 뿌쉬낀은 여제의 모습을 매우 긍정적으로 묘사하지만 — 그것은 검열관의 요구에 부합하는 것이기도 했다 — 무식한 강도의 모습도 그 못지않게 긍정적으로 묘사함으로써 인기한 계몽 군주의 이미지를 무의미하게 만든다.

예까쩨리나와 뿌가쵸프는 많은 점에서 유사점을 보유한다. 예까쩨리나 여제는 그리뇨프가 절체절명의 위기에 빠졌을 때 그를 구해 주는 자비의 천사이자 보호자의 역할을 수행한다. 그러나 뿌가쵸프 역시 그리뇨프에게 동일한 의미를 갖는다. 그는 위험에 처한 주인공을 번번이 구해 주며 너그럽고 관대하게 그의 앞날에 축복을 내려 준다. 그리뇨프의 꿈속에서 그가 아버지의 자리를 차지하는 것도 어찌 보면 당연한 일이다. 친아버지인 그리뇨프 노인은 오히려 아들에게 시련만을 줄 뿐이며 아들이 반역자의 혐의를 받을 때에도 아들에 대한 동정이나 신뢰감은 조금도 보여 주지 않는다. 뿌가쵸프야말로 그리뇨프의 보호자이며 해방자이며 은인이며 진정한 아버지인 것이다.

예까쩨리나 여제의 인상은 〈통통하고 혈색 좋고 위엄과 평온함을 갖춘〉 것으로 그려진다. 사람들에게 호감을 주는 매력적인 부인이라는 것이다. 그러나 뿌가쵸프 역시 호감을 주기는 마찬가지이다. 그리뇨프가 관찰한 바의 뿌가쵸프는 〈이목구비가 번듯한 것이 꽤나 서글서글해 보였고 흉악한 점이라고는 눈곱만큼도 없었다〉. 뿐만 아니라 두 사람의 성격도 유사하다. 두 사람 다 한없이 관대하고 한없이 자비로울 수 있지만 사소한 반발에도 얼굴을 붉히며 화를 낼 정도로 격한 일면을 가지고 있다. 마지막으로 두 사람 모두 〈황제〉의 신분을 보유한다. 뿌가쵸프는 스스로를 죽은 여제의 남편 뾰뜨르 3세라고 칭함으로써 여제와 자신이 동등함을 강조한다. 결국 가장 고귀한 절대 군주 예까쩨리나와 가장 비천한 강도 두목 뿌가쵸프는 역할과 외모와 성격과 명칭에 있어서 동등하다는 사실이 독자에게 암암리에 전달되는 것이다. 이 겉으로 드러난 〈동등함〉이야말로 한 시대에 대해 뿌쉬낀이 내릴 수 있는 평가의 한계이며 속에 감추어진 권력의 허망을 보여 주는 징표이다.

뿌쉬낀은 1820년대부터 산문에 관심을 보였으며 자신의 창작이 산문으로 기울게 되리라는 것을 『예브게니 오네긴』의 메타 시적인 이탈 부분에서 이미 토로한 바 있다.

> 세월은 엄정한 산문으로 나를 기울게 하고
> 연륜은 장난꾸러기 압운을 쫓아 버린다.
> 그리고 나는 ─ 한숨을 쉬며 고백하건대 ─
> 녀석을 쫓아다니는 데 게을러졌다.
> 나의 펜은 종잇장을 휘날리며
> 갈겨대는 일에 흥미를 잃었다.
> 그와는 다른 차디찬 꿈이
> 그와는 다른 진지한 고민이
> 세상의 번잡 속에서나 정적 속에서나
> 잠든 내 영혼을 흔들어 깨우고 있다.

그러나 정작 시에 대한 열정이 산문에 대한 실험 정신에 자리를 내주게 되는 것은 1830년이 되면서부터였으며 이런 의미에서 「벨낀 이야기」의 출간은 뿌쉬낀의 창작 여정에서 ─ 그리고 더 나아가 러시아 문학사에서 ─ 새로운 산문의 시대가 도래했음을 알리는 이정표가 되었다고 할 수 있다. 당시의 문학적 상황과 관련하여 뿌쉬낀은 〈러시아 시는 절정에 도달했지만 산문의 영역에는 까람진 외에 아무도 없다〉라고 진술한다. 그러나 사실, 까람진의 산문 역시 뿌쉬낀에게 영감을 제공해 주기에는 역부족이었다. 뿌쉬낀이 산문으로 기우는 그 시점에서 러시아에는 제대로 된 소설은커녕 쓸 만한 단편조차 없었다는 것이 아마도 정확한 지적일 것이다. 뿌쉬낀은 이렇게 척박한 토양에 산문의 씨를 뿌려 하루아침에「벨낀 이야기」,「스페이드의 여왕」,『대위의 딸』등 풍성한 열매를 거두었다. 이렇게 뿌쉬낀은 러시아 산문 발전에 선도적인 역할을 한 것은 사실이지만 전통의 확립에는 실패했다. 진지함과 유머, 소박함과 기교, 소설의 재미와 시적인 우아함을 두루 갖춘 그의 산문은 너무도 시대를 앞서간 나머지 당대 및 후대 작가들의 모방을 불허했기 때문이다. 그러나 그가 태어난 지 2백 년이 지난 오늘날까지도 그의 소설들이 독자를 사로잡을 수 있는 이유는 바로 이 시대를 앞서간 작가 정신 때문일지도 모른다.

알렉산드르 뿌쉬낀 연보

1799년 출생 5월 26일 모스끄바에서 중위로 퇴역한 모스끄바 대표부 관리 세르게이 르보비치 뿌쉬낀과 나제쥬다 오시뽀브나 사이에서 출생.

1811년 12세 다른 귀족 가문의 엄선된 자제들과 함께 새로 개교한 리쩨이에 입학.

1815년 16세 1월 8일 진급 시험 시험관으로 온 제르쟈빈과 대면.

1817년 18세 학생 신분으로 〈아르자마스〉라는 진보적인 문학 동호회 임원으로 선출됨. 6월 9일 리쩨이 졸업. 6월 13일 외무부 관리로 임명받고, 선서식.

1820년 21세 남부 유형에 처해짐. 5월 27일 인조프 장군이 있는 예까쩨리노슬라프에 도착. 9월 21일 상관인 인조프 장군을 따라 끼쉬뇨프로 이주. 유형지에 있을 때 「루슬란과 류드밀라Ruslan i Liudmila」를 출판, 큰 반향을 일으킴.

1821년 22세 2월 20일 서사시 「까프까즈의 포로Kavkazskii Plennik」 완성.

1822년 23세 서사시 「강도 형제Brat'ia razboiniki」 완성. 「까프까즈의 포로」 발표.

1823년 24세 봄 상관이 보론쪼프 장군으로 바뀌면서 오데사로 전보.

5월 9일 『예브게니 오네긴Evgenii Onegin』 집필 시작. 11월 4일 「바흐치사라이의 분수Bakhchisaraiskii fontan」 완성.

1824년 25세 1월 말 「집시Tsygany」 집필 시작. 3월 10일 「바흐치사라이의 분수」 발표. 8월 1일 오데사를 떠나 새로운 유형지이자 부모님의 영지이기도 한 쁘스꼬프 현(縣)의 미하일로프스꼬예로 출발. 8월 9일 미하일로프스꼬예에 도착, 이곳에서 2년간 유배 생활. 10월 「집시」 완성.

1825년 26세 12월 14일 뻬쩨르부르그의 원로원 광장에서 제까브리스뜨 봉기 발발.

1826년 27세 9월 8일 니꼴라이 1세와의 독대.

1827년 28세 3월 「집시」 발표.

1828년 29세 장기 여행 시도 실패.

1829년 30세 5월 1일 나딸리야 곤차로바에게 청혼, 그러나 완곡하게 거절당한 뒤 까프까즈로 출발.

1830년 31세 5월 6일 곤차로바와 약혼. 8월 31일 모스끄바를 떠나 니줴고로드 현에 있는 볼지노로 출발. 9월 「고 이반 뻬드로비치 벨낀의 이야기Povesti Pokoinogo Ivana Petrobicha Belkina」 중 「장의사 Grobovshchik」, 「귀족 아가씨 — 시골 처녀Baryshnia-kres'tianka」를 쓰고, 7년여 가량 집필했던 『예브게니 오네긴』 완성. 10월 「눈보라 Metel'」, 「마지막 한 발Vystrel」, 「역참지기Stantsionnyi smotritel'」, 서사시 「꼴롬나의 작은 집Domik v Kolomne」, 미하일로프스꼬예 시절 이미 구상했었던 소(小)비극 「모차르트와 살리에리Motsart i Sal'eri」, 「인색한 기사Skupoi rytsar'」 집필. 11월 소비극 「역병 기간중의 향연 Pir vo vremia chumy」, 「석상 방문객Kamennyi gost'」, 소설 「고류히노 마을의 역사Goriukhina」 및 서정시 「잠 안 오는 밤에 쓴 시Stikhi sochinennye noch'iu vo vremia bessonnitsy」 집필.

1831년 32세 초반 「보리스 고두노프Boris Godunov」 출판. 2월 18일 모스끄바의 한 교회에서 나딸리야 곤차로바와 결혼.

1832년 33세 장편소설 『두브로프스끼*Dubrovskii*』 시작. 딸 마샤 출생.

1833년 34세 소설 「스페이드의 여왕Pikovaia dama」, 『대위의 딸 *Kapitanskaia dochka*』 집필. 『두브로프스끼』 완성. 딸 사샤 출생. 여름 넉 달간 뿌가쵸프 봉기 지역 여행을 허가받고, 오렌부르그와 까잔 현(縣) 여행. 여행 이후 볼지노로 가서 「뿌가쵸프 반란의 역사Istoriia Pugacheva」 완성, 「청동 기마상Mednyi vsadnik」, 「안젤로Andzhelo」 등 작업.

1834년 35세 「스페이드의 여왕」 완성. 12월 말 시종보에 임명.

1835년 36세 「이집트의 밤Egipetskie nochi」 집필. 아들 그리샤 출생.

1836년 37세 문학 계간지 『현대인*Sovremennik*』 발행 시작. 『대위의 딸』 완성. 딸 나따샤 출생.

1837년 38세 1월 10일 연적 단테스, 예까쩨리나와 결혼. 1월 26일 결혼한 이후에도 공공연히 나딸리야에게 추근거리는 단테스에게 다시 결투 신청. 1월 27일 오후 4시, 뻬쩨르부르그 시내의 과자점에서 결투 증인과 함께 결투지로 출발. 교외에서 결투. 1월 29일 2시 45분 뻬쩨르부르그 모이까 거리에 위치한 아파트에서 사망.

열린책들 세계문학 012 대위의 딸

옮긴이 석영중 1959년 서울에서 태어나 고려대학교 노어노문학과를 졸업하였다. 1987년 미국 오하이오 주립대 슬라브어문과에서 문학 박사 학위를 받았으며, 현재 고려대학교 노어노문학과 교수로 재직 중이다. 저서에 『러시아 시의 리듬』, 『러시아 현대 시학』, 논문 「만젤쉬땀의 시인과 독자」 등이 있으며 역서로는 『뿌쉬낀 작품집』(전6권), 마야꼬프스끼의 『나는 사랑한다』, 『좋아!』, 스뜨루가츠끼의 『세상이 끝날 때까지 아직 10억년』, 도스또예프스끼의 『분신』, 『백야』, 보리스 삘냐끄의 『마호가니』 등이 있고, 뿌쉬낀 번역에 대한 공로로 1999년 러시아 정부로부터 뿌쉬낀 메달을, 2000년에는 한국 백상출판문화상 번역상을 받았다.

지은이 알렉산드르 뿌쉬낀 **옮긴이** 석영중 **발행인** 홍예빈
발행처 주식회사 열린책들 **주소** 경기도 파주시 문발로 253 파주출판도시
전화 031-955-4000 **팩스** 031-955-4004
홈페이지 www.openbooks.co.kr **이메일** literature@openbooks.co.kr
Copyright (C) 주식회사 열린책들, 1999, 2009, *Printed in Korea.*
ISBN 978-89-329-0926-4 04890 **ISBN** 978-89-329-1499-2 (세트)
발행일 1999년 3월 10일 초판 1쇄 2001년 5월 10일 신판 1쇄 2006년 7월 20일 보급판 1쇄 2009년 11월 10일 세계문학판 1쇄 2025년 3월 25일 세계문학판 17쇄

이 도서의 국립중앙도서관 출판예정도서목록(CIP)은 서지정보유통지원시스템 홈페이지(http://seoji.nl.go.kr)와 국가자료공동목록시스템(http://www.nl.go.kr/kolisnet)에서 이용하실 수 있습니다.(CIP제어번호:CIP2009003283)

열린책들 세계문학
Open Books World Literature

001 **죄와 벌** 표도르 도스또예프스끼 장편소설 | 홍대화 옮김 | 전2권 | 각 408, 504면

003 **최초의 인간** 알베르 카뮈 장편소설 | 김화영 옮김 | 392면

004 **소설** 제임스 미치너 장편소설 | 윤희기 옮김 | 전2권 | 각 280, 368면

006 **개를 데리고 다니는 부인** 안똔 체호프 소설선집 | 오종우 옮김 | 368면

007 **우주 만화** 이탈로 칼비노 단편집 | 김운찬 옮김 | 416면

008 **댈러웨이 부인** 버지니아 울프 장편소설 | 최애리 옮김 | 296면

009 **어머니** 막심 고리끼 장편소설 | 최윤락 옮김 | 544면

010 **변신** 프란츠 카프카 중단편집 | 홍성광 옮김 | 464면

011 **전도서에 바치는 장미** 로저 젤라즈니 중단편집 | 김상훈 옮김 | 432면

012 **대위의 딸** 알렉산드르 뿌쉬낀 장편소설 | 석영중 옮김 | 240면

013 **바다의 침묵** 베르코르 소설선집 | 이상해 옮김 | 256면

014 **원수들, 사랑 이야기** 아이작 싱어 장편소설 | 김진준 옮김 | 320면

015 **백치** 표도르 도스또예프스끼 장편소설 | 김근식 옮김 | 전2권 | 각 500, 528면

017 **1984년** 조지 오웰 장편소설 | 박경서 옮김 | 392면

019 **이상한 나라의 앨리스** 루이스 캐럴 환상동화 | 머빈 피크 그림 | 최용준 옮김 | 336면

020 **베네치아에서의 죽음** 토마스 만 중단편집 | 홍성광 옮김 | 432면

021 **그리스인 조르바** 니코스 카잔차키스 장편소설 | 이윤기 옮김 | 488면

022 **벚꽃 동산** 안똔 체호프 희곡선집 | 오종우 옮김 | 336면

023 **연애 소설 읽는 노인** 루이스 세풀베다 장편소설 | 정창 옮김 | 192면

024 **젊은 사자들** 어윈 쇼 장편소설 | 정영문 옮김 | 전2권 | 각 416, 408면

026 **젊은 베르테르의 슬픔** 요한 볼프강 폰 괴테 장편소설 | 김인순 옮김 | 240면

027 **시라노** 에드몽 로스탕 희곡 | 이상해 옮김 | 256면

028 **전망 좋은 방** E. M. 포스터 장편소설 | 고정아 옮김 | 352면

029 **까라마조프 씨네 형제들** 표도르 도스또예프스끼 장편소설 | 이대우 옮김 | 전3권 | 각 496, 496, 460면

032 **프랑스 중위의 여자** 존 파울즈 장편소설 | 김석희 옮김 | 전2권 | 각 344면

034 **소립자** 미셸 우엘벡 장편소설 | 이세욱 옮김 | 448면

035 **영혼의 자서전** 니코스 카잔차키스 자서전 | 안정효 옮김 | 전2권 | 각 352, 408면

037 **우리들** 예브게니 자마찐 장편소설 | 석영중 옮김 | 320면

038 **뉴욕 3부작** 폴 오스터 장편소설 | 황보석 옮김 | 480면

039 **닥터 지바고** 보리스 파스테르나크 장편소설 | 홍대화 옮김 | 전2권 | 각 480, 592면

041 **고리오 영감** 오노레 드 발자크 장편소설 | 임희근 옮김 | 456면

042 **뿌리** 알렉스 헤일리 장편소설 | 안정효 옮김 | 전2권 | 각 400, 448면

044 **백년보다 긴 하루** 친기즈 아이뜨마또프 장편소설 | 황보석 옮김 | 560면

045 **최후의 세계** 크리스토프 란스마이어 장편소설 | 장희권 옮김 | 264면

046 **추운 나라에서 돌아온 스파이** 존 르카레 장편소설 | 김석희 옮김 | 368면

047 **산도칸 – 몸프라쳄의 호랑이** 에밀리오 살가리 장편소설 | 유향란 옮김 | 428면

048 **기적의 시대** 보리슬라프 페키치 장편소설 | 이윤기 옮김 | 560면

049 **그리고 죽음** 짐 크레이스 장편소설 | 김석희 옮김 | 224면

050 **세설** 다니자키 준이치로 장편소설 | 송태욱 옮김 | 전2권 | 각 480면

052 **세상이 끝날 때까지 아직 10억 년** 스뜨루가츠끼 형제 장편소설 | 석영중 옮김 | 224면

053 **동물 농장** 조지 오웰 장편소설 | 박경서 옮김 | 208면

054 **캉디드 혹은 낙관주의** 볼테르 장편소설 | 이봉지 옮김 | 232면

055 **도적 떼** 프리드리히 폰 실러 희곡 | 김인순 옮김 | 264면

056 **플로베르의 앵무새** 줄리언 반스 장편소설 | 신재실 옮김 | 320면

057 **악령** 표도르 도스또예프스끼 장편소설 | 박혜경 옮김 | 전3권 | 각 328, 408, 528면

060 **의심스러운 싸움** 존 스타인벡 장편소설 | 윤희기 옮김 | 340면

061 **몽유병자들** 헤르만 브로흐 장편소설 | 김경연 옮김 | 전2권 | 각 568, 544면

063 **몰타의 매** 대실 해밋 장편소설 | 고정아 옮김 | 304면

064 **마야꼬프스끼 선집** 블라지미르 마야꼬프스끼 선집 | 석영중 옮김 | 320면

065 **드라큘라** 브램 스토커 장편소설 | 이세욱 옮김 | 전2권 | 각 340, 344면

067 **서부 전선 이상 없다** 에리히 마리아 레마르크 장편소설 | 홍성광 옮김 | 336면

068 **적과 흑** 스탕달 장편소설 | 임미경 옮김 | 전2권 | 각 376, 368면

070 **지상에서 영원으로** 제임스 존스 장편소설 | 이종인 옮김 | 전3권 | 각 396, 380, 388면

073 **파우스트** 요한 볼프강 폰 괴테 희곡 | 김인순 옮김 | 568면

074 **쾌걸 조로** 존스턴 매컬리 장편소설 | 김훈 옮김 | 316면

075 **거장과 마르가리따** 미하일 불가꼬프 장편소설 | 홍대화 옮김 | 전2권 | 각 364, 328면

077 **순수의 시대** 이디스 워튼 장편소설 | 고정아 옮김 | 448면

078 **검의 대가** 아르투로 페레스 레베르테 장편소설 | 김수진 옮김 | 376면

079 **예브게니 오네긴** 알렉산드르 뿌쉬낀 운문소설 | 석영중 옮김 | 328면

080 **장미의 이름** 움베르토 에코 장편소설 | 이윤기 옮김 | 전2권 | 각 440, 448면

082 **향수** 파트리크 쥐스킨트 장편소설 | 강명순 옮김 | 384면

083 **여자를 안다는 것** 아모스 오즈 장편소설 | 최창모 옮김 | 280면

084 **나는 고양이로소이다** 나쓰메 소세키 장편소설 | 김나주 옮김 | 544면

085 **웃는 남자** 빅토르 위고 장편소설 | 이형식 옮김 | 전2권 | 각 472, 496면

087 **아웃 오브 아프리카** 카렌 블릭센 장편소설 | 민승남 옮김 | 480면

088 **무엇을 할 것인가** 니꼴라이 체르니셰프스끼 장편소설 | 서정록 옮김 | 전2권 | 각 360, 404면

090 **도나 플로르와 그녀의 두 남편** 조르지 아마두 장편소설 | 오숙은 옮김 | 전2권 | 각 328, 308면

092 **미사고의 숲** 로버트 홀드스톡 장편소설 | 김상훈 옮김 | 416면

093 **신곡** 단테 알리기에리 장편서사시 | 김운찬 옮김 | 전3권 | 각 292, 296, 328면

096 **교수** 샬럿 브론테 장편소설 | 배미영 옮김 | 368면

097 **노름꾼** 표도르 도스또예프스끼 장편소설 | 이재필 옮김 | 320면

098 **하워즈 엔드** E. M. 포스터 장편소설 | 고정아 옮김 | 508면

099 **최후의 유혹** 니코스 카잔차키스 장편소설 | 안정효 옮김 | 전2권 | 각 408면

101 **키리냐가** 마이크 레스닉 장편소설 | 최용준 옮김 | 464면

102 **바스커빌가의 개** 아서 코넌 도일 장편소설 | 조영학 옮김 | 264면

103 **버마 시절** 조지 오웰 장편소설 | 박경서 옮김 | 400면

104 **10 1/2장으로 쓴 세계 역사** 줄리언 반스 장편소설 | 신재실 옮김 | 464면

105 **죽음의 집의 기록** 표도르 도스또예프스끼 장편소설 | 이덕형 옮김 | 528면

106 **소유** 앤토니어 수전 바이어트 장편소설 | 윤희기 옮김 | 전2권 | 각 440, 480면

108 **미성년** 표도르 도스또예프스끼 장편소설 | 이상룡 옮김 | 전2권 | 각 512, 544면

110 **성 앙투안느의 유혹** 귀스타브 플로베르 희곡소설 | 김용은 옮김 | 584면

111 **밤으로의 긴 여로** 유진 오닐 희곡 | 강유나 옮김 | 240면

112 **마법사** 존 파울즈 장편소설 | 정영문 옮김 | 전2권 | 각 512, 552면

114 **스쩨빤치꼬보 마을 사람들** 표도르 도스또예프스끼 장편소설 | 변현태 옮김 | 416면

115 **플랑드르 거장의 그림** 아르투로 페레스 레베르테 장편소설 | 정창 옮김 | 512면

116 **분신** 표도르 도스또예프스끼 장편소설 | 석영중 옮김 | 288면

117 **가난한 사람들** 표도르 도스또예프스끼 장편소설 | 석영중 옮김 | 256면

118 **인형의 집** 헨리크 입센 희곡 | 김창화 옮김 | 272면

119 **영원한 남편** 표도르 도스또예프스끼 장편소설 | 정명자 외 옮김 | 448면

120 **알코올** 기욤 아폴리네르 시집 | 황현산 옮김 | 352면

121 **지하로부터의 수기** 표도르 도스또예프스끼 장편소설 | 계동준 옮김 | 256면

122 **어느 작가의 오후** 페터 한트케 중편소설 | 홍성광 옮김 | 160면

123 **아저씨의 꿈** 표도르 도스또예프스끼 장편소설 | 박종소 옮김 | 304면

124 **네또츠까 네즈바노바** 표도르 도스또예프스끼 장편소설 | 박재만 옮김 | 316면

125 **곤두박질** 마이클 프레인 장편소설 | 최용준 옮김 | 528면

126 **백야 외** 표도르 도스또예프스끼 소설집 | 석영중 외 옮김 | 408면

127 **살라미나의 병사들** 하비에르 세르카스 장편소설 | 김창민 옮김 | 296면

128 **뻬쩨르부르그 연대기 외** 표도르 도스또예프스끼 소설선집 | 이항재 옮김 | 296면

129 **상처받은 사람들** 표도르 도스또예프스끼 장편소설 | 윤우섭 옮김 | 전2권 | 각 296, 392면

131 **악어 외** 표도르 도스또예프스끼 소설선집 | 박혜경 외 옮김 | 312면

132 **허클베리 핀의 모험** 마크 트웨인 장편소설 | 윤교찬 옮김 | 416면

133 **부활** 레프 똘스또이 장편소설 | 이대우 옮김 | 전2권 | 각 308, 416면

135 **보물섬** 로버트 루이스 스티븐슨 장편소설 | 머빈 피크 그림 | 최용준 옮김 | 360면

136 **천일야화** 앙투안 갈랑 엮음 | 임호경 옮김 | 전6권 | 각 336, 328, 372, 392, 344, 320면

142 **아버지와 아들** 이반 뚜르게네프 장편소설 | 이상원 옮김 | 328면

143 **오만과 편견** 제인 오스틴 장편소설 | 원유경 옮김 | 480면

144 **천로 역정** 존 버니언 우화소설 | 이동일 옮김 | 432면

145 **대주교에게 죽음이 오다** 윌라 캐더 장편소설 | 윤명옥 옮김 | 352면

146 **권력과 영광** 그레이엄 그린 장편소설 | 김연수 옮김 | 384면

147 **80일간의 세계 일주** 쥘 베른 장편소설 | 고정아 옮김 | 352면

148 **바람과 함께 사라지다** 마거릿 미첼 장편소설 | 안정효 옮김 | 전3권 | 각 616, 640, 640면

151 **기탄잘리** 라빈드라나트 타고르 시집 | 장경렬 옮김 | 224면

152 **도리언 그레이의 초상** 오스카 와일드 장편소설 | 윤희기 옮김 | 384면

153 **레우코와의 대화** 체사레 파베세 희곡소설 | 김운찬 옮김 | 280면

154 **햄릿** 윌리엄 셰익스피어 희곡 | 박우수 옮김 | 256면

155 **맥베스** 윌리엄 셰익스피어 희곡 | 권오숙 옮김 | 176면

156 **아들과 연인** 데이비드 허버트 로런스 장편소설 | 최희섭 옮김 | 전2권 | 464, 432면

158 **그리고 아무 말도 하지 않았다** 하인리히 뵐 장편소설 | 홍성광 옮김 | 272면

159 **미덕의 불운** 싸드 장편소설 | 이형식 옮김 | 248면

160 **프랑켄슈타인** 메리 W. 셸리 장편소설 | 오숙은 옮김 | 320면

161 **위대한 개츠비** 프랜시스 스콧 피츠제럴드 장편소설 | 한애경 옮김 | 280면

162 **아Q정전** 루쉰 중단편집 | 김태성 옮김 | 320면

163 **로빈슨 크루소** 대니얼 디포 장편소설 | 류경희 옮김 | 456면

164 **타임머신** 허버트 조지 웰스 소설선집 | 김석희 옮김 | 304면

165 **제인 에어** 샬럿 브론테 장편소설 | 이미선 옮김 | 전2권 | 각 392, 384면

167 **풀잎** 월트 휘트먼 시집 | 허현숙 옮김 | 280면

168 **표류자들의 집** 기예르모 로살레스 장편소설 | 최유정 옮김 | 216면

169 **배빗** 싱클레어 루이스 장편소설 | 이종인 옮김 | 520면

170 **이토록 긴 편지** 마리아마 바 장편소설 | 백선희 옮김 | 192면

171 **느릅나무 아래 욕망** 유진 오닐 희곡 | 손동호 옮김 | 168면

172 **이방인** 알베르 카뮈 장편소설 | 김예령 옮김 | 208면

173 **미라마르** 나기브 마푸즈 장편소설 | 허진 옮김 | 288면

174 **지킬 박사와 하이드 씨** 로버트 루이스 스티븐슨 소설선집 | 조영학 옮김 | 320면

175 **루진** 이반 뚜르게네프 장편소설 | 이항재 옮김 | 264면

176 **피그말리온** 조지 버나드 쇼 희곡 | 김소임 옮김 | 256면

177 **목로주점** 에밀 졸라 장편소설 | 유기환 옮김 | 전2권 | 각 336면

179 **엠마** 제인 오스틴 장편소설 | 이미애 옮김 | 전2권 | 각 336, 360면

181 **비숍 살인 사건** S. S. 밴 다인 장편소설 | 최인자 옮김 | 464면

182 **우신예찬** 에라스무스 풍자문 | 김남우 옮김 | 296면

183 **하자르 사전** 밀로라드 파비치 장편소설 | 신현철 옮김 | 488면

184 **테스** 토머스 하디 장편소설 | 김문숙 옮김 | 전2권 | 각 392, 336면

186 **투명 인간** 허버트 조지 웰스 장편소설 | 김석희 옮김 | 288면

187 **93년** 빅토르 위고 장편소설 | 이형식 옮김 | 전2권 | 각 288, 360면

189 **젊은 예술가의 초상** 제임스 조이스 장편소설 | 성은애 옮김 | 384면

190 **소네트집** 윌리엄 셰익스피어 연작시집 | 박우수 옮김 | 200면

191 **메뚜기의 날** 너새니얼 웨스트 장편소설 | 김진준 옮김 | 280면

192 **나사의 회전** 헨리 제임스 중편소설 | 이승은 옮김 | 256면

193 **오셀로** 윌리엄 셰익스피어 희곡 | 권오숙 옮김 | 216면

194 **소송** 프란츠 카프카 장편소설 | 김재혁 옮김 | 376면

195 **나의 안토니아** 윌라 캐더 장편소설 | 전경자 옮김 | 368면

196 **자성록** 마르쿠스 아우렐리우스 명상록 | 박민수 옮김 | 240면

197 **오레스테이아** 아이스킬로스 비극 | 두행숙 옮김 | 336면

198 **노인과 바다** 어니스트 헤밍웨이 소설선집 | 이종인 옮김 | 320면

199 **무기여 잘 있거라** 어니스트 헤밍웨이 장편소설 | 이종인 옮김 | 464면

200 **서푼짜리 오페라** 베르톨트 브레히트 희곡선집 | 이은희 옮김 | 320면

201 **리어 왕** 윌리엄 셰익스피어 희곡 | 박우수 옮김 | 224면

202 **주홍 글자** 너새니얼 호손 장편소설 | 곽영미 옮김 | 360면

203 **모히칸족의 최후** 제임스 페니모어 쿠퍼 장편소설 | 이나경 옮김 | 512면

204 **곤충 극장** 카렐 차페크 희곡선집 | 김선형 옮김 | 360면

205 **누구를 위하여 종은 울리나** 어니스트 헤밍웨이 장편소설 | 이종인 옮김 | 전2권 | 각 416, 400면

207 **타르튀프** 몰리에르 희곡선집 | 신은영 옮김 | 416면

208 **유토피아** 토머스 모어 소설 | 전경자 옮김 | 288면

209 **인간과 초인** 조지 버나드 쇼 희곡 | 이후지 옮김 | 320면

210 **페드르와 이폴리트** 장 라신 희곡 | 신정아 옮김 | 200면

211 **말테의 수기** 라이너 마리아 릴케 장편소설 | 안문영 옮김 | 320면

212 **등대로** 버지니아 울프 장편소설 | 최애리 옮김 | 328면

213 **개의 심장** 미하일 불가꼬프 중편소설집 | 정연호 옮김 | 352면

214 **모비 딕** 허먼 멜빌 장편소설 | 강수정 옮김 | 전2권 | 각 464, 488면

216 **더블린 사람들** 제임스 조이스 단편소설집 | 이강훈 옮김 | 336면

217 **마의 산** 토머스 만 장편소설 | 윤순식 옮김 | 전3권 | 각 496, 488, 512면

220 **비극의 탄생** 프리드리히 니체 | 김남우 옮김 | 304면

221 **위대한 유산** 찰스 디킨스 장편소설 | 류경희 옮김 | 전2권 | 각 432, 448면

223 **사람은 무엇으로 사는가** 레프 똘스또이 소설선집 | 윤새라 옮김 | 464면

224 **자살 클럽** 로버트 루이스 스티븐슨 소설선집 | 임종기 옮김 | 272면

225 **채털리 부인의 연인** 데이비드 허버트 로런스 장편소설 | 이미선 옮김 | 전2권 | 각 336, 328면

227 **데미안** 헤르만 헤세 장편소설 | 김인순 옮김 | 272면

228 **두이노의 비가** 라이너 마리아 릴케 시선집 | 손재준 옮김 | 504면

229 **페스트** 알베르 카뮈 장편소설 | 최윤주 옮김 | 432면

230 **여인의 초상** 헨리 제임스 장편소설 | 정상준 옮김 | 전2권 | 각 520, 544면

232 **성** 프란츠 카프카 장편소설 | 이재황 옮김 | 560면

233 **차라투스트라는 이렇게 말했다** 프리드리히 니체 산문시 | 김인순 옮김 | 464면

234 **노래의 책** 하인리히 하이네 시집 | 이재영 옮김 | 384면

235 **변신 이야기** 오비디우스 서사시 | 이종인 옮김 | 632면

236 **안나 까레니나** 레프 똘스또이 장편소설 | 이명현 옮김 | 전2권 | 각 800, 736면

238 **이반 일리치의 죽음 · 광인의 수기** 레프 똘스또이 중단편집 | 석영중 · 정지원 옮김 | 232면

239 **수레바퀴 아래서** 헤르만 헤세 장편소설 | 강명순 옮김 | 272면

240 **피터 팬** J. M. 배리 장편소설 | 최용준 옮김 | 272면

241 **정글 북** 러디어드 키플링 중단편집 | 오숙은 옮김 | 272면

242 **한여름 밤의 꿈** 윌리엄 셰익스피어 희곡 | 박우수 옮김 | 160면
243 **좁은 문** 앙드레 지드 장편소설 | 김화영 옮김 | 264면
244 **모리스** E. M. 포스터 장편소설 | 고정아 옮김 | 408면
245 **브라운 신부의 순진** 길버트 키스 체스터턴 단편집 | 이상원 옮김 | 336면
246 **각성** 케이트 쇼팽 장편소설 | 한애경 옮김 | 272면
247 **뷔히너 전집** 게오르크 뷔히너 지음 | 박종대 옮김 | 400면
248 **디미트리오스의 가면** 에릭 앰블러 장편소설 | 최용준 옮김 | 424면
249 **베르가모의 페스트 외** 옌스 페테르 야콥센 중단편 전집 | 박종대 옮김 | 208면
250 **폭풍우** 윌리엄 셰익스피어 희곡 | 박우수 옮김 | 176면
251 **어센든, 영국 정보부 요원** 서머싯 몸 연작 소설집 | 이민아 옮김 | 416면
252 **기나긴 이별** 레이먼드 챈들러 장편소설 | 김진준 옮김 | 600면
253 **인도로 가는 길** E. M. 포스터 장편소설 | 민승남 옮김 | 552면
254 **올랜도** 버지니아 울프 장편소설 | 이미애 옮김 | 376면
255 **시지프 신화** 알베르 카뮈 지음 | 박언주 옮김 | 264면
256 **조지 오웰 산문선** 조지 오웰 지음 | 허진 옮김 | 424면
257 **로미오와 줄리엣** 윌리엄 셰익스피어 희곡 | 도해자 옮김 | 200면
258 **수용소군도** 알렉산드르 솔제니찐 기록문학 | 김학수 옮김 | 전6권 | 각 460면 내외
264 **스웨덴 기사** 레오 페루츠 장편소설 | 강명순 옮김 | 336면
265 **유리 열쇠** 대실 해밋 장편소설 | 홍성영 옮김 | 328면
266 **로드 짐** 조지프 콘래드 장편소설 | 최용준 옮김 | 608면
267 **푸코의 진자** 움베르토 에코 장편소설 | 이윤기 옮김 | 전3권 | 각 392, 384, 416면
270 **공포로의 여행** 에릭 앰블러 장편소설 | 최용준 옮김 | 376면
271 **심판의 날의 거장** 레오 페루츠 장편소설 | 신동화 옮김 | 264면
272 **에드거 앨런 포 단편선** 에드거 앨런 포 지음 | 김석희 옮김 | 392면
273 **수전노 외** 몰리에르 희곡선집 | 신정아 옮김 | 424면
274 **모파상 단편선** 기 드 모파상 지음 | 임미경 옮김 | 400면
275 **평범한 인생** 카렐 차페크 장편소설 | 송순섭 옮김 | 280면
276 **마음** 나쓰메 소세키 장편소설 | 양윤옥 옮김 | 344면
277 **인간 실격·사양** 다자이 오사무 소설집 | 김난주 옮김 | 336면
278 **작은 아씨들** 루이자 메이 올컷 장편소설 | 허진 옮김 | 전2권 | 각 408, 464면
280 **고함과 분노** 윌리엄 포크너 장편소설 | 윤교찬 옮김 | 520면
281 **신화의 시대** 토머스 불핀치 신화집 | 박중서 옮김 | 664면

282 **셜록 홈스의 모험** 아서 코넌 도일 단편집 | 오숙은 옮김 | 456면
283 **자기만의 방** 버지니아 울프 지음 | 공경희 옮김 | 216면
284 **지상의 양식·새 양식** 앙드레 지드 지음 | 최애영 옮김 | 360면
285 **전염병 일지** 대니얼 디포 지음 | 서정은 옮김 | 368면
286 **오이디푸스왕 외** 소포클레스 비극 | 장시은 옮김 | 368면
287 **리처드 2세** 윌리엄 셰익스피어 희곡 | 박우수 옮김 | 208면
288 **아내·세 자매** 안톤 체호프 선집 | 오종우 옮김 | 240면
289 **폭풍의 언덕** 에밀리 브론테 장편소설 | 전승희 옮김 | 592면
290 **조반니의 방** 제임스 볼드윈 장편소설 | 김지현 옮김 | 320면
291 **의무론** 마르쿠스 툴리우스 키케로 지음 | 김남우 옮김 | 312면
292 **밤에 돌다리 밑에서** 레오 페루츠 지음 | 신동화 옮김 | 360면
293 **한낮의 열기** 엘리자베스 보엔 장편소설 | 정연희 옮김 | 576면